i

为了人与书的相遇

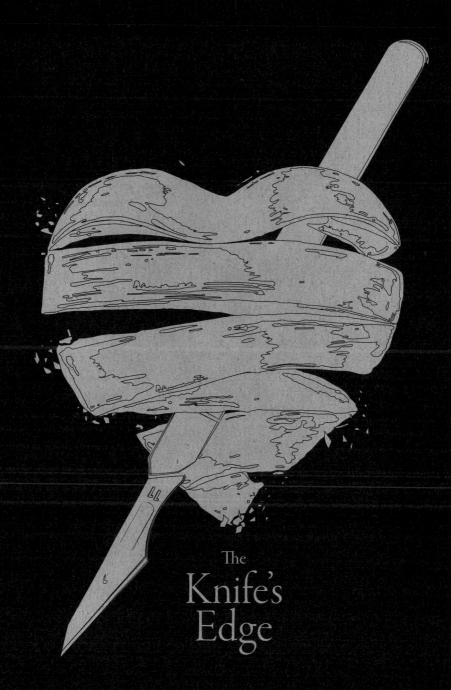

The
Knife's
Edge

［英］
斯蒂芬·韦斯塔比 著

高天羽 译

李清晨 审读

刀锋 人生

打开心外科医生的心

The
Knife's
Edge

广西师范大学出版社
·桂林·

THE KNIFE'S EDGE: The Heart and Mind of a Cardiac Surgeon

by Stephen Westaby

Copyright © Stephen Westaby 2019

This edition arranged with Intercontinental Literary Agency Ltd (ILA) through
Big Apple Agency, Inc., Labuan, Malaysia.

Simplified Chinese edition copyright:

2022 Beijing Imaginist Time Culture Co., Ltd.

All rights reserved.

著作权合同登记图字：20-2022-025

图书在版编目（ＣＩＰ）数据

刀锋人生：打开心外科医生的心 /（英）斯蒂芬·韦斯塔比著；
高天羽译. -- 桂林：广西师范大学出版社，2022.4

书名原文：The Knife's Edge: The Heart and Mind of a Cardiac Surgeon

ISBN 978-7-5598-4749-2

Ⅰ.①刀… Ⅱ.①斯… ②高… Ⅲ.①纪实文学－英国－现代
Ⅳ.① I561.55

中国版本图书馆 CIP 数据核字 (2022) 第 022754 号

广西师范大学出版社出版发行

广西省桂林市五里店路9号　邮政编码：541004
网址：www.bbtpress.com

出 版 人：黄轩庄

全国新华书店经销

发行热线：010-64284815

山东韵杰文化科技有限公司印刷

开本：880毫米×1230毫米　1/32

印张：10.5　字数：217千字

2022年4月第1版　2022年4月第1次印刷

定价：56.00元

游走在生死边缘

李清晨

小儿心胸外科医生、科普作家

　　《刀锋人生》是英国心外科医生韦斯塔比的又一本非虚构作品。我曾为这位传奇前辈的上一本书的中译本《打开一颗心》写过这样一则推荐语："作者是一位厚颜无耻、铁石心肠的执刀者，也是一位悲天悯人、热血澎湃的救赎者；本书则既是一部催人泪下的系列人间悲剧，也是一部让人忍俊不禁的外科医生养成史。学院派医学的严肃与典型的英氏幽默交相辉映，总是让你猝不及防间时而泪眼婆娑时而又大笑不止。"

　　而在这本新书中，韦斯塔比则更加像一位电影中具有主角光环的超级英雄，在经历过各种艰难险阻之后，他总能扭转乾坤，挽狂澜于既倒。内行读者自然能看出更多门道，甚至有可能在享受阅读快感的同时，还增长了见识，积累了经验；而普通读者也不必担心专业壁垒会导致阅读障碍，因为作者叙述非常有技巧，丝毫不逊于一流小说家。韦斯塔比这样顶尖的心脏外科医生，同时也是一部行走的故事搜集器，医院里的悲欢，手术室里的成败，ICU里的生死，透过他的讲述，读者很容易就会被代入那个光怪陆离的无影灯下的世界。

本书中有几个病例的救治过程，其曲折惊险的程度，让人即使只是阅读，都会深感窒息。那就像一场漫长得一眼看不到尽头的艰苦战役，如果没有强大的必胜意志，根本不可能坚持与狡诈的死神几番硬碰硬，争夺病人宝贵的生命。即使被救过来的人在若干年的生活之后仍将死去，可这一番直面死神、挣扎求生的抗争，也绝对算一段了不起的生命传奇。

丘吉尔在二战期间的至暗时刻里，曾向恐慌的国民发出过"我们决不投降"的豪言，作为丘吉尔的粉丝，韦斯塔比也将"我们决不投降"视为自己的人生信条，他也是带着这样的信条一次又一次让濒死的病人绝处逢生。

每一个人都有遭遇绝望的时刻，也许《刀锋人生》中的那些游走在冥府边缘尚且不屈服的求生意志和决不投降的勇气，能带给你重新振作起来的力量。

我曾为《打开一颗心》撰写过专栏评论，其中也提到，韦斯塔比在书中几乎没有反思过自己的失误，凡是失败的病例总是甩锅给别人或英国的医疗体制。我猜测英国国内可能也有类似的评论，否则韦斯塔比大夫不会在这本新书中专门对此进行反击。

他写道："有一份全国性报纸刊登了一篇《打开一颗心》的书评，对我表现出的'自我怀疑精神缺失'提出了质疑。这位纤弱的作者显然是看惯了那些把内省和脆弱当成话题兜售的医学作家。但请相信我，对于一个资深的心外科医生来说，自我怀疑这东西不是什么理想特质……不过我也知道这套矫揉造作的玩意儿是从哪里来的。"

这番话真是让我有一种膝盖中箭的感觉，因此，在这本《刀锋人生》中，读者们也就不必期待他会表现出他所反感的那一套"矫揉造作"了。

也许韦斯塔比是对的，因为外科医生的自信、自大乃至某种程度上的麻木，有时候是职业素养的必然要求，无情未必"不"豪杰，医生对世人的大爱，有时是以别样的方式来表现的，有些秘密不足为外人道也。

心脏外科的风险实在太高了，如果没有一个强大的心理防御机制，很可能在一次失败之后就一蹶不振，太强烈的负疚感足以毁掉一个医生的职业生涯。美国的数据表明，医生的自杀率高于普通民众，其中一个原因，就是医生经常会被强烈的负疚感所折磨。

历史上有一位著名的产科医生叫古斯塔夫·阿道夫·米歇利斯（Gustav Adolf Michaelis），他因为意识到自己侄女的死亡可能与自己接产不当有关，于是深受职业良心的谴责，不堪重负，最后选择了卧轨自杀。

没有任何一位外科医生能做到终其一生都不出任何差错。对于公众来说，一旦遭遇凶险复杂的疾病，一位技术高超又敢于冒险的外科医生，或许还能为病人带来最后一线生机；但一位从不出错、永远墨守常规的平庸医生，可能直接就建议家属准备后事了。

在心脏外科的世界里，每一位医生都是如临深渊、如履薄冰，没有人能永远避开深渊与冰窟。生活经常很残忍，除了救治成功的喜悦，死亡与失败也常常如影随形，即使骄傲如韦斯塔比，也不得不承认自己偶尔会把手术搞砸。

身为游走在生死边缘的医生，在工作的情景下进行必要的情感隔离，不过多地与病人或家属共情，失败后将内疚的情绪控制在可耐受的范围内，也许是这一行业从业者的本能选择。

韦斯塔比认为，大多数成功的外科医生都有某些共同的恶劣品质，即所谓的"黑暗三元素"，分别是精神病态、冷血和自恋。对于自己激进自负性格的形成，作者推测这可能跟自己年轻时打橄榄球的过程中所受的一次严重头部外伤有关；果真如此，那还真是因祸得福呢。在他去美国学习时，推荐信上有这么一句评语："是技术出众的外科医生，也是噩梦般的合作伙伴。"他居然对这一评价满意得不能再满意，可见他真的是并不介意自己身上可能存在的重大缺点，或者说，他从来也没打算做一个完人，否则他也不会一边说着对不起自己的婚姻，一边饶有兴味讨论外科医生的外遇和高到离谱（书中提及某机构甚至超过 100%）的离婚率。

我们大部分普通读者怕是很难在专业领域企及作者所能达到的高度，也就更不该在小节上太宽容自己。韦斯塔比可以不介意别人称自己为噩梦般的合作伙伴，我们却大可不必产生这样不恰当的自信。

书到用时方恨少，事非经过不知难。每个人的精力都是有限的，我们当然不可能把世间所有的事都亲自经历一遍，而阅读《刀锋人生》这本书，阅读作者笔下那些攸关生死的故事，也许会让我们的人生更丰盈一些。

直言不讳

王一方

北京大学医学人文学院教授

作为《打开一颗心》的续集，心脏外科圣手韦斯塔比的故事依然惊心动魄，《刀锋人生》通过 12 个主题词再次展现了他的职业悲喜剧：家庭、悲伤、风险、傲慢、完美、欢腾、险境、压力、希望、韧性、惨痛、恐惧。每个片段都是一幕医疗探险剧，都在他生命中刻下了难消的印痕，也一定会给读者诸君留下共感的涟漪。可以说，这本直言不讳的传记，捧出的是韦斯塔比那颗风光与磨难同在的灵魂。

本书可以视为韦斯塔比的挂靴、封刀之作，回首 40 年的职业生涯，他深情地告白，一旦闯进心脏直视手术，你会发现其难度堪比阿波罗登月。不仅是螺蛳壳里做道场，堵洞搭桥换瓣膜，更是在危楼里搭天梯，化心力衰竭为神奇复苏，甚至还要戴着镣铐跳舞，不输血，少灌注（碍于"耶和华见证人"的宗派禁忌），完成高难度手术。九死一生的陷阱每天都等着自己，所谓"一刀寂灭，一刀繁华"。要逢凶化吉，遇难成祥，凭的是什么？在技术规程之外，更是术者坚定的意志、环环相扣的好运气、临场迸发的绝伦手艺。没有丝丝入扣的完美，就会瞬间滑入失败与失望的深渊。

一生昂然激越，一路闯关夺隘，究竟是哪些个人特质，使韦斯塔比成为一名优秀的心脏外科大夫呢？据他的回忆，是一场平凡的橄榄球赛改变了他的性格；冥冥之中，他因头部受伤，命运起了变化。少年时代，韦斯塔比是一个腼腆的文法学校学生，害羞，不自信，直到参加了康沃尔那场导致他受伤的橄榄球赛。受伤后，他陡然变得行为大胆，敢做善为，被球友喻为镇定自若的将军，被患者称为自信满满的外科圣手。

外科型人格的养成，需要着力培育自信、张扬，坚信"如果还有谁能救患者，那一定是自己"。一些外科大师甚至还会剑走偏锋，喜欢发号施令，喜欢挑战，傲慢，富有人格魅力……他们有时也会犯错，但决不迟疑；交往中有些冷血，却坚定拒绝廉价的共情、自责的反思，偶一读来，似乎有几分反人文倾向。其实不然，外科、尤其是心脏外科的大夫，作为一场战役的主帅，自有强大气场，尤其是临场时节，不该把与患者的共情表达在眉宇之间，而应该深藏于心肺之中，时时给患者、家属、团队传达一种坚毅与刚强，激励自己，也激励团队放手一搏。即便如此，外科医生也有走麦城的经历，韦斯塔比书中记述的最大无奈，是老同学暨毕生球友斯蒂夫，因凶险的主动脉夹层而失救，究其原因，不是主动脉修复失败，而是手术时间延宕，导致脑灌注太晚，缺血缺氧而亡。其实韦斯塔比的窘事远不止友人失救，还包括无处不在的感染（乙肝、丙肝、艾滋病）风险，长时间站台手术导致前列腺危机，最后发展为孩童般的尿失控……这些在一台台惊心动魄的外科手术中重演，真是不堪、不忍为外人道哉，韦斯塔比却也真实地记录了下来。读到此处，读者不得不佩服他的真诚与率性，也感叹外科圣手之不易。

韦斯塔比自鸣得意之处，在于他毕生坚持走研究型外科的路子。细捋其心路历程，他从两个当代心脏外科学科史上的先辈那里获得了启示。柯克林与吉本，都算得上是韦斯塔比的老师，但在职业生涯中一个幸运，一个沉寂。原因似乎很明了，柯克林喜欢挑战，讨厌平庸，追求完美，从不留下自我原谅的后门，他总是把每一个看似平常的临床困境、难题当做一项研究课题，组织精兵强将去做深入细致的探索。1966 年，他在功名正盛之时告别梅奥的成熟平台，独自去阿拉巴马伯明翰分校开创新局，成为全美乃至世界新的心脏外科高地，相反，吉本很有内秀，他目睹一位产妇因肺栓塞而死，遂萌生出带血泵的早期心肺机设想，这个很有前途的外科辅助器械却没有在他手中得以完善，他自己也因连续两例心肺机辅助手术失利而放弃了这项研究，功亏一篑的结局让他终生抱憾。其实，人工心肺机的弊端一直都存在，许多手术患者借助心肺机顺利完成手术，却在术后因之死于重要器官的感染，韦斯塔比将其归咎于"灌注后综合征"。在柯克林团队的激励下，经过反复实验，他终于弄明白其中的奥秘，原来血液接入心肺机之后，尼龙、塑料、金属管道都会激发出特异的炎症反应，导致重要器官炎症而造成抢救失败。只要找到一种新材料，减少这种激惹反应，灌注综合征就能迎刃而解。韦斯塔比不仅因这项研究而闻名于欧美心血管外科界，更令他受益的是，他从柯克林团队习得了"研究型外科"的套路，让他在日后独立门户时大放光芒。

书中还引出一个不为人道的小秘密：为何外科医生离婚率高？韦斯塔比就可归于此类。约翰·霍普金斯大学的研究结论是：外科大夫情绪激越，他们的血液中睾酮水平常常过高（俗称"打鸡血"状态），他们大多是工作狂，总是长时间沉浸在手术中，与大量有魅力的女性（麻醉师、手术室护士）共事，工作中的默契配合与成功手术的心流分享，极易摩擦出手术室恋情；而自己的配偶又不在工作视野之中，她们的魅力无法融入医生的职场，更无法分享医生的职业快乐。医生作息无规律，常常冷落与忽视家人特别是配偶的身心需求、尤其是紧急需求，造成隔阂与积怨，爱的火苗逐渐冷却甚至熄灭。杜克大学医学院的院长曾经提醒申请者，这里的离婚率超过100%（有的人离婚不止一次），那些在意婚姻稳定性的求职者一定慎重选择进入。韦斯塔比一生中，最对不起的两个人，就是他的再婚妻子，和他与前妻的女儿。韦斯塔比的再婚妻子可是他心中的超级偶像，集美丽、聪慧与善良与一身的女神，也是一位护士，但不在他的工作视野之中，而是另外一家医院急诊室的护士长。她在遭遇难产、亟需手术决策时，唤不来操刀手术的丈夫，只能自己为自己的手术流程签字。其次是他的女儿杰玛，他不仅确因紧急手术而不断爽约女儿的生日派对、重要的学校仪式等节目，在早出晚归的作息模式下，他甚至连女儿的面都很难见到，遑论呵护女儿成长了。为此，他在本书开篇郑重写下他给妻子与儿女的献辞，也算是公开的致歉。其实，每一位成功的外科大夫，心中或许都藏着类似的歉疚感。

书中，韦斯塔比也无情地诟病了英国的国民保健服务体系（NHS）。英美医疗体制有巨大差别，一个是彻底的市场化，一个是政府全包的模式。人们常常依据医疗支付境遇而想当然地褒贬，其实各有利弊。NHS 的制度总是"一俊遮百丑"，人们只在乎获得了"免费"的治疗，却忽视了"免费"的阴影与弊端，这个体系最大的弊端在于无法在有限的医疗资源和技术供给，与不断增长的患者需求之间取得平衡，管理者的控费意识大于服务热情，医护的冒险精神被各种严苛的官僚式考核所剥夺，这都极大地抑制了医疗的创新（如书中的血泵事件，只能依赖稀缺的慈善捐赠）。手术室里器械老掉牙，甚至缺少基本的监测设备更新，完全跟不上时代的步伐，新技术、新设施迟迟不能配备、采购，也根本无法及时运用到急需的危重患者身上，在韦斯塔比看来，"冒险是医学创新的关键环节，生命本身就是一场冒险"，如果连创新的机会都不给，心脏外科就会丧失活力。

每一次就诊、每一台手术，又要耐受漫长的转诊链和无休止的等待，他自己就是典型的受害者。作为服务于 NHS 体系 40 年的资深大夫，在自己的前列腺发生问题急需手术时，他无法得到转诊与安排，只得被迫选择 NHS 之外的医疗机构，走自费通道；若要在公费医疗系统中满足急迫的就诊诉求，就得抢占急诊资源，而局促的急诊通道早就人满为患，反而无法接纳真正的急诊。这些源自局中人的肺腑之言，对于我国医改道路的选择不无借鉴作用：一味迎合民粹、追求公益而忽视效率，或一味追求市场化而忽视公益性，都是片面的。如何在市场与公益之间走出一条协同发展的正道，不仅是医改研究者，也是医患共同关注的命题。

感谢韦斯塔比的直言不讳，我们不仅通过他笔下的故事知晓了许多心脏外科大夫的秘密，更透过他的叙事洞悉了刀锋人生背后的艰辛与无奈。医疗服务不同于普通的商业服务，乃是性命相托，生死一瞬。在生命危象面前，医护的辛勤劳作，如同是一只高速旋转的陀螺，而患者、家属、社会的理解与感恩，则是支撑他们负重前行的另一只陀螺，但愿两只陀螺都转起来，形成互动加速机制，这样才会造就医患之间和谐欢喜的新局面。

生命的托付

张海波

北京安贞医院心外科主任医师

几年前，英国的心外科开拓者韦斯塔比教授，凭借《打开一颗心》一书，揭开了心脏外科手术的神秘面纱，在世界范围引起了业内及普通大众的很多关注。德国一位心外科教授来中国开会时送我的一本书，赫然就是这本书的英文原版。后来，因为此书的影响之大，适逢国际心外科年度大会在中国举办之际，韦斯塔比教授也被特邀在开幕式之后的全体大会上做报告。我本人曾为《打开一颗心》的中文版作序推荐，实感有幸。巧合的是，在这不久之后，我又参加了一个中英人工心脏合作项目，对方恰好就是韦斯塔比教授牵头的新型人工心脏设备团队。

转眼几年过去，韦斯塔比教授笔耕不辍，又推出了剖白自己心外科职业生涯的这第二本书，《刀锋人生》。他以深切的体会和富有文采的笔触，描绘了从医几十年来的心灵所感，其中既有极为成功的手术案例，亦有终生抱憾的救治回忆。对每一次手术案例中，医生在施治前和患者或家属的人文交流，医生自己的心理，患者在术中和术后的变化，其中的临床医学经验和教训，作者都描绘得非常深入；而那些包含了开胸、体外循环、心脏停跳和心脏切开等高风险操作的大型心脏手术，其过程的惊心动魄也表现得淋漓尽致。

同时，本书也体现了韦斯塔比教授一直提倡的理念：治疗应该带有温度，带有人文关怀。国内外绝大多数心外科医生在这一点上都是相通的：患者能够把生命放心地托付给你，允许你切开他的胸腔和心脏，其实是一种莫大的信任。这也许就是心脏外科与其他外科的不同之处，也是它最富有神秘感的地方。而心外科医生也常会为了给患者实施救治和手术，耽误甚至放弃自己个人和家庭的正常生活，这也是职业操守的体现——正如本书中所写的那样，韦斯塔比教授自己也是这么做的。每一次手术，对患者和医生都是性命攸关的考验，都需要患者和医生共同闯过。面对每一次"留下遗憾"的救治病例，心外科医生们也会像韦斯塔比教授那般感同身受，甚至痛彻心扉。幸运的是，今天的绝大多数心外科手术都能闯关成功。

值得一提的是，韦斯塔比教授在本书中回忆的一些多年前的救治遗憾，往往是因为患者耐受不住开胸和体外循环的创伤，或是没有机会获得器官移植而造成的。而今，心外科领域不断涌现着新的技术和创造，如更多样的不开胸、不用体外循环的微创介入瓣膜手术技术，给人体移植经过基因修饰的猪心，人工合成材料瓣膜的种种突破性临床研究，等等，这些都帮助人类在死神面前极大程度地提高了胜算。

心脏外科是医学领域一颗光彩夺目的明珠。身处其中的我们，一定会沿着本托尔、柯克林、罗斯、韦斯塔比等教授们开拓的道路，努力探索，力争在技术创新和有温度的治疗上不断进步，担得起患者的性命之托。

本书献给萨拉，谢谢她挽救我脱离自大。

也献给杰玛和马克，还有爱丽丝和克洛伊，

这些孩子和孩子的孩子，给予了我莫大的快乐。

目 录

前 言

　　每台心脏手术都悬着一条人命。这种要么痊愈、要么死亡的紧张感是我这门专业独有的，其他职业无一能比——少有人能每天带着这种紧张感生活。当年我学艺时，在心脏内部开刀被视为外科手术最后的前沿，心内直视手术的难度堪比登上月球和分割原子。后来，心肺机的发明和充满活力的 20 世纪 60 年代改变了一切。在我上医学院的几年间，心脏移植和人工心脏相继问世，它们深深地影响了我。70 年代，我进入医院受训，那时心外科依然是一家遥远的专属俱乐部，外人极难加入。但我还是获得了这份特权，从而得以延长千万人的生命。

　　每颗心脏都有它独一无二的地方。虽然大部分手术都能平顺地完成，但也有一些升级成了非同小可的生存之战，有少数更是成了真正的血腥灾难。随着经验和知识的累积，我成了那些走投无路的心脏病人最后的停泊港，手上保管着一沓没人想接手的病例——有国内的也有国外的。我失去了一些病人，如果国民保健服务（NHS）愿意提供设备，他们本来是可以得救的。病人死亡，责难随之而来。我要同刚失去亲人的家属进行痛苦的面谈，在"发病率与死亡率会议"上展开凄凉的探讨，愁容满面地出席死因裁判法庭。我对医疗体系的缺陷直言不讳，为此也吃了不少苦头——NHS不喜欢刺儿头。

在本书中，我讲述了在心脏外科专业刚刚兴起时做心脏外科医生是什么感觉，而在如今充满敌意的环境中又是怎样一番滋味。我讲述了自己在身体和心理上付出的努力，情绪上的高峰和低谷，一路的胜利和失望，还有外科医生的工作如何影响了我和我所爱的人。你们将会看到，当我还是个小伙子时，命运的一次奇特转折如何解放了我压抑的心灵，让我变得无所畏惧——我不会随便建议后辈也经受这么一次转折，对于这份责任重大的职业，那实在是一块奇怪的起跳板；但它也确实令我勇于接受别人避之不及的挑战。

我并非职业作家，想写出一本通俗读物要耗费不少时间和努力。读完这本书，你们肯定会觉得我终究还是名外科医生，而非什么文学天才。不过令人欣慰的是，我的第一本书《打开一颗心》成了获奖畅销书——看标题就知道，里面写的大多是些光彩炫目的案例。《刀锋人生》就比较黯淡了：我在这里面写了自己卑微的起步，如何为了成功而奋斗，还有同一些专业先驱和伟大领跑者的宝贵交往。他们要面对巨大的风险和随之堆积起来的尸体，也因此展现出一种特殊的人格魅力——勇敢、坚决，总是光芒四射。他们坚韧不拔，不知悲伤为何物。然而令人感伤的是，由于心外科的生活方式太耗费心力，当我退休时，已经少有英国毕业生预备将它作为自己的职业和使命了。这就是一些人说的"一个时代的落幕"或"伟大开端的终结"吧。

现代心外科那扣人心弦的全部故事，正是在我这一生中渐渐铺陈开的，能够参与其中，我很自豪。

序 章

　　我的手术生涯结束才几个星期，附近一所中学就邀请我去给年度演讲日颁奖。那所中学的女校长要我一定把那些十几岁的孩子当成大人对待，还建议我跟他们说说，哪些个人特质使我成了一名心脏外科医生。这时的我，对此已经有了一套固定的说辞。"要学习医学，"我对台下那群学生说道，"需要毫无保留的工作伦理和巨大的决心。你需要一双非同一般的巧手，还要有接受外科训练的强烈信心。再进一步，你就还要有着成为一名心外科医生、敢于拿患者生命去冒险的志气。要做到这些，你必须具备失败的勇气。"

　　但孩子们不知道，这最后一句并非我的原创——过去它常被用来描述那些心外科的先驱人物，在他们那个年代，死去的病人比活下来的更多。我决定略去性别、阶层、肤色和信仰等与成功无关这样的说法，因为我自己都不信。我也不觉得自己就具备我所谈论的每一项特质。比起那些，我更像个艺术家，我的指尖直连着大脑。

给优秀学生颁奖完毕，我开始无精打采地回答关于我在牛津取得的成就的提问。一位颇有见地的生物老师问我，在一个每分钟泵出5升血液的器官内部进行手术，这要怎么做到？心脏一旦停跳，大脑会不会也跟着死亡？另一位提问者想知道如何突破肋骨、胸骨和脊椎的包围进入心脏。接着艺术老师问我"蓝婴"的成因——他们蓝得像是给人涂成的一般。

提问环节快结束时，一个戴着眼镜、梳着两条小辫子的小姑娘举起了手。仿佛玉米地里冒出了一株罂粟似的，她站起来大声说道："先生，你的病人里有多少死了？"

她提问恳切，声音嘹亮，我绝无可能假装没听到。我看到一对父母仿佛要找个地缝儿钻进去似的，女校长也慌乱地解释说时间到了，该让嘉宾离开了。但我不能无视这个好奇的孩子，让她在朋友面前下不来台。我思索了片刻，最后只好承认："我真的不知道有多少。比大多数士兵手下死的人要多，但比一个轰炸机的飞行员要少吧，我猜。"至少比广岛上空那架"艾诺拉·盖伊号"（*Enola Gay*）炸死的要少吧，我心里暗暗偏袒着自己。

像一道闪电那样迅速，那位好奇小姐再次追问："你记得他们每一个人吗？你为他们感到难过吗？"

我又思忖了片刻。我能在整整一礼堂的家长、教师和学生面前坦白吗？说我不知道自己到底送了多少病人上路，更别提记住他们的名字？最后我只憋出了这样一个回答："是的，每一次有病人死亡我都会难过。"我等着再被一道犀利的霹雳击中，但谢天谢地，这段短暂的对话就这么结束了。

只有当我不再是个不经意的连环杀手后，我才会开始把患者当作一个一个人来回忆，而不再只是死亡人数统计和一次次前往尸检室或死因裁判法庭的经历。一些病人的死亡时常萦绕我的心头，特别是那些根本不必死于心力衰竭的年轻人。他们没能拿到心脏移植许可，但若依靠新型的循环支持设备，本可生存下来，而我们的NHS却不愿意为这些设备付钱。

在20世纪70年代的布朗普顿医院，我老板的病人每五个里就会有一个在术后死亡。当时我还是个神气的规培医生，负责接待每一位病人，记录他们的病史，然后倾听他们对即将到来的手术的恐惧和期望。他们大多症状已经很重，苦等了几个月才来到伦敦这家著名医院就医。不用多久，我就能看出哪些人已经没有希望——这些病人通常患有风湿性心脏瓣膜病，来时坐着轮椅，因为气急，连话都说不出来。气急会带来一种独特的恐怖感，用病人的话说，就像溺水和窒息一样。他们的死不是因为缝合不到位，而只是因为他们挺不过连在心肺机上的那段时间，或是因为在那个时代，心肌在手术期间得不到妥善的保护。我们都知道主刀医生的动作越迟缓，病人就越容易死亡。我们还会为此打赌："如果做瓣膜置换的是甲医生，他还有一线生机，如果落到乙医生手里，那他就完蛋了。"

那时国民保健服务就是如此：治疗免费，于是病患也就听天由命，不会去质疑医院的疗法，是死是活犹如掷骰子。尽管如此，结局若是死亡，带来的打击仍是毁灭性的。主任医师会避开一切悲剧，把和死者家属谈话的事交给我们这些初级医生。

我几乎都不用开口。家属们一看见我耷着肩膀、垂着脑袋慢吞吞走过来，马上就明白了。他们看得懂我那副表情，上面分明写着"坏消息"。我先是本能地吸一口气，接着放出那个震撼性的消息，几句"抱歉""手术没有成功"，就能让家属情绪崩溃。他们刚从等待的焦虑中解脱，马上就陷入了沉重的悲伤。通常情况下他们会庄重地接受现实，但有时也会一味否认，或者干脆垮掉。我遇到过家属歇斯底里地要求我回到手术室去抢救尸体，要我继续做心脏按压，或是把遗体重新连上心肺机。幼小孩子的父母尤其经不住这样的打击，他们的孩子可是才刚刚发展出天真无邪的个性。我见过各年龄段的小病人，新生的婴儿还只会尖叫和便便，但那些学步幼童已经很有人的样子了。他们拉着妈妈的手来到医院，另一只手抱着泰迪熊，太多次，那些玩具都随他们一起运去了太平间的冷柜。不过，每次转身离开那些家属，我就会立刻把悲伤收纳进"已处理文件栏"。后来，当我自己也开始失去病人时，我已经对此习以为常了。

只有一次，我觉得自己真的杀了人。那冷酷的场面震撼而血腥地提醒了我：我不是无所不能的。一位中年病人即将接受第三次二尖瓣手术，X光胸片显示他的心脏很大，胸骨正下方的右心室压力极高。每次给做过手术的病人重新开胸，我都会预先做好准备，会要求先给病人做一次 CT 扫描来确定胸骨和心脏的间距。这样做会增加再次手术的成本，我为此挨过好几次训诫——在医院，只有委员会才有权批准额外开支。这位先生的伴侣焦急地陪着他来到麻醉室，我劝她宽心，还告诉她我经验丰富，会照顾好她的丈夫。

"所以我们才来找您。"她回答道，声音因忧虑而颤抖。她吻了吻他的额头，然后轻轻出去了。

我先用手术刀沿着旧疤划了一刀，再用电刀灼烧胸骨外表面，然后用钢丝剪剪断第二次手术留下的钢丝，继而用重型抓钳把它们扯出来。这很像拔牙，断了就麻烦了。摇摆锯（胸骨锯）切在钢丝上吱吱作响，仿佛在尖叫抗议："我可不是用来切割钢材的！"接下来的工作很棘手：我要用这把强有力的锯子将厚厚的胸骨一点点全切开，而不能撕裂胸骨下面的柔软组织。我曾经在数百台再次手术中成功地重开胸骨，但这一次，里面传出了不得了的一声"哧"。深蓝色的血液从胸骨的切口里喷涌而出，顺着我的手术服直往下淌，洒在我的手术鞋上，在地板上横流。

我骂出了一连串脏话，一边用力压住切口放缓血流，一边吩咐两腿发软的助手给病人的腹股沟做血管插管，这样就能连心肺机了。就在麻醉医师手忙脚乱地往颈部的输液管挤压血袋时，事情出了大错。插管划开了腿部的几层主动脉血管壁，我们根本没法建立心肺转流（体外循环）。看着这持续不断的大出血，我别无办法，只能撬开坚硬的胸骨切口，想要找到下面的出血点。我在切口里硬塞进了一只小型牵开器，把胸骨撑到两边。哪知道他的胸骨内表面和心肌间一点空隙都没有。之前的伤口有过感染，发生了炎性粘连，薄薄的右心室壁因此直接贴在了胸骨上。于是，就在我拉开胸骨的同时，这颗心脏也被我扯成了两半，三尖瓣的底部暴露在了我的眼前。就在我努力寻找更好的下手点时，两只手持吸引器里开始吸入空气，接着心脏本身也为空气充满。这时，我发现那把擅长分割组织的骨锯还锯开了右侧冠状动脉。我那个主治医整个人都僵住了，在那儿目瞪口呆，仿佛在说："你他妈的要怎么收拾这个烂摊子啊？"

　　我再做什么都来不及救他了。因为缺氧，他的心脏很快开始纤颤，所以就算我继续抢救，在最好的情况下，他也仍然会受严重的脑损伤。于是我叫停了这个令人毛骨悚然的场面。这台跌跌撞撞的手术不到十分钟就结束了。我向负责把他推走并清洗地面的护士们道歉，然后在恶心中丢掉手套和口罩。这场血腥灾难简直就是《电锯惊魂 2》或《电钻杀手》等电影里的景象。我感觉自己仿佛往那男人的心脏里扎进了一把刺刀，还拧了刀刃。接着，就像在学艺时别人常叫我做的那样，我打发那个主治医去和男人的妻子谈话，自己则上酒吧喝酒去了。

　　直到死因调查时，我才再次见到那位可怜的女士，她孤零零地坐着，听得很仔细。她对我没有怨恨，死因裁判官对我也不严厉。但恐怖的事实是：我无意中锯开了这个病人的心脏，把他全身的血液都倒在了手术鞋上。我心里明白，如果当时先做 CT 扫描，我一定会亲自给病人的腿部血管插管，这场悲剧也许就不会发生——后来我就一直这么做了。我没有被这次事件吓倒，短短几周之后，就在电视摄像机前重开了一根胸骨，这是第五次重开。

手术中的多数死亡全无独立个体的色彩可言。病人要么在手术台上盖着手术巾，要么被重症监护室（ICU）的阴冷器材模糊了面目。因此，最让我难以释怀的死亡都来自外伤。突如其来的意外伤害会将一个毫无思想准备的人投入他自己的但丁式地狱。刀伤和枪伤还算有规律可循，在我比较容易对付。只要打开胸腔，找到大出血的地方，将出血点缝合，再往循环系统中注入血液就行了——这类病例总会刺激得我肾上腺素飙升，好在此时面对的往往是年轻健康的组织。

我那些最恐怖的噩梦却不是一把枪或一把刀带来的。我还是个年轻主任医师时，曾被紧急呼叫到急诊部处理一起交通事故，伤者在路上，马上送到。当时还是所谓"冲到现场，抬起病人，奔回医院"的时代，伤者会被直接送往医院，不会被补液破坏凝血功能。警方很有先见之明，提前向医院前台告知了情况，可惜我当时没在场。我正在救护车停车区里舒服地晒着太阳，忽然看见车道上轰鸣驶来一辆救护车，警笛刺耳，蓝灯闪烁。接着，后车门猛地打开，车上的人说要请医生先看一眼，才敢再移动伤者。

在看见那个女孩之前，我先听到了她的呜咽声，而看到急救人员的凝重表情，我知道了她处境不妙——实际上是非常糟糕。这位摩托车手才十几岁，脸朝左侧躺着，身上盖着的白被单已被鲜血浸透，而我看得到的那半张脸也和被单颜色一样。这可怜的女孩，血都快流干了。正常情况下，她应该已经被火速转去了抢救室，但是现在有一百个理由不能操之过急。

急救人员安静而细心地拉下被单，于是我看到，女孩的身体被一根篱笆桩穿透了。一位目击者看见她骑着摩托车，为了避开一只鹿打了个急转弯，然后飞出公路，猛撞上一道篱笆，冲进了田地里。她穿在了一根篱笆上，就像烤串上的一块肉。消防队最后锯断了篱笆，才把她抬了出来。那根桩子还插在她身上，从浸透血液的上衣里戳出来。周围的我们就直勾勾地看着这处穿透伤，竟忘了氧气面罩下那张恐惧的脸。

我握起她黏湿的手，但这主要不是出于人道关怀，而是为了做临床评估。她已经循环休克了，更别提内心有多惊惶。她的脉搏大约每分钟120下，而我还能摸到脉搏，说明她的血压还在50毫米汞柱以上。移动她之前，我需要先查看伤口的解剖学特征，好推测一下要面对怎样的伤情。我之前见过几例穿透伤，那些人之所以活了下来，是因为贯穿物恰好避开或挤开了重要器官。但从休克程度来看，这女孩可没这么走运。现在，我们得万分小心而又恰到好处地给她插上几根管子，同时准备好用来输血的 O 型阴性血。还有，行行好，得给她大量吗啡，让她不要对自己的悲惨处境这般恐惧。

我本能地想到了几件事：如果这根桩子刺破了心脏和主动脉，那么她的血会在事故当场就全部流光。如果伤的是小动脉，它们会痉挛，凝成血块并自行止血，只要我们不头脑发昏给她补液就行——否则会提升血压、冲破血块。所以我推测，大部分出血一定来自静脉，而静脉是不会收缩的。我问护士要了几把剪刀，把女孩的衣服剪开脱下来。因为血液干结，衣服变得硬梆梆的，我仿佛在剪一块硬纸板，又仿佛是剪开了一扇窗，照见了她面临的残酷现实。

她那双充满恳求的棕色眼眸死死盯着那根木桩。我看见锯齿状的肋骨末端从浸软的脂肪和惨白、瘀青的皮肤中穿出。木桩直接从右乳下方、身体中线略微靠右的位置扎入，从背部靠上的地方穿出，这说明她从摩托车上跌落时是脚先着地。凭借三维解剖知识，我已经很清楚都有哪些器官受损了。木桩必然破坏了膈肌和肝脏、右肺下叶，很可能还破坏了她体内最大的那根静脉——下腔静脉。肺不是问题，但如果她的肝脏被捣碎，并与下腔静脉扯脱，那我们可救不了她了。我仔细检查从背部刺出的那截木桩，明白最令我害怕的事已经发生——木皮上沾着肝和肺的碎屑。人人都在肉铺里见过肝脏的样子，而年轻人的肺鲜嫩粉红，柔如海绵。我认出了这两样东西，这让我很难过。

一个周六早晨的短短几秒，就把这个快乐活泼、无忧无虑的学生变成了一只垂死的天鹅，像吸血鬼一样被钉在木桩上。她现在每一次呼吸都很痛苦，鲜血不断从伤口边缘涌出。无论待会儿发生什么，我都必须和她说说话。我绕到推车的另一边，在她脑袋边上跪下来，以此分散她的注意力——几个急诊医生正痛苦地用针头在她身上试探，想找到一根空的静脉。她从嘴角不时滴出鲜血和泡沫，连呼吸都很困难，更别提说话了。我们必须在救护车里即刻将她麻醉，然后往气管里插管。但她现在的姿势太别扭了，我们几乎不可能完成这个任务。这时我已经相当确定：无论我们做什么，她都会死。就算现在不死，几天或几周之后也会因为感染和器官衰竭而死在ICU。因此，无论我们要为她做什么，都必须关爱些。尽量别再给她增加痛苦。

我直视着她的眼睛，问她叫什么名字。我这样做，是想尽量给这个过程注入一丝人性关怀，减少一些残酷。她在呼吸间断断续续地告诉我，自己是一名法律系学生——想到女儿杰玛也学法律，我心中的痛苦又增加了几分。我用右手握住她冰冷的手指，左手抚摩她的头发，希望让她别再去注意那根木桩。

泪水从她的双颊滚落。她低声问道："我要死了，对吗？"

在这一刻，我完全没了外科医生的身段，因为她说得没错。这是她在世间最后的痛苦时刻，我能做的只有安慰她。在这一刻，我的任务就是暂时充当她的父亲。我抱住她的头，对她说了她想听的话：我们现在先让你睡着，等你醒来，一切都会恢复如常；到那时，木桩就不见了，痛苦和恐惧也都会消失。她的肩膀松弛下来，感觉不那么紧张了。

夹在食指上的仪器显示她的血氧饱和度已经很低，我们必须把她移到别处，让麻醉医师有机会给气管插管。只有这样，我们才能做些象征性的抢救。我伸手去摸她的肚子，它又肿又硬。在我们说明必须要移动她时，我感到她在渐渐失去意识。

她低语道："能帮我告诉爸爸妈妈，我爱他们，我很抱歉吗？他们一直都不想让我买那辆摩托的。"

接着她咳出了一团血块，身子向后仰倒，那根木桩也移动了，蹭得她断裂的肋骨直响。她的眼珠向上一翻，撒手人寰。循环系统里仅剩的一点血液全部涌出，喷了我一身。但我不在意。能在最后一刻陪着她，是我的福分。从抢救室来的几个初级医生毛躁起来，想上前做心脏按压。我毫不犹豫地吩咐他们退后。都已经这样了，他们还想按出什么鬼结果来？

救护车的后车厢里陷入了无比恐怖的寂静。我本想把那截丑陋的篱笆桩从她胸口拔出来，但这份工作只能留给病理学家了。我不忍心去看她的尸检，但结果证明了我的判断：她的膈肌整个撕裂，捣碎的肝脏也从下腔静脉上扯脱了。

* * *

那个温馨的夏日傍晚，我带着我那条浑身乌黑的平毛寻回犬"蒙蒂"穿过布莱登荒野（Bladen Heath）的蓝铃草林地。蒙蒂去追兔子，我自己坐在一根覆满青苔的倒塌树干上，思索起了上帝是否存在的问题。当我身处紧张状况、需要神力干预的时候，他在哪里？今天，那可怜的女孩因力图避免伤害一只鹿，却死于自己的善意的时候，他又在哪里？我仿佛看到了太平间里，她悲痛欲绝的父母坐在冰冷的尸体旁，一边像我在救护车里抱着她那样抱着自己的女儿，一边哀求上帝让时间倒流。

　　用逻辑来分析宗教没有意义。我知道有些身份很高的牛津学者（剑桥的也是如此）对神的概念嗤之以鼻。无论理查德·道金斯还是斯蒂芬·霍金，都凭着自己的理解，拥有那种熠熠生辉的无神论确信，蔑视所谓的天降神助。我想我也是如此。但我还是会从后门偷偷溜进一间大学讲堂，倾听人们辩论这个话题。有些人用充斥世间的邪恶和困苦来质疑上帝的存在，我虽然同意这一观点，但也有幸通过一些特殊的病人获得过相反的洞见：他们宣称自己在被抢救回来之前，曾触到过天堂的大门。

　　这些生动的灵魂出窍体验相当罕见，但偶尔也非常令人信服。曾有一位颇具灵性的女士形容自己平静地飘在天花板上，俯视我在她打开的胸腔里握着心脏泵血。在体内心脏按压 40 分钟之后，我不慎用大拇指在她右心室上戳了个洞，而她清楚地记得我当时的话："妈的还是出事了！"万幸，灌注师很快就带来了维持她生命必需的循环支持系统，我也成功补好了那个洞。

　　几个星期之后，她在诊所里诡异地说起了对当时的记忆：在从上方参观完对自己的抢救之后，她就飞越云层，见到了圣彼得。这次旅程平静祥和，和我们在地面上的恐怖抢救行动形成了鲜明的对比。但天堂门口的圣彼得却告诉她必须返回人间，她的时候还没有到——就这样，我以诡异的微弱优势赢过了死神。也许随着年龄的增长，上帝也变了。或许他起初有着最为良善的意图，但随着时间推移，却变得越发虚无而冷漠——就像国民保健服务那样。

曾有那么多病人死于我手，被送往天上那座伟大的医院，但直到从手术台退下来以后，我才开始反思自己在其中扮演的角色。这片荒野中有一处静谧所在，今天对我依然意义重大。这是一个幽灵出没的林间空地，能俯瞰到我偶像温斯顿·丘吉尔的出生地布伦海姆宫，以及他的归葬地——布莱登的圣马丁教堂。就在距这片空地几米远的地方，曾经发生过一起空难，一架从牛津机场起飞不久的喷气式飞机在这里坠毁并爆炸。

我的儿子马克当时正在卧室备考，他目睹了空难的全过程。他很英勇，第一个到达出事现场，然而面对熊熊大火也是束手无策。他眼睁睁看着驾驶舱的火焰把飞行员烧成了灰。马克当时才17岁，性情和他这个额叶受创的父亲显然不同。像任何正常人一样，眼前的惨状令他心神大乱。医生给他开了创伤后应激药物，正值备考的关键时刻，他的记忆和认知却被药物搅得一团乱。他在生物系降了一级，随后被自己选中的这所大学抛弃了。我对这件事很生气，直到现在都是。

一天，当我和蒙蒂来到这片圣地时，蒙蒂发现在傍晚天空的映衬之下，一只雄鹿的身影出现在前方近百米远的地方。这时一束夕阳穿过树间，照亮了一丛正在凋谢的蓝铃花，它们耷拉着脑袋，花期快到头了。难道那只俯视着我的庄严雄鹿正是上帝的化身？而围绕在他身边的，恰是我职业生涯中解放的幽灵，过往手术中制造的鬼魂？

事实上，我一向是个孤独的人。我现在仍是个不安分的失眠者，天还没亮就起来写作，在愚蠢的笔记里写下自己永远都不会使用的材料，继续发明没人能做得出的手术。我对手术还有留恋吗？意外的是，一点也没有。我开了40年的刀，已经够了。像我这样出身卑微的人，何以能从北方钢铁城市的穷街陋巷一路取得这许多成就，对我至今仍是个难解之谜。也许正是早年这场逃离卑微的战斗为我注入了动力。我渴望与众不同，有着强烈的抱负，想要挑战体制、克服过去。

我的整个职业生涯都在撰写教科书和科学论文，却思索了许多年是否应该在公共论坛上谈论我的战斗。说来也怪，催促我做这件事的竟是我的病人，其中甚至还有失去亲人的家属。许多人急切地想让我说出他们的故事。在我看来，现代心脏外科的历史是有史以来最扣人心弦的故事。我在伦敦和美国都受过训练，认识这个领域的好几位先驱人物，他们也曾当面向我讲述他们经历的试炼和磨难，并鼓励我勇敢出击，不要躲在阴影里回避冲突。我也的确从一开始就在惹麻烦。

而政府制定政策，要求每个外科医生都要向媒体具名公布手下病人的死亡率，这也成了促使我为大众写一本书的一个因素。篱笆另一边的生活到底是什么样子？那和一个统计员、一个政治家或一个记者的生活可有不同？律师兼医学伦理学家丹尼尔·索科尔（Daniel Sokol）曾在《英国医学期刊》（*British Medical Journal*）中撰文表示："公众有一种兴味，要一窥医生的私人生活和想法。他们要消除医学这门专业的神秘感，好不再像过去那样，认为这门职业领受了什么魔力。"但我们中的一些人或许还保有着神秘的力量。我们像弗兰肯斯坦博士*对待他的怪物那样，在病人的颅骨里装上金属插头给他们供电；我们改造人体循环系统，使其只有持续的血流却无脉搏。世上少有什么事情比这些更迷人了。这些发明或许被视为巫术，但它们就是我用来对付心力衰竭这种可怕疾病的实际方法。索科尔还在那篇文章里写道，医生们习惯揭示的"不是阿波罗的那副雕琢精美的体格……而是《辛普森一家》里伯恩斯先生那长满疣子的身躯"。不过伯恩斯先生是个富裕的工厂主，而我更多地是个敏感的知识分子，就像巴特的父亲荷马·辛普森那样。

面对这种情况，法语中有个说法，"se mettre à nu"，意思是"脱光衣服"，裸裎相见。这正是我决定要做的事——虽然我年轻时脱光的样子比现在有意思多了。我洞察到，公众更期待

---

* 此人物最早是玛丽·雪莱的小说《弗兰肯斯坦》的主人公，热衷新科学，制造了怪物，并被怨恨的后者坑害了全家。在后来的流行文化中，二者的形象有了很多混淆和衍生，其中较流行的一种是高大的方头怪人，两太阳穴的位置插着大螺栓。——编注（本书此后脚注，如无特别说明，均为编辑添加）

看到他们的外科医生，哪怕是一位心外科或脑外科医生，同样是个活生生的人，也经受着所有人都有的核心情绪。不过，因为一次诡异的运动事故，一些绝大多数人拥有的品格在我身上消失了一段时间，而事实证明，这对我产生了意想不到的巨大推动，把我推向了这份凶险的职业：我永远过上了"刀锋人生"。

第一章

家　庭

我在网上搜当代人如何描述外科型人格，找到了这么一段：

> 充满睾酮的自大狂，自信、嚣张、富有人格魅力、喜欢发号施令。性情傲慢、反复无常，甚至有欺凌和虐待的倾向。好斗。先动刀子再问问题，因为治疗靠的是动刀子，最好的疗法就是一把冰冷的钢刀。有时犯错，但从不怀疑。有一双巧手，但没时间说明。同情和交流？那是娘娘腔的玩意儿。

这段话的作者是位心理学家，他主张，外科医生所处的高度紧张、充满肾上腺素的工作环境，会吸引特定的人格类型。确实如此。在人身上动刀，然后在血浆、胆汁、粪便、脓液和骨屑中摸爬滚打，这项"消遣"对普通人来说实在怪异，单是操作手术一事就直接把我们划入了另类。那类善于自省和自我怀疑的人自然不会选择我这门专业。

今天的人很难想象，在 70 年代加入一个心脏外科培训项目是何等困难。当时靠心肺机开展的心脏手术才刚问世十几年。那个年代的外科医生都是当之无愧的精英群体，他们具备勇气、技术，甚至有一腔孤胆去打开一颗患病的心脏，尝试把它修好。当时保护心肌免于缺血的办法往往效果不佳，而血液和心肺机的异质表面长时间接触，会诱发一种伤害极大的炎症反应，叫"灌注后综合征"。因此对那时的心外科医生来说，首要的是争分夺秒完成工作。死亡每天都有，但大多数病人都情况危重，即使死了也不会被看作灾难。病人存活、症状缓解固然令人满足，但死亡也能终结痛苦。于是，患者家属大多会心怀感激：至少他们所爱的人得到了一个通过外科干预改善病情的机会。

我们都要先接受普通外科的培训，好证明自己确实有必备的能力。首先是一双巧手——这必须是天生的。多数器官在你切割、缝合的时候会老老实实待着，但心脏是一个运动目标、一只充斥压力的血袋，一旦搞坏了它，鲜血就会飙出。只是触碰它的动作稍显笨拙，都可能引发心律失常和心脏骤停。其次是性格脾气：你要能向悲痛的家属解释死亡，还要能在手术室里挨了一顿臭骂之后及时调整心态。接下来是勇气：要在老板已经受够了时勇敢地接过他的担子，要敢于承担小婴儿的术后护理责任，或者在最近的主任医师还有一个小时才能赶到的情况下处理创伤急诊室的大乱子。还有就是耐心和韧性：你要作为第一助手站满六个小时，全程聚精会神，即便有时前一天才喝得酩酊大醉；要不就是连续五天在医院值班，白天晚上都不能休息。那时候的外科培训就是如此。

除了临床工作，我们还有一重额外的负担，那就是为了入选皇家外科医师学院的会员，要通过一连串地狱般的考试。这些考试覆盖了外科医学的所有方面，每次能通过的候选人只有1/3。我只想对胸腔开刀，但学院可不管这个。要拿到"初级"会员资格，我们必须知道人体解剖结构的纤毫细节，从脑子到屁眼，从牙齿到奶子；要记住全身的每一条神经，每一根动脉和静脉——它们是什么走向，有什么功能，弄坏了会有什么后果。我们还必须了解每一个器官的生理过程、每一个细胞的生物化学机制。当你积累了一些基本的手术经验后，就可以参加"终极"会员考试了，它考查的是书里写到的每一种外科疾病的病理，还有每个专科的诊断和手术技巧。只有在完全证明了自己的综合知识和技术之后，我们才有资格进阶成为专科医师。我在第一次参加初级和终极资格考时都考砸了，为此多花了很多钱。我的同学大多也没有一次通过。这道痛苦的关卡就是为了对人才去芜存菁才设置的。失败并没有使我茫然。那就像是我最喜欢的运动——橄榄球：有的比赛你会赢，有的会输罢了。

外科的世界就像军队。主任医师就是军官，受训人按等级依次排列：高级住院医师相当于下士，主治医师类似中士，高级主治医师好比非委任军官，他们有资格做军官工作，最终也会被擢升到军官堆里。最后一步的竞争最是激烈；对于充满强烈抱负的医生来说，这就是进入皇家顶级教学医院。心外科医生争取的目标都是伦敦的医院，像皇家布朗普顿、哈默史密斯、盖伊或者圣托马斯。拿到了这些医院的任命，你就取得了一项重大成功。那时的剑桥也有一个生机勃勃的心胸中心，位于剑桥城外的帕普沃斯村。而牛津还没取得什么成就。

　　这一切都发生在我们的成形时期，二十大几、三十出头的那段日子里。到了这个年纪，普通人都开始确立关系，在一个地方安定下来，组建自己的家庭。而我们这些受训的外科医生却过着吉普赛人般的生活，追着优异职位的招聘启事，在各个城市间辗转。外科医生的某种职业属性将我们提升到了另一个层次。我们是医生堆里的斗鸡，招摇过市，总在力争超越同侪，一心想着拿下顶尖的工作。我们这些男人——无论当时还是现在，这一行几乎全是男性——夜复一夜地守在医院，寻找着每一个手术机会；要是医院风平浪静，我们也会溜到对面的护士站去串门，在那里轻易就能找到其他令人兴奋的活动。

　　我是从斯肯索普的穷街巷出来的小子，早早和当地文法学校的青梅竹马结了婚。但是被卷进这股由强烈抱负形成的旋风之后，我的生活起了变化，也无意中伤害了我的婚姻。我对这件事很羞愧，但我知道有那么几支外科团队，其中的每个成员——从最初级的住院医到最高的主任医师——都在医院搞外遇。在现实中这很令人沮丧，但到了那些美化出轨的肥皂剧里又成了上好的素材。这个问题实在太普遍了，以至于美国的约翰·霍普金斯医院专门为此开展了一项研究，将离婚正式列为医学界的职业危害之一：他们发现，自家住院医师的结婚时间越早，离婚率就越高。不难理解，配偶不在医疗领域工作的话，离婚就成了家常便饭。要怪就怪交流障碍吧。那些夫妇之间的共同语言太少了，因为医生，特别是外科医生，总是沉迷于医院里的生活。

约翰霍普金斯的这项研究显示，超过半数的精神科医生和1/3的外科医生都离了婚。心外科的离婚率尤其显著，这一点我从同行的经历中已有了解。研究中举出的原因包括睾酮水平过高，在医院里长时间工作和熬夜，与大量迷人的年轻女性维持紧密的工作关系——通常还是在情绪激动的高压环境之中。医护之间连起了职业纽带，纽带又发展成了恋情。有一次，杜克大学医学院的院长认为有必要提醒申请人，该机构的离婚率超过100%。怎么会超过最大值？因为已婚的学生在进入学院后离了婚，然后再婚并且再次离婚。在这些人的生活中，工作永远是第一位的，其他事情只能远远排在后头。

一次在美国加州开会时，我翻开了一本《太平洋标准》（*Pacific Standard*）杂志，其中一篇文章的标题是《为什么外科医生多混蛋？》。这显然是在吐槽外科医生普遍具有的性格类型。作者的一个朋友是洗手护士，她给他讲了手术室里的一件事：她给外科医生递了一把锋利的手术刀，不料刀锋划破了医生的拇指。医生大怒，冲她吼道："你是怎么递的器械？你当我们是两个小孩在游乐区玩橡皮泥吗？不像话！"为了强调自己的话，他一把将手术刀向着这位护士扔了回去。护士吓坏了，但也不知该作何反应，只能一声不吭。现场没人为她出头，也没有人斥责那个医生的攻击性或乱扔锋利器械。作者推断这就是许多外科医生的行事风格，而且他们每次都能逃脱制裁。

我知道是有许多外科医生会在手术室里扔器械，我本人虽然从没对着助手扔过，但一度也常把递错的器械扔到地上，意在表示再次犯错绝不允许。不过我要承认，但大多数成功的外科医生的确都有某些共同的恶劣品质。已经有人在医学文献中将它们总结成了"黑暗三元素"：一是精神病态；二是马基雅维利主义，即认为为达目的可以不择手段的冷血态度；三是自恋，它表现为过分的自我关注，与自大相伴的优越感，加上对受人瞩目的极端需求。这个黑暗三元素的根因，就在于这些人会将个人目标和一己私利置于他人的需求之上。

就在几个月前，哥本哈根大学的几位心理学家指出，一个人只要表现出了这些黑暗性格特质中的一个，他的内心就多半也酝酿着其他几个特质，包括所谓的"道德推脱"（moral disengagement）和"理所当然感"（entitlement），正是这些特质会让有些人乱扔手术器械而丝毫不感愧疚。对黑暗三元素的这种剖析可类比于查尔斯·斯皮尔曼（Charles Spearman）在一百年前指出的一个现象：在一种智力测验上得分很高的人，在别种智力测验上也会拿到高分。或许，外科医学这条令人却步的职业道路就是会在无意间挑选出具有这些负面特质的人。我本人显然就是这样，不过在家庭方面，我的个性却展现着截然不同的一面。我的婚姻走上了那条失败的老路，但我竭尽全力让孩子幸福，为父母争气。

* * *

那天是我女儿杰玛的生日，我希望把时间空出来，所以没排手术。我这个幽灵似的父亲已经让她失望了太多次，所以这一次我准备下午开车去剑桥，当面给她一个惊喜。然而，接着我就发现，我们的五个外科医生里有三个都出城去了。其中两个说好了要去地区医院出诊，并去招揽些"顾客"来——这就是国民保健服务现在对病人的称呼——偶尔能招来些自费病人就更好了。还有个医生出门开会去了，就是那种学术含量极低的商务会议：举办地设在美轮美奂的度假村，经费由赞助商承担，来去都坐飞机商务舱，等等。我还是个经不起诱惑的年轻主任医师时，也曾享受过这样的差旅，但最终还是觉得乏味了：无聊的机场，在宴会上灌下的一桶桶酒精，还要和同行竞争者们强装出同志情谊——其实会议一结束他们就会欢天喜地地往你背后捅手术刀。

今天正是这位与会医生的手术安排有空缺，病区主管强扭着我的胳膊要我替他的班。我也知道，闲置一间人员齐全的手术室是对资源的罪恶浪费，于是不情不愿地同意了这一要求。这个科室是我一手创办起来的，起初一无所有，如今几乎成了国内最大的同类科室——倒也不是说有谁都关心这个。这里的管理层更换得很频繁，一路的历史转眼就被忘却，淹没在财务窘境之中。总之，我的女儿得等一等了。和以前一样。

我要秘书苏马上在紧急等候名单上找两个病人，没提女儿生日的事。只做两台手术，我下午三四点钟应该就能开车上路了。我跟她说把那个患唐氏综合征的女婴算进来，她之前已经被两次取消手术安排。她的血流量过大，肺动脉的血压也很高，再拖下去就有无法手术的危险。我对这类孩子总是怀着特殊的感情。当我在 20 世纪 70 年代刚开始从事心外科时，许多人还认为修复这些儿童的心脏缺陷是不妥之举。我想不通这种针对特定疾病患儿的歧视性政策，出于逆反心理，我把他们统统当作极度虚弱的年轻成人做了手术——我想让时光倒流，让他们重获健康，虽然有时并不成功。

第二个病人要挑比较平常的。苏老是被一个自封为贵宾的患者骚扰，这位患者在附近的一家医疗机构担任要职，很看不起人。我在门诊接待过这位女士，告诉她减肥不仅可以改善气急症状，还能降低二尖瓣手术的风险。她听了很不高兴，严厉地提醒我说，她的名字最近刚刚上了一份授勋名单——大概是她提供了什么专门用来上授勋名单的服务吧，这在医疗界是常有的事。我丝毫没觉得这有什么了不起，她也看出来了，但还是一个劲儿地要求早点手术。苏也想把她尽快安排掉，这我不怪苏。但我还是不会让这位有头衔的女士排在第一位。第一位是留给那女婴的。她已经被取消了两次，不能再有第三次了。

早上 6 点，当我从牛津郡伍德斯托克的家里出发去上班时，几束阳光穿过布伦海姆宫的角楼照耀下来，让人不禁心生乐观。我一定能赶上杰玛的生日会的。她出生时我不知道跑哪里去了，20 年来，我一直试图弥补这个缺憾。苏也有交通恐惧症，因此她早早出门，7 点不到就在办公室跟我会合了。成人重症监护病房的查房大约在七点半开始，在这之前我必须把文书工作都处理掉——我们俩很快就处理完了。当天的手术安排已经挂在了主护士站的白板上。我的唯一一名成年病人不太可能在下午 3 点前送过来，男护士长知道这点，但还是觉得必须提醒我一下，床位紧张。我瞄了瞄那排空空的病床和周围没有插电的呼吸机和心脏监护器，心里知道不必多问。反正还是那么回事："床位紧张"的意思是缺少护士。根据 NHS 的规定，每张 ICU 病床都要配一名专属护士。在其他国家，一个护士管两张病床也能非常安全地完成工作；但在我们国家，做手术变得像约理发师似的，说取消就取消。

这天早上的许多护士我都不认识——她们也不认识我。可见昨晚的夜班护士大多都是中介机构派遣来的。我昨天做了三台手术，其中的两名病人今天已经可以离开 ICU 了，前提是住院部有床位空出来。在那之前，他们只能在这个不休不眠的可怕环境中继续煎熬，每天花费超过 1000 英镑。有时我们甚至会把病人从 ICU 直接打发回家，因为住院部总是挤满了老人和赤贫者。

以前可不是这样的。当年我们努力创建这个科室的时候，区区三个心外科医生每年要做 1500 台心脏手术，其他的胸外科手术也由我们三人分担。现在我们的设施依然简陋，心外科医生已经增加到了五名，但每年做的手术只有原来的一半，还另外增加了三名胸外科医生专做肺部手术。这就是进步的代价：增加了一倍训练有素的专业人士，依靠濒临崩溃的基础设施干着比以前少得多的工作。不过，咳。这礼拜不是正有一个医院的代表团在菲律宾招聘护士吗？前途还是光明的嘛。

早上 8 点，我在清晨时的乐观已经有点泄气了。我离开了那片由生命支持设备、搏动的气球泵、哔哔作响的呼吸机和尖锐的警报交织成的噪声。耳边传来家属的哭声，大约是表示很快有床位要空出来了。动刀的时间定在八点半，我想那个婴儿这会儿应该正在做麻醉。我努力避开父母在手术室门口和孩子告别的场面。当年我儿子只是摘除扁桃体，给我造成的心理创伤就够受的了——心外科手术可比这凶险多了。当我告诉那对父母，他们的孩子有 95% 的生存希望时，他们听到的却是孩子有 5% 的概率死亡。统计数字并不能带来安慰，没挺过手术的可能正是你的孩子。于是我说了他们想听的话，并希望这些都能成真。

我进了麻醉室，里面却没有人。麻醉医生正坐在咖啡间里吃早餐。

"病人还没送来吗？"我有点泄气地问道。

他摇了摇头：我们得先等儿科 ICU 查完房，然后他们才好决定能不能给我们一张床位。没有床位，就必须第三次取消手术。这种事决不能发生。查房甚至还没开始，要等到八点半，而儿科 ICU 就在走廊的另一头，于是我直接走了过去。我的血压正在升高，但表面上仍尽量维持礼貌。那儿的医护有许多重症儿童需要照料，我的这位小病人只是他们的日志中又一个不起眼的名字，后面简写着"房室管"三个字——是的，她心脏的中央部分整个不见了，肺部被血流淹没。每过去一天，她的生存几率就会下降一点。

问题在于，我很喜欢儿科 ICU。那是一片由几个房间围成的小小飞地，是我逃避医院其他场合的庇护所。每次来时，我都能以一种全新的眼光审视生命和自己的烦恼。在这个伤心之地，只有特殊的人才不会被击垮。这里的护士很喜欢护理经我主刀的心脏手术病人，因为其中大多都能恢复，这让她们在对付儿童癌症、败血症或交通事故的蹂躏之余能得到一丝缓解。这个片区上演着世上最糟糕的事，但每个人都会在第二天照常出现在工作岗位，重新来过。

我走进病房，见每张病床上都躺着一副小小的身躯，身边围着焦躁的家人。我的视线落到了一双生了坏疽的手臂上——那孩子得的是脑膜炎球菌性脑膜炎，在我观察他的几周里，他始终在努力坚持。他的母亲此时已经认识了我，她目睹我的小病人们来了又去，身边陪着开心的父母。每次见到她，我都会问一声孩子怎么样了，而她总是报以微笑。今天，这孩子的那两条变黑变僵的胳膊就要被切除，两只小手和十根手指头都保不住了。它们已经坏到只要尝试略做清理就会掉的程度。

我问她们午餐前能不能空出一张床位来，这样的话至少能先把孩子接过来。护士长不想让我失望。她说手下的一个日班护士刚送一个头部受伤的孩子去了放射科，那孩子在上学路上被一辆高速行驶的汽车撞了。如果她的伤势真有担心的那么严重，他们就会撤掉呼吸机，那时我的病人就能进手术室了。我问她有没有谈过器官捐献的事。

"你到底要不要床位了？"她反问我，"要谈器官捐献就得拖到明天。"

为了安慰自己，我拿起一块培根三明治走到外面，穿着手术装备信步穿过了 9 点上班的人群。这些都是普通人，不必开胸锯骨、停止心跳，也不必向悲伤无助的父母宣布噩耗，像是"你孩子的手术又取消了"之类的。这时我开始犹疑：我是不是该放弃那个小女孩，给那个"贵宾"做二尖瓣修复？那位女士应该还没有充分禁食、也还没有服用麻醉前药物，但如果给她手术，我至少可以在术后安心去剑桥见女儿，不必在自己不能随时应诊的情况下，担心地留下一个刚动过手术的婴儿。还是说，我应该为女婴的父母着想，再等等看有没有空床位？

我从面无表情、默默接受失败体制的人群面前转身，朝放射科走去。CT 室的人知道我的德性，发现我不是来抢下一个排位的，似乎松了口气。那个出车祸的孩子受创的大脑一帧帧地显现出来。她颅骨开裂，像是煮熟的鸡蛋被砸开了一头。本该有着一汪清澈脑脊液的地方现在已完全干涸。一名脑外科医生和几名重症监护医生都沮丧地摇了摇头。再做手术已经全无意义。她的大脑皮层已被捣烂，脑干也从颅底脱垂成疝。那具残破的身体还封在扫描仪里，我看不见，这让我松了口气。就在不久前，她还迈着小小的步子开心地走向村里的学校，现在却命悬一线，脑子都撞没了。就这样，我得到了 ICU 的床位。这对那对父母来说是宽慰，对这对父母却是彻彻底底的悲凉。

我笃定地大步走回手术室，要他们直接把我的第一例病人送进来。中介派来的麻醉护士根本不知道我是何许人也，对我甩出那套常见的鬼话：还没听说有床位空出来啊。

今天的我有点反常，再加上我不认识这女人，于是头脑一热冲她吼了起来："我说有床位就他妈有！马上把那孩子给我送来！"

麻醉医生站在门口，瞪着我看了许久。护士拿起电话打给了儿科 ICU 的护士长。这下我反而有点担心了：万一其他人还没收到消息，不知道那个被撞的孩子已经不需要呼吸机了呢？但我运气不错。电话那头确认了我吼的话。是的，我们可以把那个心脏病人送来了。

让这个婴儿入睡并在她细小的血管里插管需要一个小时。为了避免父母泪汪汪地和小女儿告别的焦虑情绪影响到自己，我手拿一只塑料杯，装满一杯浑浊的灰色咖啡，悄悄溜进了胸外科手术区的麻醉室。一个老朋友热情地接待了我，我让他给我量量血压。高压180，低压100——太高太高了，尽管这十年来我每天都在吃降压药。

当那对吓坏了的父母拖着沉重的步伐从门边走过时，我听见他们中的一个说道："请告诉韦斯塔比教授，能有这次机会我们万分感激。"我猜他们还是不相信自己的孩子能活下来，或许他们是在担心，我们不会尽全力救治一个患唐氏综合征的孩子。

一位钢琴家在为一场重要演奏做准备时，需要先忍受三个小时的强烈挫折感吗？一位钟表匠在组装一部复杂的劳力士钟表前，需要先来一场激烈的争执吗？我的工作是重塑一枚胡桃般大小的畸形心脏，而周围的人却丝毫不为我的精神状态考虑。如果一个公交车司机也像我这样恼火，我绝对不会上他的车。当我第一次作为主刀医生，面对着房室管畸形的中空时，我心想："妈的，这可该怎么办？"但我总能用补片把心脏的左右两边分开，再用未充分发育的瓣膜组织重构出二尖瓣和三尖瓣。这是件复杂的活计，而我在手术台上从未失手。

上午11点，我的不锈钢刀刃终于划开了女婴的皮肤。当血开始一滴滴在塑料手术巾上滚落时，我忽然想起来自己还没和女儿联系。闪现这个念头时，摇摆锯已经将女婴的胸骨一分为二，女儿的事只能先放一边了。我需要全神贯注地重塑这颗纤小的畸形心脏，让这孩子的一生不必遭受气急或疼痛之苦。那么我应该考虑的是什么？新的二尖瓣绝对不能渗漏，而要是三尖瓣有一点血液反流到低压侧，问题倒不大。要小心，不能破坏那套看不见的电传导系统，它对协调心脏的收缩和舒张起着关键作用，否则这孩子就得一辈子都用心脏起搏器了。想到这里，我觉得做钟表匠或钢琴家要容易多了……

后来我才知道，这颗小心脏只是今天最次要的问题。我先仔仔细细缝了几块涤纶布补片，用它们把几个心腔分开，然后开始小心翼翼地重建瓣膜，这孩子的未来就靠它们了。这跟在一个鸡蛋杯里动手术没多大区别。当血液重新流入纤细的冠状动脉时，这颗小心脏就像一列快车似的启动了。就在我准备把孩子从心肺机上脱离下来时，一张苍白忧虑的面孔出现在了手术室门口。

"打搅了，教授。"那女人说道，"我们需要你马上赶到2号手术室去。梅纳德先生搞不定了。"

"情况有多严重？"我嘴里问她，眼睛还盯着女婴的心脏。

"病人的主动脉破了一个洞，血流不止。"她的声音焦急得不得了。

虽然女婴看起来情况不错，但我通常不会让主治医来负责拔掉转流插管并关闭胸腔。然而，眼下的情形需要我当机立断。

在权衡各种可能之后，我决定尽量帮忙。匆忙间，我忘了我的大功率头灯上还连着电缆，我从手术台边向后退时，硬生生扯断了这根鬼东西。短短两秒钟，几百磅报销了。

尼克·梅纳德（Nick Maynard）是名一流的上消化道外科医生，专攻胃癌和食管癌。他平常经手的管子里装的都是食物和空气，而不是高压血液。但他那位不幸的病人得的不是癌症。短短几天前，她还健康得很。她在一家高档餐厅开心地吃海鲈鱼，吞了一根鱼刺。刚开始不适感有所减轻，她也可以吞咽，但后来，胸腔深处升起一阵钝痛，随后是高烧和盗汗。很快，吞咽液体变得困难，而且每次吞咽都会加重疼痛。全科医生知道她有麻烦了。外科的验血结果显示她的白血球数量很高，说明体内有脓肿。显然，这根鱼刺没有像大多数鱼刺那样通过肠道，而是刺穿了食管壁。

CT结果送来时，尼克的团队身边正围着一群医学生和放射科医师。CT显示在胸腔后部，一块橙子大小的脓肿卡在了食管和主动脉之间。令人担忧的是，那些脓汁里还冒着气泡。产气微生物是最危险的，难怪病人觉得这么难受。必须赶紧在细菌进入血液、引发败血症之前将脓汁排出，否则几天之内，她就会送命。

在胸腔内，食管和主动脉并排向下延伸，位置都在心脏之后、脊椎之前，主动脉在左，食管在右。好凶险的地方。尼克的计划是在大剂量抗生素的掩护下切断肋骨，打开右侧胸腔，找到肺部后方的脓肿。然后打开脓腔，冲洗脓汁并引流几天，直到抗生素消除感染。尼克认为，手术之后，食管肌肉壁上的小小穿孔会自行愈合。这个方案在理论上特别简单，实践起来却注定无比糟糕。

透过2号手术室的玻璃门，我看见尼克满头大汗，满脸是血，两条胳膊手肘之前的部分都埋在女病人的胸腔里。鲜血正从胸腔中涌出，沿着他的蓝色手术服向下流淌，麻醉医师正把一袋袋的血挤进她的身体。起初一切都按计划进行，直到尼克用食指围着脓腔抹了一把，想要清除感染碎片。脓腔中先是传来厌氧菌和腐肉的恶臭，然后"哧"的一声，血就射到了手术灯上。脓肿已经侵蚀透了主动脉壁，心脏后方已是一片感染的沼泽。尼克能做的只有用拳头堵住这口血泉，用力压紧。麻烦大了。他们已经损失了超过一升血液，一旦尼克移开拳头，病人的血会在几秒内流干。

面对今天的繁重任务，我深深低吼了一声。我给了尼克一个认命的眼神，然后略加思索：出血还没有控制住，想在病人的心脏持续跳动的情况下补好那个洞是不可能的。这样下去她只会流血到死。要摆脱这个困境只有一条路，那会儿我管它叫"往大里搞"：上心肺转流，把她的体温降到16摄氏度，彻底停住血液循环。等到大脑深度冷却后，我们就能争取到30—40分钟的安全窗口期，其间没有血流干扰，可以专心修补伤口。

回想起早晨的那次冲突，这会儿，我彬彬有礼地说，请哪位不必马上加入这场仓皇抢救的同事去找一个我的灌注师来，让他带来一台心肺机并准备就绪；再去找两个我自己的洗手护士，以及一位专门的心脏麻醉医师。在他们赶到之前，尼克只得继续按着，他的麻醉医师也只能继续挤血袋。

当我刷手完毕，加入病人身边的团队时，我连她的心脏在哪儿都看不见。我需要在她的胸腔上开一个大得多的窟窿，才能绕过尼克的那根"堵住大堤的手指"。没有时间慢工出细活了。病人右半身朝上躺在手术台上，我操起手术刀和电刀，几乎把她的身子切成了两半。金属牵开器把她的胸腔撑得老大，于是传来了"咔嚓"一声，我知道那是她的一根肋骨断了。这种事并不少见。胸外科手术就是这么粗暴。

现在我可以看见那颗苍白中空的心脏了，它在"心包"这个纤维袋里快速跳动着。我需要把它切开，然后插两根管子进去连接心肺机。第一根插进主动脉，里面会流出来自左心室的殷红氧合血。第二根插进空空的右心房，一般在这里，来自静脉的蓝色血液重新注入心脏，好再被泵向肺部；而插管之后，这些低氧量的静脉血将流过一台热交换器和一台机械氧合器，而后再流入主动脉。之后我们就可以给她的身体降温，借此保护大脑和其他要害器官。很少有人通过右侧胸腔进入心脏，但我在之前开展复杂的二尖瓣再次手术时，曾这样试过几次。要想闯过眼下这个令人生畏的关口，没有一丝经验是多余的。

我先想好，然后吩咐在边上观摩的几名心脏科主治医师中的一个亲自去一趟同种移植库，从在捐献者的尸检中获得的、经过家属同意的备用器官中，要一根经过抗菌处理的主动脉。比起涤纶纤维的人造血管，人体组织更能抗感染。我常常会使用死去的病人捐献的心脏瓣膜、主动脉片或是血管段来修理活人。这就是生命的回收再利用。上帝的造物还是比人工的强。

下午2点，5号手术室的主治医师过来宣布他已经放好起搏器电线和胸腔引流管，关闭了女婴的胸腔。一切都很顺利。

我们用了大约30分钟给病人降温，为下一阶段的手术做好了准备。尼克的双手变得越来越冷，我则恭喜他保住了这女子的性命。我叫他不要冒险挪开拳头，还说寒冷是件好事，因为这意味着病人的大脑也在冷却。接着我吩咐那个充满干劲的主治医刷手上台，帮我照看体外循环回路，这样我就可以溜出去喝杯咖啡，尿个尿。其实我真正想做的是给杰玛打电话，但我拨完号码，对面却没人接。是她的讨论课还没结束吧。时间无情地流逝着，但我仍抱着傍晚能赶到剑桥的希望。

温度降到18摄氏度时，我已经没有耐心再等下去了。我在一天里第三次穿上手术服，戴好手套，并吩咐灌注师关掉血泵，把女病人的血全都注入贮血器。尼克已经在胸腔里按了一个多小时，现在终于能把寒冷僵硬的双臂抽出来了，而我也站到了主刀位置。尼克随即让刚才那个主治医往边上挪挪，等不及要亲自查看病人的伤势。

现在病人的体内已无血流，我们必须争分夺秒地工作。被感染的组织像打湿的吸墨纸那样黏稠，气味像烂掉的卷心菜。我们已经修复不了那截损坏的食管，尼克也认为只能放弃它了。我从超出脓肿的上下两处切断了这根宝贵的肌肉管道，并将它与主动脉剥离。尼克将一根大口径吸管伸进病人的胃里，防止它喷出胃酸和胆汁，干扰我修复主动脉。

　　这下我们总算能看清主动脉上那个粗糙的洞口了——要不是刚才处置得当，这处伤确实足以致命。我不情愿地做出决定，打算把整段被感染的主动脉都换成同种移植物管道，而不是冒险在上面缝一块补片。没时间为此争论了。我把那根供体管修成合适的长度，然后用一把长长的钛质针持（持针器）夹起不锈钢细针，穿上蓝色聚酯线，以最快的速度开始缝合。缝线深深勒进健康的组织，给人以审美上的愉悦，简直有点色情的意味。我用左手打完最后一个结，然后吩咐灌注师理查德"重新启动"，并给病人升温。心肺机送来的低温血液撑开了蔫软的移植管，将空气从针孔中"咝咝"逼出。我还得再补两针才能让缝合口不渗血，但我们总算在转流开始 32 分钟后恢复脑部的血流供给了。皆大欢喜的一天。虽然对我个人来说可不那么欢喜。

　　我实在没有时间闲散地欣赏自己的缝合手艺了。我和尼克一致同意，由他来将这位可怜女士的食管上端从她的颈部左侧移出，排出唾液，这样她就能吞咽液体，能感到舒服些。接着再封闭她的食管下端，在腹壁上开一个口子通进胃里，她暂时要通过这个口子来进食。我们管这个叫"胃造口术"。几个月后，

尼克将在她的颈部和胃之间接一段大肠，制作出一截新食管，帮她恢复吞咽功能。现在她已经安全了。对于生命，时机就是一切，死亡也是如此。这一次时机凑巧，心外科医生近在眼前，心肺机和灌注师正好有空，库存里也有备用器官。没有这些的话，女病人已经死了，死在一条鱼的手上。

尼克的上消化道团队开心地关闭了胸腔，放好引流器并给手术收了尾。我从手术台前后退，结果一脚踩到一摊滑腻腻的血块，摔了个四脚朝天，后背重重撞在瓷砖地板上，发出"咔吧"一声——这也许是让尼克的双手在病人的胸腔里冻了太久的报应吧。命悬一线的危机已经解除，再看见我的裤子上多出一块湿乎乎的红斑，护士们都忍俊不禁。有些人表示担忧我的尾椎骨是否完好。痛归痛，能够驱散阴郁的气氛，我还是很满足的。

轻松的感觉只持续了一小会儿，外面的门上贴着不下四条消息，每一条都附着我的名字。第一条，那位在病房里等待二尖瓣修复的女士躁动不安，想要见我。意料之中。第二条，我能否去一趟儿科 ICU？女婴的引流器里血有点多。不妙。第三条，诺福克和诺里奇医院急诊部的一位女医生找我有事。能有什么事？他们离我们二三百公里远呢。最后，是医务主任想让我和护理部主任下午 4 点去一趟他的办公室。

去个屁。现在已经 4 点 10 分了，我也完全知道他要说什么：一名外科主任医师冲一个帮不上忙的派遣护士叫骂，实在不成体统。这条不用理。至于那个取消了二尖瓣手术的女士，我现在也没心情和她激辩。过了下午5点，剩下的护士就只够做一台紧急手术了。她们绝对不会允许我在这个点开始一台择期手术。所以现在我要关心的只有那个女婴。她的情况是典型的术后出血吗，还是因为使用心肺机后凝血功能不足而渗血？我心中仍抱着及时出城的希望，于是直接前往ICU查看原因。

下午的查房队伍正聚拢在女婴的病床周围。焦急的父母蹲在病床两侧，各自握着一只冒着冷汗的小手。输液架上挂着一袋供体血，正通过颈静脉插管快速滴入女婴的颈部——这已经说明问题了。不用细读引流器的刻度，我一眼就看出里面积了太多血。珍贵的红色液体刚从一头滴入，就立刻从另一头流出。而他们已经做了凝血检查，结果基本正常。

瞥见了这一幕，我就知道今晚的计划泡汤了。此刻，剑桥仿佛远在外星。我必须把女孩送回手术室，止住这该死的流血。懊恼的绝望变成了愤怒。我刚才应该亲手关胸！但要是这样，那个卡鱼刺的女士现在已经死了。我恶狠狠地打给了那个所谓的"帮手"，命令他去紧急手术室占好位子，等我亲自把病床推过去。五分钟后，那位笨手笨脚先生回了电话，说现在做紧急手术的人手不够，几位胸外科医生被一台肺癌手术拖住了，我们必须先等他们完工，在此之前无法开展紧急手术，只能继续给病人输血。这下我意识到，参加女儿生日会的最后一线希望也破灭了。又是老样子。无能的父亲再度缺席，心中充满了愧疚，更糟的是，直到这时我都没联系上她。我还是一副裤子沾血、屁股酸痛的惨相。

催那几个胸外科医生是没用的。他们通过几个小孔用内窥镜做手术，不仅进度很慢，而且每次都会高估自己能在手术清单中安排的事项。但眼下这情况，再不做紧急手术就麻烦了。我被拖在病床边，脱不开身，那对父母焦急万分，想让我给孩子止血。我甩出了那个老掉牙的借口："我离开时一切正常，出血的不可能是心脏。"

果然，在接下来的 30 分钟，出血量慢慢减少到一涓细流。我幻想着凝血终于封住了针孔，那样我就能逃离医院，不必给孩子再次开胸了。然而随着失血减缓，孩子的颈静脉鼓了起来。这也许是因为输血太多，但更可能是胸腔引流器堵塞，导致血液因压力在心包内的闭合空间中淤积，使右心房无法注满。我们称这种情况为"心包填塞"。一旦血压开始下降，事情就真的麻烦了。

她的血压果然开始渐渐下降。来不及等手术室空出来了，我必须在病床上当场再次开胸，掏出血块。护士长带着预先消毒的、沉重的开胸手术器械来到病床边，将它们扔在一辆手推车上。我仍然穿着那身蓝色手术服，匆匆在水槽里刷手，同时呼叫那个给我留下这副烂摊子的主治医，结果他已经回家了。我们只好转而去找今晚值班的主治医师，而他是个代班医师，早就在那边的胸外科手术室刷手上台了。

所以我就只能在没人帮忙的情况下直接上手——还好这只

是个很小的胸腔，一个人够了。我为女婴做好准备，铺上手术巾，没用两分钟就撑开了她的胸骨。吸管机还没插好电，所以我用食指挖出血块，然后在心包腔内填满洁白无瑕的棉球。很快，棉球上不断扩大的鲜艳红斑向我显示了出血点，就在右心室肌肉连接临时起搏器电线的位置上，淌着细细的血流。看似微不足道，实则有性命之忧。这就是心外科手术：每一次都必须尽善尽美，否则病人就会白白死去。

女婴的心律恢复了正常，我抽掉电线，用一针褥式缝合止住流血。引流器果然堵住了。我换了几个干净的，然后关胸。整个过程只用了十分钟，但这场闹剧本来完全可以避免。后来我才得知，那名外科规培医生缺乏在女婴蠕动的心室上缝针的自信，寄希望于渗血自行停止。他在这个专业里待不下去的。

晚上 7 点了。我开始挂念起了那条来自诺里奇医院急诊部的消息。他们还在等着和我对话吗？我刚才只是觉得困惑，现在却感到了不安，甚至胡思乱想起来：诺里奇离剑桥不算远。会不会是杰玛和朋友们出去了，然后出了意外？我怎么没早想到这一点？我焦急地打了杰玛的手机。这一次，小寿星乐呵呵地接起电话，问我是不是快到了。随后的一阵沉默替我回答了许多。今天晚上，我已经不可能赶去见我的任何一个孩子了。两个病人都活了下来，但我的一部分死去了。这不是第一次了。

第二章

悲 伤

晚上七点半。我刚给了一个孩子新的生命，还完成了一场了不起的外科营救。这一晚我本该飘上天去，可是没有。一点都没有。我心中充满愧疚，沮丧极了，我仍然渴望赶去剑桥，虽然每一丝理智都在明确表示，赶过去也没用了。我得回到伍德斯托克，去喝个烂醉。我还没回复那个讨厌的电话留言，今晚又不是我值班，凭什么非得我来操心？大概是因为我总是操心吧。那边找我肯定有事。我就是这么身不由己。

"晚上好，诺福克和诺里奇大学医院。请问找哪个科室？"

"请接急诊部。"

"抱歉，急诊部占线。请别挂机。"

电话里响起没完没了的等候音乐，让短短几分钟漫长得如同几个小时，有这时间我宁可去医务主任那儿等着挨训。

电话那头传来了那名年轻医生的声音。

"谢谢您打来，教授，我知道您一整天都在做手术。我叫露西，是今晚值班的高级内科住院医。我希望您能接一例急诊，他送来我们这里已经有一段时间了。是一例主动脉夹层（医学界往往用病情而非患者名字称呼他们）。病人是名全科医生，几年前才接受过心脏手术，是在帕普沃斯做的主动脉瓣置换。"

"那为什么不找帕普沃斯给他做主动脉夹层手术呢？"

电话那头传来一阵尴尬的沉默。

"那里的值班外科医生说自己手头还有个紧急病例，叫我们把这名全科医生送去别处。"

我对这种做法相当不解，明明伦敦就有几个离诺里奇更近的心脏中心。主动脉夹层是凶险的急症：负责向全身供血的主动脉有三层膜，如果其内膜突然撕裂，中膜就会暴露在高压血流的冲撞之下，往往就会沿整个血管裂开，从心脏瓣膜上方一路裂到下肢动脉。其他重要血管分支也可能被阻断，影响要害器官的供血，导致中风、内脏坏死、下肢脉搏消失或肾衰竭。更糟的是，开裂的主动脉随时可能彻底破裂，令病人猝死。那可怜的伙计是个医生。他不该这么死。任何人都不该这么死。

我询问了他的年龄和目前的病情。那男人 62 岁，先是主诉突发剧烈胸痛，很快右侧身体就麻痹了。这说明他的颈动脉已经不再向左脑半球供血，造成了广泛的脑损伤。手术越是拖延，他恢复的可能性就越低。病人此时已经不能说话，但善良执着的露西依然很乐观，说他人还清醒，左侧身体还能动。

还有一条关键信息没掌握，除了他的名字之外：他血压是多少？送任何主动脉夹层患者上救护车或直升机前，都务必先静脉注射抗高血压药物，小心控制血压。否则，血压的陡增很容易撑破已经受损的血管。有许多病人死在了途中，或者刚到医院就死了，原因就在这里。

"血压是 180/100。我们好像降不下来。"露西的声音里有了一丝恐慌。

看来他们那儿的高级医生都滚回家去了，只留下她一个人，而她从未见过这种病例。在一天的冲突和苛责之后，我谨慎地选择了措辞。

"见鬼！你必须给他降下来。快给他用硝普钠。"

我能想象那层薄如纸张的组织已经濒临爆炸，而夹层剥离则继续在血管树上蔓延。就算接受紧急手术，这类病例的死亡率也高达 1/4。

露西解释说他们不想让血压降太多，因为他排尿不多，CT扫描显示他的左肾已经没有血流。只有手术才能解决问题，越快把他送上手术台越好。一旦内脏失去供血，那时就回天乏术了。我问起他腹部有没有疼痛或压痛，答说没有，这是个好信号。

这个病人吓坏了，他已经在硬梆梆的医院推车上半身不遂地躺了几个小时，身边围着家人。他知道自己的诊断结果，也非常清楚紧急手术是他唯一的生存希望。雪上加霜的是，此前，他已经因为主动脉瓣异常接受了一次心脏手术，而这通常会令主动脉壁变得薄弱。再次手术比初次手术费劲得多，于是我在心里打起了算盘：这位医生得的是风险最高的急症，需要再次手术；但他已经中风，一侧肾脏也不工作了；他的血压没有控制，离我们这儿至少有两小时车程；能安排直升机吗？不行，他们已经试过了。难怪帕普沃斯对他不感兴趣！

露西察觉到了我的犹豫。我不想把话说得太死，只说不知道 ICU 是否还有床位。

这时露西亮出了她的王牌："是家属要求把病人送去您那儿的。他好像是您医学院的老同学。我想应该是您的朋友吧。"

那个我一直没问的问题是什么来着？是一件我们都觉得不重要的事：病人的名字。外科医生对人的兴趣不大。我们只想解决问题，但这短短一天里，我碰到的问题也太多了。

我猛地想起来了：在诺福克郡做全科医生，年龄与我相仿，之前动过心脏手术。是那个天性快活的橄榄球支柱前锋，查令十字医院队第二阵容的队长，我的老伙计斯蒂夫·诺顿（Steve Norton）。我们在 1966 年上医学院的第一天就认识了。当时我还是一个怕羞低调的穷街小子，非常胆怯，是家族里的第一个大学生。斯蒂夫则外向热情，充满自信，那时他就注定会成为诺福克乡下备受爱戴的全科医生，而我也脱胎换骨，成了一台无所畏惧的手术机器。同一个职业，不同的人生。到底是怎么变成这样的？

我对露西说："去他妈的病床。尽快把他送来。我知道你该下班了，露西，但必须有人跟在他身边，把血压给搞下来。麻烦把 CT 片也带过来。"

　　到了夜里这个点，已经没人可以使唤了，我必须自己把一切都安排好。值班的护士团队已经工作了整整一天，刚给一台常规的肺癌手术收完尾。听到我还要做一台漫长的紧急再次手术，她们都不太高兴，因为她们知道我会干个通宵。救护车正闪着蓝灯全速行驶，晚上 11 点应该能到。如果斯蒂夫能活着撑到牛津，我就把他直接推进麻醉室。

　　战斗已经打响。我们还有空的 ICU 床位吗？没有的话，不打招呼就接受一个外地病人，肯定会引发一场大吵。值班的麻醉医师是谁？很幸运，是戴夫·皮戈特（Dave Pigott），一个不苟言笑的南非人，协助我安装过人工心脏，碰见难题就兴高采烈。同样幸运的是，洗手护士是阿伊琳，一个身材娇小、超有礼貌的菲律宾女孩。她很自豪能为国民保健服务工作，所以对一切都从不抱怨。别人感谢她，她总是回答"客气了"。我一度以为她就会这么一个词。还有那几名灌注师，别看他们在夜里接到电话时总是唉声叹气，但都极为可靠。我要总机在轮值表上随便挑一位，想看看会有什么惊喜。

　　太阳下山，我们等着。我打电话回家，和一直容忍我的妻子萨拉说了下情况。她还以为我已经到剑桥了，听说我还在医院，很为我难过。我解释说，我正准备给医学院同学斯蒂夫·诺顿动手术，今晚回不去了。萨拉听了很担心，说今天不是我值班。

她还记得当年那场激烈的争论：要不要由我亲自给心脏病发作的父亲做手术。多亏心内科同事奥利弗用冠脉支架治好了我父亲，解除了我的道德压力。

萨拉试探性地问我，是不是该让值班的外科医生来主刀？在好朋友身上做风险这么高的手术，我心里不会乱吗？然而心外科医生很少自省和自谦。我反问她："如果得主动脉夹层的是你，你希望谁来开刀？"她答道："你。"那不就得了。斯蒂夫的家人也是这么想的，这有什么好奇怪的？

斯蒂夫的妻子希拉里坐到病床边之前，已经在网上搜过了。主动脉夹层的预期死亡率是多少？一份来自欧洲和美国顶级心脏中心的国际报告给出的数字是 25%。在所有医生的病例中，有记录的最低死亡率是多少？6%。给这些病例动手术的是谁？是牛津的一位外科医生。那么，最有可能帮助斯蒂夫渡过这场劫难的还能有谁？我，一定全力以赴，营救这位老友。俗话说得好："为朋友就要两肋插刀。"

萨拉接着问我今天吃东西了没有。我想了一会儿，只记得破晓时分吃过一只培根三明治。我告诉她，今晚开工前我会先去售货机买包薯片。但在这个节骨眼上，食物是我最不关心的。我需要一名经验丰富的第一助手，这个人必须是和我一起做过主动脉夹层手术的，而不是找一个没经验的、值几次夜班就完事的代班医生过来。面对糟糕的局面，一支配合默契的团队能够力挽狂澜，效果绝对不同。今晚阿米尔没在值班，于是我拿起电话问他忙不忙。有一件事他肯定不会做，就是喝酒。他热情洋溢地表示很愿意帮忙，能在夜里被老板拉来处理复杂病例是种荣幸。我知道，在我需要有人来止血、关胸的时候，他是能在手术台边站上好几个小时的。只有年轻人才办得到这个。

我和第一任妻子珍妮结婚时，斯蒂夫和希拉里参加了婚礼。那时我们刚刚本科毕业，都是查令十字医院的年轻实习医生，同为橄榄球队的成员，都有点游戏人生的架势。风传斯蒂夫曾把一具尸体的阴茎缝在牛仔裤裆前，身穿白大褂围着解剖室"遛"，再"唰"地张开白大褂。不过我怀疑这只是传说罢了。但他确实和我打过一个赌，结果我一丝不挂地从彭布里奇花园一路走到了诺丁山门地铁站——在交通高峰时段。我们在舰队街一起参加橄榄球俱乐部的庆功会，会后被人从特拉法加广场的喷水池里捞起来，然后在弓街的警局共度了寒冷一夜。就在那学期，我的解剖学考砸了。那些胡闹的日子本来早已被我遗忘，而此时的他在夜色中赶来，身体麻痹，意识模糊，甚至竟命悬一线，于是那些回忆又重新闪回在我的心头。曾经的两个好友，如今却分别成了医生和病人。这是我绝没料到，也绝不想发生的事。

我徘徊在寂静的医院走廊里，消磨时间，有意避开心脏科的ICU。我打算一进手术室，就让皮戈特告诉他们这边有个急症病人。或者我应该让阿米尔来做这件事，此时他已经和我在普外科ICU碰头，要一起去看这里的那位"鱼刺女士"。这场"伟大营救"的对象正在醒转（我到现在都不知道她的名字），她的几个女儿焦急地围在床边，把胳膊伸进温暖的毛毯，握住母亲冰冷的手。不出所料，在低温停循环之后，她出现了术后低温，体温降到了 34 摄氏度，此刻正在剧烈打战。寒冷会导致血管收缩，再加上发抖，她现在的血压高到离谱。阿米尔意识到这样下去伤口会迸裂。

值夜班的女主治医闲庭信步地走过来，一脸的漠不关心，一看就不知道自己即将谈话的对象是谁。

"有什么能帮你吗？"她态度冷淡地查问，可能把眼前这个身穿蓝色手术服的邋遢访客当成搬运工之类的人了。我的回答一定吓到她了。

"我没什么要帮的，但你可以帮一帮这位女士，给她降降血压，免得那该死的移植血管爆掉。你现在就把她麻醉，让她天亮之前别醒。"

病人的几个女儿睁大了眼睛。她们不明白我这句话是什么意思，但显然在专业选手之间感到了一丝紧张氛围。

"给她大剂量的普萘洛尔，立刻。"阿米尔坚定地补了一句。

女主治医显得戒备而慌乱，几乎是一脸震惊。她看起来比我家的小寿星大不了几岁，我立刻就后悔发这通脾气了。也许我们不必这样对话。我大可从容地介绍自己，毫不谦虚地表示是我救了这个女人的命，坦然接受家属们的崇拜，听她们赞颂这次离奇而英勇的营救。但这是尼克的病人。他已经向家属解释了一切。我不想在这里强出头，但更不想看到费这么大力气做的修复爆成碎片。说完要说的话后，我们祝她们今夜平安，转身走了。都是敏感的人啊，那些重症监护医生。

晚上 10 点。我和阿米尔悄悄溜进儿科 ICU，去查看早晨那个病例。但我先是一眼注意到了那个脑膜炎患儿的母亲，此时，孩子那双长了坏疽的黑色手臂已经没了，变成了几卷崭新的绉布绷带。好强烈的对比。看见两只干尸似的小手被切除，这位母亲会开心还是难过？我不禁想，假如这是我的孩子，我会不会要求保住那对胳膊？我赶紧把这个病态的想法撇开，径直问她手术是否顺利。她这个做母亲的还好吗？我能不能帮她些什么？给她拿杯咖啡？或者任何能减轻她痛苦的事？她怔怔地抬头看我，泪水从脸颊上滚落，一句话没说。边上的护士跟我很熟，冲我摇了摇头。还是去看我自己的那位小病人吧。

胸腔引流器已经干了，脉搏和血压都很稳定。护士对我说阿彻大夫给孩子做了超声检查，很满意结果——瓣膜和补片都没有渗漏。孩子的命保住了。孩子父母一直为这场突如其来的再次手术揪着心，现在终于松下神经，回病房睡觉去了。他们理解我们面临的困难，这份理解才是真正重要的。平日里为先送病人进手术室而起的争执，抢 ICU 床位时的无尽争吵，与之相比都不算什么。当夜幕降临，我们希望病人稳定，父母快乐，丈夫、妻子开开心心，希望所有人都前途光明。当他们渐渐入睡，我沿着一条又长又黑的走廊，漫步走向通往急诊部的门户。

到了外面，呼吸着 16 个小时以来的第一口新鲜空气，我凝望夜空，等待救护车的到来。手术室已经准备好，心肺机也在待命，手术团队正在咖啡间里收看《夜间新闻》，他们无聊地打着哈欠，已经接受了很可能要在这里待上一整夜的现实。我的心思飘到了杰玛那里，我肯定又教她失望了。但也许我想错了，没有我，她也许更开心吧。

晚上 11 点 50 分。侧面刷着"东英吉利卫生局"的救护车闪着蓝灯，终于到了。急救人员掀开后车门，早已过了当值时间的露西沿斜坡走了上来。我一看就知道是她。她带着一沓病历走向急诊部入口，好似电影《卡萨布兰卡》里的场景一般。那一瞬间，我心想，她可真美。

"您就是教授吧？"她说，"诺顿太太跟我讲过您。我是在剑桥受的培训，他们现在还会谈到您。"我心想肯定不是什么好话。

推车载着斯蒂夫受损的大脑和身体来到我们面前。我们六个月前还见过面，在医学院同学会上。他发表了一席风趣的讲话，庆祝在座各位都还活着，虽然他自己已经接受了一次心内直视手术。我当时还在下面开玩笑说，要是手术来找我做，结果可就不一定了。现在他被送来了牛津，情况危急，而他的家人仍在 M25 公路上。我们预想的重逢可不是这样的。我牵起他的左手，他随即牢牢抓住了我。他这一侧身体还能动弹。我们和露西排成一列，穿过急诊部，沿走廊直接进了手术室。我草草看了一眼 CT 片：他的情况确实要命。

要先有同意书，我们才能做手术，但他现在孤身一人，我也不想把话说得太直接，只告诉他我会修复他的夹层，运气好的话，他的中风也能好。他艰难地告诉我，自己想在麻醉之前再看一眼希拉里和孩子们。露西有希拉里的号码，我打了过去。他们最快也要 45 分钟才能赶到。时间每多过一分，神经系统恢复的可能性就少一分，而我们已经浪费了好多个小时。我向斯蒂夫保证，绝不会让他死，他用左手钩划了知情同意书，我也在下面签了自己的名字，戴夫·皮戈特随即注射了一剂保护大脑的巴比妥酸盐，送他去了没有知觉的世界。

我们已经把亲切交谈减到了最少。外科手术必须不带感情，最好连病人的名字都别知道。这不是什么大问题：斯蒂夫已经说不出话，我也不可能向他讲述真实的风险——不做手术，他必死无疑。他也是医生，明白状况。在最后的清醒时刻，我没必要给他徒增焦虑了。

我在咖啡间里坐定，直到他像百合花一样苍白的身体被涂上棕色碘伏，盖上手术巾。我不想看到他松垮的躯体。我更想记住他曾经的样子：那副在冬日下午大步走进球场的健美体魄，涌动着肾上腺素，等不及要上场冲撞一番。我们那时如影随形，现在却扮演着截然不同的角色。斯蒂夫坐在诊室里，和病人们亲切地聊天，分发药片，实在是像样的医生。而值此深夜，我则在等着操刀手术，用摇摆锯锯开他的胸腔——还是在度过了充满失望、争执和痛苦的漫长一天之后。不过比赛一旦开始，肾上腺素就会驱散疲倦，让我忘记时间。

经过上一次手术，斯蒂夫的胸骨内面和心脏正面之间已经没有了心包和胸腺。扩张的主动脉薄如蝉翼，紧贴在胸骨下方。这种情况下，用摇摆锯再次开胸极其危险。为了降低致命大出血的风险，我暴露了他腿部的主要动脉和静脉，把它们连上心肺机。这样万一骨锯撕开心脏或主动脉，我还可以立刻切换到心肺转流，拿掉循环系统的压力，再抽干出血点的血。这一招多数时候都能奏效，但有时也会失败。心外科手术要真这么容易，那人人都能做了。

给斯蒂夫开刀就像为一座维多利亚时代的老房子更换管道。主管线都坏了，那些从锅炉连出来的管道也都得换掉——它们已经锈到不行，随时会崩碎。而我在作业时，绝不能任由热水在里面流动。我必须做和"鱼刺女士"一样的处理：给他的脑部降温，把全身的血液都抽到心肺机里去。戴夫在他的头皮上连了脑电图电极线，监测他的脑波。随着体温下降，斯蒂夫的脑波渐渐消失，但他的脑波在中风后就已经不正常了。阿米尔沿着上次手术留下的疤痕切开皮肤，用电刀烧穿覆盖在骨骼上的脂肪，再用钢丝剪剪断上次的不锈钢骨缝线，将它们抽出。每次开胸骨我都要亲自上阵。想要摇摆锯切的深度恰到好处，需要精确的判断。你必须细细地感受它锯穿胸骨的一瞬，然后及时抽回，因为胸骨内面可能已经和右心室的肌肉粘在一起了。

出现夹层的主动脉呈现出吓人的深紫色，仿佛一只惊惶愤怒的茄子。透过薄薄的外膜，我可以看到下面的血液湍流。戴夫往食管里放了一只超声探头，位置就在心脏后方。探头显示主动脉壁的初始裂口位于冠状动脉的起点上方约 1 厘米处。冠状动脉是主动脉的关键分支，负责为心肌本身供血。我的任务是换掉撕裂的部分，将血流引回它的天然归宿，借此让斯蒂夫阻塞的脑动脉和肾动脉恢复供血。他那只损坏的肾脏肯定能恢复，但受伤的大脑就不太可能了。它已经太久没有得到血液和氧气，虽说巴比妥酸盐和降温或许能帮上点忙。

我吩咐灌注师布莱恩开始转流，给他降温到 18 摄氏度。把活人全身的血液都抽干可是件奇事。能干出这种事的，只有吸血鬼，和少数能给先天性心脏缺陷和各处的动脉瘤做手术的心外科医生。我是治这两种病的行家，把病人抽空是家常便饭。我曾在罗马尼亚的德古拉城堡做过一场关于"宰人"*的搞笑演讲，感觉自己仿佛回了老家。德古拉伯爵和我有很多共同点。

我在和时间赛跑时通常很放松，哪怕病人脑内已无血流。我不会站在那里思忖神经细胞的死亡，也不会匆忙下手。半夜一点半，我让布莱恩停止转流、开始抽血，这 24 小时里我是第二次下这样的命令了。斯蒂夫把那一腔加了抗凝剂的冷却血液抽进贮血器，这些血在被重新泵入体内前，会像一壶黑加仑汁一样存着。我切开抽空血液的撕裂主动脉，直到能看清那些

---

* 清真宰牲要求在动物心跳停止前把血放干净，韦斯塔比的手术步骤与此类似。

通向头部和手臂的重要分支的内部。

第一步是用组织凝胶重新黏合剥离的血管膜。我可是全世界首批使用这种胶水的外科医生，我经手的病人有很高的存活率，这种胶功不可没。然后，带着强迫症似的谨慎，我缝了一段移植血管上去，并在下面垫了几条特氟龙垫片，以防缝线割伤脆弱的组织。每个病人的性命都仰赖我的大脑皮层和指尖的连接，主动脉夹层的病人尤其如此。阿米尔目不转睛地盯着我的每一个动作，想学到我技术中的所有细微之处，这也是他乐意过来加夜班的原因。阿米尔总有一天能成事。

在没有血流的情况下，修补主动脉并装入移植血管用了34分钟。对正常大脑而言，这仍然在安全时限内，不过斯蒂夫的大脑已经不正常了。我们小心翼翼地将血液重新注入血管树，从头端的血管中排出空气。刚连回心肺机，针孔就开始渗血。出血要在逆转抗凝后才能止住——为防止血液在体外循环回路的异物表面上形成血栓，我们使用了抗凝剂。完成这样一台手术要记住许多细致步骤，但整个流程都刻在我的神经回路中，即便在凌晨时分，我也能不假思索地完成每一步。

现在该加热血液，恢复正常体温了。当温暖的血液流经冠状动脉，斯蒂夫的心肌又活了回来，它先是扭了几扭——我们管这个叫室颤，接着就自发除颤，开始缓慢而慵懒地收缩起来。随着体温越升越高，心脏收缩得也越来越快。很快，脑电图上重新出现了脑波。戴夫认为情况似乎已经有了一点好转。

这种复苏过程我们以前只见过一次。当时我们是在努力抢救几个孩子，他们坠入了冰层，溺亡在冰冻的池塘中。像这种情况，只在加拿大有过几例罕见的幸存案例。牛津的创伤科医生逼着我们加热那几具没有生命的躯体，最后我们成功救活了心、肺、肝、肾，但孩子们的脑已经受了致命伤。我们先是给了他们的父母以希望，而后又夺走了它。

凌晨3点，我把手术台交给了阿米尔。复温要持续30分钟，而此时我得知希拉里和其他几名访客已经等在重症监护家属室。从好的方面说，他们的到来打破了我们和护理团队的僵局，现在我至少知道有一张床位在等他。我走到家属室门口，他们一下子都站了起来。这倒不是出于尊敬，只是条件反射。这里的人又可以开一场医学院同学会了——斯蒂夫的人缘就是这么好。在场的人中，斯坦是肿瘤学教授，约翰是麻醉主任医师，彼得是全科医师。他们都是来支持希拉里和孩子们的。

根本来不及打招呼，我先说了他们想听的消息：斯蒂夫情况不错，我已经补好主动脉，并给大脑恢复了供血。手术进行得很顺利，这简单的一句话就让他们放下了悬着的心，解开了心里的疙瘩。只要有消息，无论好坏，总能消解对未知的极大恐惧。当他们站在这里，在深夜中远离家乡，他们的老伙计却扮演着另一重角色。这时的我不再是那个来自斯肯索普的酒鬼傻小子了。

拥抱、亲吻和安慰的话随之而来，然后是那个常见的要求：

"我们现在能看看他吗？"我只好解释说斯蒂夫还在手术台上，胸腔仍然大敞着，身体正在心肺机上复温，人还没完全脱离危险，但一切都在按计划进行。我补充说，可能要再过两个小时，我们才能控制出血，关闭胸腔。说完这句我就走了，打算去向护士长道歉，因为我冷不丁塞给他们这么个病人。但我发现护士的人手其实是够的——上一个从导管室*送来的心脏病发作患者左心室破裂，救不了了。轰鸣的传送带继续迎来送往。

我疲倦地溜达回手术室，和两名麻醉医师一起坐在斯蒂夫的床头。阿米尔很开心能继续主持手术。斯蒂夫的体温已经回升到 37 摄氏度，心脏虽说还是空的，但看它的样子已经不再愤怒了。我要布莱恩在里面留一点血，这样万一有残留的空气也都可以射进移植血管。我听见斯蒂夫的人工主动脉瓣发出了令人安心的嘀嗒声，借着心脏后面的超声探头，我们能看见小气泡快速通过主动脉瓣，就像一场暴风雪。不用我提，阿米尔已经把排气针安插到位。气泡间歇性地冒出，最后完全停止。我们现在可以关心肺机了。我要戴夫开始往他的肺部通气，很快就听见布莱恩说"停止转流"。阿米尔和代班主治医像两个足球比赛观众似的站在一边，看着我在凳子上发号施令。我在监视屏上仔细查看心脏和主动脉的内部图像，他们俩则从外面观察。

---

* 即导管手术室，主要进行一些造影（包括导管造影）类检查和针对肺栓塞等的一些微创手术。

"怎么样，"我问阿米尔，"有出血吗？"

"看上去非常好。只是移植管周围有点渗血。没有大问题。"

"那么你接下来要怎么做？"

没有回答。他太累了。

"注射鱼精蛋白。"我吩咐戴夫。鱼精蛋白是从鲑鱼的精液中提取的，能够逆转肝素的抗凝作用，肝素则来自牛的内脏。所以我这门高贵的专业，是托了牛鱼之福，在凌晨的这个时候想到这一点，真是发人深省。

阿米尔在心脏周围轻轻塞满纱布块，好让渗出的血液凝在上面。接着他开始放置胸腔引流器，再用不锈钢丝关胸。墙上的挂钟显示着 4 点 30 分。戴夫翻阅着一本摩托车杂志，布莱恩问我他能不能撤掉机器，为早晨的手术做好设置，然后就回家。有些人真是没耐力。阿伊琳和她的巡回护士也都蔫了。我建议她们在输入血液和凝血因子时轮流休息一下。终于，手术室里注入了一丝宁静。任务完成！

手术楼后面是一片停车场，停车场后面是老海丁顿墓地，两者间只隔了一道由未修剪的女贞和小松柏组成的薄薄树篱。我在夜色中走了出去，经过那辆始终没有开往剑桥的奔驰车，它的副驾位子上还藏着要送给杰玛的生日礼物。我信步穿过那座华丽的金属栅栏门，爬上一片俯瞰剑桥郡乡间的小山坡。我来到一个女婴的坟墓旁，在草地上安静地平躺下来，仰望夜空。那块墓碑上写着"幼年早逝"的字样。她是 20 年前在我手里走的，这件事我一直不曾忘记。要是还活着,她也该到杰玛这个年纪了。然而上帝却给了她一颗扭曲纠结的心,我没有治好。所以情绪低落时,我常会来和她坐坐,只为提醒自己,我不是战无不胜的。今天真是艰难的一天。还是应该说是昨天?

清晨 6 点。阳光突破了地平线,麻雀开始啾鸣。汽车的头灯在下面的牛津环路上快速闪过,载着早早起床的伦敦通勤者和在考利(Cowley)汽车厂上夜班的人。苏应该已经在来办公室的路上了,于是我慢吞吞地走回 5 号手术室,现在里面空荡荡的,只有阿伊琳一个人。她正在擦洗地上的血液和尿液,为上午的手术清单做着准备。斯蒂夫已经被送到 ICU,在他那个大家庭的簇拥之下,情况很稳定。

阿米尔兴冲冲地说:"精彩的一例!真高兴你打给了我。"

那个代班主治医已经不见人影。大概是捡财宝去了。

我看上去很糟,闻起来也很糟。于是我去更衣室冲了个澡,换了一身干净的蓝色手术服。这个仪式标志着昨天的结束和今天的开始。我走进办公室,先给苏泡了茶,然后就着我自己的茶水服了一剂利他林。牛津的学生们会用这种兴奋剂来集中注意力、提高考试成绩,我也会在累坏的时候用它提神,或是在倒时差的时候配合褪黑素使用。当然了,这都是为病人着想。

早上七点半,我加入了 ICU 的查房队伍。我跟他们说了斯蒂夫的情况,并询问了他的瞳孔是否仍然很小,对光线有没有反应。这个有人去看过了吗?还没有,不过他们会去的。那么他有没有醒转的迹象？没有，但这一点令我很满意，因为我想让他保持沉睡，免得插在他气管里的管子引起咳嗽。咳嗽会令他颅内压飙升，而他颅内的大脑已经肿得很厉害了。我当着希拉里的面向几个初级医生说明了这一点，我想他们应该听进去了。至少我希望是这样。

我吃了一只香肠鸡蛋三明治，庆祝斯蒂夫的恢复。这时利他林也开始起效，我感到精神一振。今天我有一块软趴趴的二尖瓣要修复，令我高兴的是，由于床位短缺，那之后不会再有第二例手术了。然而，这一天的轻松基调很快就起了变化。接近中午，当我从手术室里出来时，斯蒂夫从麻醉中清醒了一些，开始在病床上挣扎起来。他现在大脑肿胀，不辨周遭，神志迷糊，烦躁，气管插管令他剧烈咳嗽，还扯到了呼吸机。他是个魁梧的男人，旁人很难控制。

病房里展开了一场辩论：是把他完全唤醒、拔掉气管内插管，还是重新将他镇静麻醉？就在这时，他的左眼瞳孔扩散了。我们的麻醉医师朋友约翰一直守在斯蒂夫床边，他知道情况危急，匆匆赶来办公室找我。我跟着他回到病房，再次检查了斯蒂夫的瞳孔。斯蒂夫的护士觉得他右眼的瞳孔也在扩大。我的心情一落千丈。我原本希望降温和巴比妥酸盐能止住中风点周围的肿胀。

希拉里知道这个凶险的发展吗？我们给了她一间家属室，经过昨天紧张的一夜，她已经去里面休息了。也许最好先别通知家属，等我们对情况有了清晰的把握再说。这意味着要赶紧做一次脑部 CT 扫描，而这对一个连着一堆医疗设备的术后病人来说并不容易。他的输液管、引流管、起搏器电线、监护器，统统都要经过医院的走廊推到放射科，接着还要把他麻痹的身体从轮床挪到扫描仪上去。但如果没有那几张图像，我们就不知道该怎么帮他。于是我亲自去了放射科，乞求我的朋友放射科主任给这个危重病人一次机会。

　　扫描结果出来时，我们清楚地看到整个大脑都肿胀了。之前中风时受损的部位在大出血，这很可能是手术中必须注入的抗凝血剂导致的。受伤的大脑就像吸了水的海绵似的膨胀开来，但同时又被关在一只坚固的盒子里。颅骨只在底部有一个洞口，脊髓就经此处伸出，穿入骨管。一旦颅内压升高，脑干就有可能被挤进下面的椎管，造成致命后果。我们管这个叫"锥进"。扩散的瞳孔预示着这场灾难就要来临。现在我需要一位脑外科医生和我一起看片子。

　　这不是一场容易的对话。理查德·克尔（Richard Kerr）是我们的脑外科主任。他什么都见过，什么都治过，日后肯定会成为英国神经外科医师学会的主席。我希望他摘除斯蒂夫的颅骨顶部，给他的大脑降降压。开颅术就像去掉熟鸡蛋顶部的蛋壳，区别是取下的骨头会被放进冰箱，如果病人存活，就再给他装回去。理查德是个沉默寡言的人。没等他开口，我就知道他觉得这场仗赢不了。我替斯蒂夫的家属恳求他。理查德表示就算斯蒂夫能活下来，也不可能再做全科医生，甚至再也醒不过来。手术时对中风部位的再灌注做得太迟，错过了最后一线生机。但事已至此，我们也不可能让时间倒流了。

于是我打出了最后一张牌：斯蒂夫是我的老朋友，为了救他，我已经花了整整一夜和许多金钱。理查德深叹一声，又看了一遍片子。

"好吧，你赢了。反正他也没什么好损失的，但手术一定要尽快做。我去把下面的病例推后。"

不到 30 分钟，斯蒂夫就被送到医院遥远的另一头，躺到了一张神经外科手术台上。是我亲自把他的轮床推过去的。

下午 2 点。斯蒂夫的头皮被剥向脑后，一把骨锯锯掉了他的颅骨顶，露出了一颗紧绷肿胀、没有搏动的大脑。这颗脑子正在我们眼前死去。理查德往这团"脑糊"里插进去颅内压监护仪，然后松松地缝上了顶部的头皮。我们把他送回了心脏科ICU，这里有他最需要的专业知识。

希拉里和孩子们还在家属室里的单人床和扶手椅上打盹。我被自己的痛苦和她丈夫迫近的噩运弄得筋疲力尽，试探性地敲了敲房门。看到我憔悴的面容，希拉里意识到，这不是一次社交性拜访。

"他死了，是吗？"

我想说没有，但是犹豫了，因为斯蒂夫的存活几率微乎其微。我干脆告诉她真实情况：斯蒂夫的一只瞳孔扩散了，脑部

CT 结果也很糟糕，我第一时间说服了国内最好的神经外科医生协助治疗，但我们俩都怀疑斯蒂夫能否恢复。现在只有等待了。更多的医学院旧友来到了医院，希望能听到更好的消息。我又听到了那句老掉牙的话："如果还有谁能救他，那一定是韦斯塔比。"可是韦斯塔比也不能。主动脉夹层修补得很棒，可惜结果却是这样。很快，他的另一侧瞳孔也扩散了。两只瞳孔都对光线没有了反应。他的颅内压降了下来，但大脑已经不可能恢复。希拉里和孩子们失去了他。

我不知道的是，希拉里和她的大儿子都有先天性多囊肾，这孩子几乎需要做肾透析了。希拉里以惊人的镇定问道，能不能把斯蒂夫的那只正常肾脏给他的孩子。父亲的器官最有希望和孩子的免疫系统相容——血型相同，基因相同，不会出现排异。有那么一瞬间，我以为自己仍能在这场灾难中创造一点光明。就在重症监护医生们开展脑干死亡测试时，我给器官移植协会科的负责人打了电话。

对方的话教我难以置信：在斯蒂夫还有意识时，他可以主动把一只肾捐给儿子。但现在他已经功能性死亡，家属只能要求他成为一名器官捐献者。接着才是一记重拳：他身上凡是可以捐献的东西都必须送到国家器官捐献库。规矩就是这么定的。管理器官移植的当局不会允许斯蒂夫的肾脏直接用在他自己儿子的身上，也不会给几乎也需要移植的希拉里。这是法律，牛津的器官移植团队无法插手。我听得目瞪口呆，接着勃然大怒。

该死的官僚体制！

到傍晚时分，斯蒂夫的呼吸机关闭了。他走得很安详，有家人围绕身边，许多医学院的同届在医院走廊里哀悼。当他骄傲的心脏发生室颤，人工瓣膜的金属嘀嗒声终于停止时，我一个人待在办公室里。就在 12 个小时前，我还曾目睹它有力的跳动，自信地认为我救活了斯蒂夫。但是现在，它永远地停了下来。所有的器官都随着斯蒂夫一同死去了，除了眼睛里那两片角膜。虽然我发出了抗议，器官移植当局还是得偿所愿。

苏回家前在我的办公桌上留了张纸条："医务主任想见你。"

"改天吧。"我对自己说。我开车回家，副驾上还塞着给杰玛准备的生日礼物。

第二天清晨 6 点 10 分，我开回了医院停车场。今天的手术清单上有三个新病例，第一个是一名新生婴儿，右心室缺失。停车场位于墓地和医院后部的太平间之间。殡仪人员都很熟悉我，因为我每次都出席自己病人的尸检。而今天早晨，我做的却是一次社交性拜访：我想让斯蒂夫知道我们已经为他尽了全力。现在的他，冰冷、苍白而宁静。这是我第一次看见他沉默不语的样子。他要是还能说话，肯定会说："兔崽子，你应该把我拉回来的！"我的第一反应，是把那些输液管、引流管从他没有生气的身体上拔掉，但我没有这个权力。那些在术后不久死亡的人都归死因裁判官掌管，病理学家们也要弄清楚死因才会满意。而要弄清这个病例的死因并不难，但这次尸检我不会再来看了。趁此机会，我和这个了不起的人物道了永别。

　　我的职业生涯中有过许多悲伤时刻，但这一次我永远不会释怀。斯蒂夫为国民保健服务体系奉献了一生，在他最需要在非工作时间做主动脉夹层手术时，却被几家医院"击鼓传花"。在这之后，心胸外科学会终于颁布了一条命令，规定每个区域中心都必须为本区域的病人担起责任。伦敦建立了特别的主动脉夹层轮值制度，指定经验丰富的专科医生开展手术。这个举措使死亡率降了下来。在英国器官移植协会阻止我们把斯蒂夫的一只肾脏移植给他儿子后，我们就不再讨论器官移植的事了。本来器官库还可以收到一只健康的肝脏和两片肺脏，如果那只健康的肾脏被留在牛津的话。

　　当年晚些时候，斯蒂夫的儿子汤姆接受了他妻子捐献的一只肾脏。斯蒂夫的女儿凯特也在 2015 年接受了丈夫捐献的一只肾脏。希拉里后来再婚，并接受了新任丈夫的一只肾脏。他们现在都很健康。

第三章

风　险

在我还小的时候，我那克己而虔诚的父母就教导我千万不要冒险：绝对不要赌钱，绝对不要骗人或是偷窃，也绝对不要考试作弊，甚至不要翻墙进体育场去偷看斯肯索普联队的比赛——因为这也算一种偷窃。因此，儿时的我过着一种沉闷而内省的生活。

但后来我终于明白，冒险能力是人类不可或缺的心理素质。打赢战争靠的是冒险和大胆，所以谚云"两军相逢勇者胜"。发展经济需要在金融领域冒险。创新、投机乃至探索地球和外太空，都有赖于你赌上一些自己珍视的东西，以换取更大的回报。冒险是世界进步的主要驱动力，但它需要一种特定的性格，其特征是勇气和胆量，而非沉默和审慎——要温斯顿·丘吉尔而非克莱门特·艾德礼，要鲍里斯·约翰逊而非杰里米·科宾。*

---

* 艾德礼 (Clement Richard Attlee, 1883—1967)，1945—1951 年任英国首相，

1925 年，亨利·苏塔（Henry Souttar）第一次将一根手指伸进心脏，试图缓解二尖瓣狭窄时，就是冒险赌上了自己的名誉和生计。德怀特·哈肯（Dwight Harken）在科茨沃尔德从一个士兵的心脏中取出弹片时，也是在冒险违背当时的所有医学教科书。约翰·吉本（John Gibbon）冒着巨大的风险，让血液接触心肺机的异质表面。还有沃尔顿·李拉海（Walton Lillehei）那些不计后果却精妙无比的交叉循环手术，除去产科病房，那是医学史上唯一一种死亡风险达到 200% 的医疗干预措施。内科和外科的一切进步都以冒险为先决条件，而我却被教导要稳妥、避险。幸好后来情况变了。

据说，人的性格是先天和后天的共同产物。前者是基因给我们的；而出生以后，塑造我们的就是生活中的大事小事了。我的人生起头很顺。我母亲是一位聪慧的女性，她从小失学，但能读《泰晤士报》。"二战"时家乡没有男人，她就负责掌管商业街的那家信托储蓄银行。在我最早的记忆里，每次我过生日，她都会带着我，和一束花，去另一位女士家中。我当时觉得奇怪，后来才明白此种朝拜之旅的意义。

母亲是经过漫长而痛苦的分娩，才把我从尸横累累的产房安全地带回了家。她当时筋疲力尽，撕裂的身体还在流血，但

是丘吉尔的继任者；科宾（Jeremy Corbyn，1949— ）是 2019 年度鲍里斯·约翰逊竞选英国首相时的对手。艾、科二位均属于工党。

看到自己粉红健壮的儿子，听到他从刚刚张开的肺部深处发出的啼哭，还是精神振奋。而就在旁边的床上，一个大眼睛的工厂女孩却在痛苦地呻吟。在助产士的专横督促下，她忍着剧痛专心用力，最后会阴撕裂。这番挣扎同时清空了她的子宫、大肠和膀胱，助产士像在垒上接板球似的，接住了包裹在黏腻和血腥中的新生儿。这个胖嘟嘟的小女孩躺在一块浆得雪白的毛巾上，浑身浸着尿液，助产士则夹住那根滑腻腻的脐带，将其剪断。这下她唯一可依赖的氧气源没了。最后，整个胎盘和母体分开，"啪嗒"一声掉出来，融入了喧闹的外界。这位母亲需要一位妇科医生来将一切恢复原状，但现在还不是时候。

所有宝宝在刚出生时都是蓝色的，接着就会像我那样大声啼哭：外面好冷，母亲那令人安心的心跳也听不到了！从幽闭的茧中解放之后，他们会挥舞起小胳膊小腿，吸进第一口外界的空气，此时他们就应该变成粉红色。然而，邻床的这个小东西却还是蓝的，而且一声不吭。她看起来无精打采，眼睛睁得老大，却什么也看不见。

助产士觉察到情况不对。她用力搓揉孩子湿黏的后背，还用手指搅了搅喉咙。粗暴的刺激令女婴突然开始用力呼吸，但只发出一声呜咽，而不是号哭。她急促地呼吸着，却依然很蓝，越来越蓝，身子也仍旧冰冷疲软。助产士开始慌了，叫人去拿氧气瓶，又找了些帮手来。一开始，那只微小的氧气面罩起了些作用。孩子的肌张力增强了些，但皮肤仍是蓝色，幽冷得仿佛石板。医生来了，在她起伏的小胸膛上用听诊器听了听。她的心脏有杂音，音量不大，但仔细找找肯定能听出来。结果，医生发现，那根通往肺部的动脉没有发育完全——我们称之为"肺动脉闭锁"。深蓝色的血液从小小的身体返回心脏，流过室间隔上的一个孔，再径直回到全身。混乱的循环系统令她体内的氧气越来越少，酸越积越多。这孩子活不成了，是个"蓝婴"。医生摇了摇头，走了。那时没有什么办法能帮到她。

　　这一切就发生在那位母亲的身畔。她也正疼得冒汗，会阴撕裂的感觉堪比末日审判。但她等不及要抱新生的女儿。医护们传看着垂死的婴儿，助产士凝重的表情已经表达了一切——还有孩子那张可怜的小脸蛋：死气沉沉，颜色青灰，眼珠涣散地转动。工厂女孩央求大家告诉她这是怎么回事：为什么孩子一动不动，也不出声？为什么她不是粉红温暖，就像隔壁小床上的我？她的乳汁开始流淌，孩子却不吮吸。那是1948年，蓝婴只有死路一条。

　　医护们又聚拢回我母亲身旁的产床。在九个月的兴奋和期盼之后，两边的气氛形成了鲜明的对比：一边是容光焕发、充满自豪与喜悦的妇女，带着她健壮的粉红色儿子；另一边是伤心无助的母亲，灰色的女婴一动不动，死在她的怀中。床边的帘子合上了。她那满怀期待的丈夫被工作绊住，正在厂里轧钢，没法在女儿活着的时候看上她一眼。医院的牧师匆忙赶来，为这个正在死去的孩子洗礼。这多半已经太迟，但他们还是完成了仪式。

邻床的母亲情绪崩溃了，这已经令我的母亲相当难过，到了家属探视时间，两边的反差就更强烈了。年轻女子的父母和失去孩子的丈夫先后到来，但他们来得太迟，死去的婴儿已经被装进一只鞋盒悄悄送走了。内疚接踵而来：她做错了什么？是因为吸烟吗？还是吃了镇吐药？因为她该去教堂却没去？我们一家人的欢乐中也夹杂着对那个可怜女孩的同情。我母亲在她旁边的产床里躺了五天，其间医生给她做了骨盆手术。她两手空空地回了家，带走的只有悲伤和缝线。

那天，我的母亲也格外伤感，因为她在报纸上读过美国有个蓝婴接受手术的新闻——一种神奇的术式，能让蓝婴变得粉红。为什么刚刚没人提呢？那时国民保健服务已成立三周，一派崭新，他们应该也能做到吧？这段残酷的记忆始终不曾褪色。因此，每逢我过生日，她都会带上花朵纪念邻床的蓝婴。在本该欢庆的日子做这样一件事，是多么大气的举动。

我母亲在《泰晤士报》上读到的新闻大致是这样的：1944年，在美国的约翰·霍普金斯医院，小儿心脏科医生海伦·陶西格（Helen Taussig）给外科主任阿尔弗雷德·布莱洛克（Alfred Blalock）出了一道难题，要他为那些必死的蓝婴设计一套手术方案。布莱洛克的想法是把为婴儿手臂供血的锁骨下动脉转接到胸腔，和闭锁的肺动脉连在一起。他预计肩胛周围那些较小的侧支血管会长大，足以确保婴儿手臂的供血，就像在动物实验中证实的那样。当年 11 月，这位教授首次尝试了后来被称为"布莱洛克—陶西格分流术"的方案。他不是一位技术娴熟的外科医生，费了好大劲儿才将那些细小血管连起来，但结果令众人松了口气：术后，孩子的肤色立即由蓝转粉，气急症状也当即消失。不单如此，那条少了根动脉的手臂也正常长大了。

关于这项划时代的术式，消息传得很快。英国的胸外科先驱罗素·布罗克爵士（Sir Russell Block，我在布朗普顿医院继承的手术靴就是他的）邀请布莱洛克和陶西格到伦敦展示他们的手术。伦敦有的是孱弱的蓝婴，布莱洛克接连给十个婴儿使用了分流术，无一例死亡，十个婴儿都奇迹般地变成粉色，开始正常发育。访问最后，布莱洛克受邀到英国医学会（BMA）的大厅里展示胜利果实。

演讲结束时，刚放完幻灯片的房间里还是一片漆黑，十分寂静。忽然，一盏军用探照灯扫过整个大厅，追到盖伊医院的一名护士长身上，她身穿深蓝色制服，头戴白色亚麻帽，怀抱着一名两岁大的金发女孩。就在几天前，这个得了紫绀型先天性心脏病的小姑娘还在垂死挣扎。而现在，接受了新型分流术的她，已经全身粉红。这戏剧性的一幕，令现场观众爆发出了雷鸣般的掌声。母亲对《泰晤士报》这则报道的讲述，总能唤起我的共鸣。正因如此，我最早的童年回忆就有一方面是蓝婴。

在蓝婴手术后那段划时代的岁月里，那些坚持不懈、终在心脏上成功手术的人，无疑都有精神病态的倾向。心脏手术在欧洲真的可能吗？大概吧，但前面还有很长的路要走。说来也怪，我从小就注定要走这条路，有为此而生的独特能力。

大部分人都是左脑半球占优势，它支配着语言技能，令人擅用右手。相对的，右脑半球支配空间觉知、创意和情绪反应。但是我却继承了一颗奇怪的大脑。正常人的大脑是"单侧化"的，在这一演化过程中，不同的灰质区域会适应控制不同的行为和技能；我却避开了单侧化，长出了一个拥有双侧优势的大脑，左右手都很灵活。虽然学校的规训让我以右手为主，但我能用双手摆弄钢笔、画笔乃至各种手术器械，左右手都能很好地给绳子打结。我还能用左脚踢橄榄球，用左手打板球。

尽管外语学得一塌糊涂，我却天生具有想象三维世界的能力。灵巧的双手加上精准的空间觉知，我从小就是个出挑的艺术家，最终成了一名天生的外科医生。我的画笔描绘过各种风景：老家斯肯索普的炼钢厂照亮夜空，鲜红的夕阳映照着高炉的开启，求爱的情侣在煤气灯下亲吻，还有炼钢工人在轧钢厂劳作了漫长一天之后那肮脏的脸庞。这对一个十几岁的男孩来说很不寻常，但大脑双半球的交叉连通就是会塑造出不同的人。

后来，这些与生俱来的技能让我得以剖开人体，把一针一线都一步到位缝对地方，从不手忙脚乱。精确的动作会节约不少时间。我能毫不费力地快速完成手术，却从不用飞快地运用双手。当然了，在成为外科医生之前，我从未意识到这是一项才能。后来我才发现，速度对心脏手术至关重要：手术时间越短，病人康复得才越快。

　　读中学时，别人对我的了解都是，这是个具有艺术气质的内向小伙儿，志愿是当医生。但我并不特别聪明，在当时没有绝对的把握考上医学院。聪明的学生都精通数学和物理，这两门课我都学得很吃力。不过我的生物学得很好，化学也还不错。最后，我全凭逃离破败街道和政府排屋的决心考去了伦敦学医。等到了那里，我这个从小立志当心外科医生的孩子却显得格格不入。

　　我想要融入那些公学出身的同学，不得已开始玩橄榄球、喝啤酒。我本就能投能踢，具备玩这种形状愚蠢的球的一切必要技能。事实证明我玩得相当不错，很快就从一个隶属第四阵容的无知新人，变成了固定的首发队员。在所谓的医护行业中，伦敦医院系统的橄榄球赛凶残至极。在 20 世纪 60 年代末的鼎盛时期，盖伊医学院的一名球员当上了英格兰队的队长，而传奇全卫 J. P. R. 威廉姆斯（Williams）效力过圣玛丽医院队，并于 1969 年首次代表威尔士队出征。乔治·巴顿将军说过："我看一个人的成功，不是看他爬得有多高，而是看他掉到低谷后弹得有多高。"作为边锋，我曾在里士满举行的医院杯比赛上试图阻截威廉姆斯，结果遭到重创。虽然肋下瘀青，鼻子流血，但我还是成功做到了。

　　最严重的伤还在后头。第二学期期末，我们去康沃尔参加了一场俱乐部巡回赛。我自己对那次事故全无记忆，都是后来听别人说的。我们对阵的是当地强壮的农民球队，比赛场地是彭林镇上一片劲风吹拂的泥泞球场。我以一记极高的擒抱阻止了一名对手，这自然招致了报复。双方无序地争球，散开后，球员们跟在球的后面争抢。我被人蓄意一脚踢中头部，趴倒在地，脸埋进一个水坑里，晕了过去。过了好一阵，这群关爱众生的医学生才跑回我身边，这时我的脸已经紫了。

恢复知觉时，我看到了一只昏暗的灯泡，但觉得它比阳光还要刺眼。周围是同样昏暗的医学院队友，他们正打算把我抬去酒吧而不是医院。和拳击赛一样，倒地不起在学生橄榄球赛中并不罕见，相比之下，去饮酒高歌才更要紧。根据巡回赛的传统，我们要用欢笑和愚蠢的下流歌词来取悦当地的乡巴佬，这种事只有伦敦的医学生才做得出。我们的住处在几十公里外的圣艾夫斯镇，所以尽管我头疼得要命，眼前仿佛上演着泰晤士河的新年灯光秀，但除了加入他们之外别无选择。

第二天早晨，我怎么也叫不醒。好心的朋友斯蒂夫·诺顿轻轻摇了摇我，我立刻朝他的腿上喷出一股呕吐物。我的头很疼，眼睛也被冬日的阳光灼痛，那是最严重的畏光症状，于是我用毯子蒙住了头。半小时后，当地的医生来了，是位尽责又老派的全科医生。他给我测了脉搏，量了血压，然后试着用检眼镜查看我的眼底。这三项检查足以说明：我的麻烦大了。我的脉搏很慢，血压很高，视盘肿胀，此外双眼下方都有的逗号形瘀青也是重要的指征。这一切都说明，我的大脑受了重创，已然肿胀，而昨晚的啤酒没什么帮助。医生把稀里糊涂的队友臭骂一顿，然后叫来一辆救护车，送我去了特鲁罗医院的神经科。我的欢乐之旅就此终止，而我后来在伦敦得知，我的医学生涯也差点终结。但诡异的是，这件事反而在从医路上大大推了我一把。

头部 X 光显示，我额骨上有一条细若发丝的裂缝，虽然我的颅骨看起来很厚，那一脚还是把它踢骨折了。颅内压明显升高的表现就与此有关。看门诊的是一个普利茅斯来的坏脾气脑外科医生，他给我做了检查。他的治疗方案是用静脉滴注甘露醇溶液，好给肿胀的大脑排水，再放一根导尿管和尿袋来应对多尿问题。他想带我回德里福德医院装颅内压监护仪，但我极力反对。阴茎里插管已经够难受了，我不想再给人在颅骨上钻个窟窿，脑子里插根螺栓。这种蛮横的不合作态度预示了即将发生的变化。我变得烦躁不安，咄咄逼人，不再是去康沃尔时的那个温和敏感的小伙子了。1967 年还没有 CT 扫描，没法直接看到我受创的大脑皮层，但里面肯定发生了一些变化。大家都以为我会在消肿后会恢复原样，但我没有——我很走运。

特鲁罗医院把我送回查令十字医院，我住进一间安静的单人外科病房，窗外就能望见河岸街。当晚，我试着勾引一名美女护士，她的回应是抓住我的导尿管用力一扯。防止滑脱的气囊从膀胱被一下扯到了前列腺，足以使我的情欲平息一夜了。可我并没有长记性，很快又再次出手。

第二天，我就被一群学生护士包围了，她们都是从周五夜舞会上认识我的。接着我的队友们带来了《花花公子》杂志和几瓶啤酒，都是他们藏在衣柜里的。我感觉自己正享受着皇室待遇。一位来自哈雷街＊的神经科医生戴着眼镜，穿着定制的晨礼服，前来查看我这名受伤的医学生。我还记得自己觉得他像只企鹅。他问我对事发时的情况还记得多少，我无礼地答道："怕是屁都不记得了！"我平常绝不会用这种粗陋语言跟高级主任医师讲话的。他显然被我逗乐了，也由此确认了他对伤势严重程度的看法。他测试了我所有的反射和动作，宣布我的运动能力完好无损，同时注意到了我的双半球互连情况。他叫来了一位心理学家。她给我做了进一步的测试，而后决定就前脑受伤的后果给我上一课。

她解释说，右脑半球是批判性推理和避免冒险的思维过程的大本营。我颅骨的裂缝正好位于右侧额叶皮层上方。这个部位的脑肿胀大概可以解释照料我的医护人员反映的问题：缺乏自控，易怒，偶有攻击性。我自认为对查令十字医院的护士礼貌友善，但或许并非如此。根据她的几项测试，我在一个名为"精神病态人格量表"的东西上得分很高。

"但也不用担心，"她说，"大部分成功人士都是精神病态，尤其是外科医生。"然后，她用给心理系学生上课时的经典案例解释了我眼下的个性变化。

＊ 伦敦的医院诊所一条街。——译注

1848 年，一队建筑工人在美国中西部挖掘岩石，为一条铁轨腾地方，他们的工头名叫菲尼亚斯·盖奇（Phineas Gage）。工人们在巨大的岩石上深深地钻孔，而后在孔内填入炸药，再塞进引线，放进沙子，并用铁制填塞棒把沙子压紧。就在这个过程中，铁棒和岩石之间擦出火花，引爆了炸药，那根一米多长的铁棒被炸飞，高速穿透了盖奇的颅骨。它从盖奇的左侧颧骨刺入，从后面的头皮穿出，落在了距事发现场近 30 米远的地方。虽然受了如此重伤，盖奇却始终神志清醒，爬上一辆牛车找医生去了。当地的医生哈洛大夫（Dr Harlow）为他清理了大大小小的颅骨碎片，然后用胶布盖住了伤口。

不幸的是，盖奇的脑部受到真菌感染，随后陷入昏迷。他的家人连棺材都准备好了，但哈洛给他做了手术，从头皮的伤口下面排出了 8 液量盎司的脓汁。盖奇奇迹般地康复了，不出几周就"完全恢复了理智"。但他的妻子和身边的人却发现他的性情发生了邪恶的变化，这一点哈洛也在《麻省医学会公报》（*Bulletin of the Massachusetts Medical Society*）上做了描述：

> 现在他变得喜怒无常，粗野无礼，时而还会说出最下流的脏话（他本来没这个习惯），对工友也没了什么尊重，一旦别人的约束或规劝违逆了他的欲望，他就会很不耐烦。他有时一意孤行，有时又反复多变……

就这一点来看，他的心智已经发生了决定性变化，以至于熟人们都说他"不是盖奇了"。

这个故事显然引起了我的共鸣。我的前额叶皮层也受了伤，可能会改变我的个性，却不影响其他高级神经功能。但我不接受自己和从前有任何不同。可怜的盖奇丢了工作，最后只能在纽约的巴纳姆（Barnum's）马戏团和那根铁棒一起展出。他在35岁那年发癫痫而死，葬在了旧金山。但是没过多久，无耻的小舅子就把遗体掘了出来。时至今日，盖奇的颅骨和那根铁棒仍陈列在哈佛医学院。

听到这里，我总觉得这位和蔼的心理学家是在温柔地向我传达："回老家斯肯索普参加马戏团去吧。"大脑消肿后，我确实回了趟老家去过复活节假。我可怜的父母感到迷惑不解：医学院的教育竟对儿子造成了如此意想不到的影响。然后，我带着空前的决心回了伦敦，继续医学研究。

我不推荐用脑壳受伤的策略来助推职业生涯，但是从中期看，这次头部创伤确实带给了我非同一般的好处。我本来是朵打蔫的紫罗兰，现在却变得无拘无束、胆大自负：不再为考试焦虑，在人山人海的讲堂前发言也不再感到窘迫。不出几周，我就成了学生圣诞展演上超级外向的主持人，医学院的社交秘书，板球队的队长……此类事迹不胜枚举。我变得对压力免疫，成了习惯性的冒险者，还对肾上腺素上了瘾，始终渴求着刺激。过去常常一连几天纠缠着我的个人烦恼，现在统统被丢到了一边。简言之，从头部创伤中康复的我不但摆脱了束缚，更爱上了残酷的竞争。我本就具备外科医生所需的协调性和灵巧的双手，现在又获得了必要的人格特质。但我从未失去共情，这项"情绪智力"（EQ）要素让我们能够体会别人的感受，而关心他人的能力，每一位医护人员都应该具备——尽管许多人并没有。

磁共振成像（MRI）的问世令大脑皮层内部神经网络的可视化成为了可能。我们知道了额叶先产生感觉，然后将可怕的素材传至脑深部的杏仁核，在那里加工成危险或恐惧情绪。精神病态者丧失了额叶和杏仁核间的连接，因此往往会表现出残忍无情、无视权威的特点。心理学家布卢默（Blumer）和本森（Benson）描述过前额叶皮层受伤引发的人格变化，称这种征候为"伪精神病态"。一些病人在头部受伤后不再克制自律，无法评估风险，缺乏耐心，负疚感减少，但并未失去同情心（无同情心是天生精神病态者的特点）。简言之，我就属于这种情况，虽然我当时没有洞察到这点。

我在纽约第一次意识到自己的鲁莽无惧，这种品质令我能活在刀锋一般的危险边缘。有句话说："勇敢不是没有恐惧，而是愿意面对恐惧。"那是在 1972 年，我拿到了阿尔伯特·爱因斯坦医学院的奖学金，条件之一是在纽约哈莱姆区莫里萨尼亚医院的急诊室上夜班。到了阴暗的后半夜，整个急诊部都在处理毒品滥用和黑帮火拼的恶果。那天晚上有一个疯狂的毒瘾分子，在一场打斗中受了伤，一名年轻护士努力从他手里没收几支污染的注射器，他于是变得狂怒失控，想用弹簧刀杀死护士。我料到他要动粗，在他碰到护士前就冲了上去——一个标准的橄榄球擒抱动作——两人双双倒在了候诊室的那排椅子上。

他的刀割破了我的右手拇指，血滴滴答答地淌在了我洁白的实习医生背心上。这番打斗没有持续太久。一名保安用防暴警棍击中了这名对手的脑袋，直接把他送进了神经外科。护士长感激地帮我缝合了伤口，然后我去参观了那家伙的颅骨钻孔过程。信不信由你，我还挺怜惜他的。他的悲惨生活让我难过。

医院向医学院报告了这一英勇之举。但这其实算不上英勇，因为面对这种场面时我根本不需要勇气。这件事给我带来了耀眼的奖赏：先是"最有望成功的学生"称号，再是著名内科和外科教授门下的住院医师职位。头部受伤有没有使我放弃橄榄球？当然没有。我在赛场上反倒更凶了。

外科从业者普遍承认自己精神病态。就在 2015 年，《皇家外科医师学院公报》（*Bulletin of the Royal College of Surgeons*）杂志还刊登了一篇文章，题目是《外科医生都是精神病态吗？如果是，这很糟糕吗？》。几位作者主张，在事关生死的激烈讨论时彻底抽离情绪，反而能做出更好的选择。这听起来很有道理，但词典还是将精神病态者描述得冷酷、浮夸和过度自信，说他们有一种膨胀的自负，善于推诿罪责，进行"过错外部化"（blame externalisation），而不表露出悔恨。当然，这些描述完全符合人们对外科医生的刻板印象，也符合金融界的那些冒险者。

但是，医学界的冒险者取胜时，胜利是属于所有人的。我们必须一直享有不停探索、突破边界的自由，就像那些先驱一样。但依我看，这种自由怕是已经彻底消失了。今天，风险管理成了一个庞大的产业，监管当局更是人人都在努力追求无风险的环境。就连我们的"客户"都会被常态化地划分风险等级，暗含的意思是，放弃低风险的候诊人是不当之举，但打发掉风险奇高的病例完全情有可原。不论从事什么职业，有这种想法都是多么可悲啊。

我从不这样看待外科医学。我像一块磁铁似的，把高风险病例吸到身边，并陶醉在和死神的竞赛之中。我反复听人说，我的方案绝不可能成功：在气管里放硅橡胶管会造成堵塞（并没有），人没了脉搏就不能存活（他们活了下来），把电路埋进头部很危险（并不），将干细胞直接注入有疤痕的心脏会造成猝死（不会，我们现在就用这个法子来治疗心衰）。冒险是医学创新的关键环节。生命本身就是一场冒险。如果连创新的机会都被剥夺，心脏外科就完蛋了。

第四章

傲 慢

　　我要透过"傲慢"这面"回顾镜",怀着深深的尴尬来回顾我职业生涯中后面的几个阶段。我并非天生的自大狂。少年时代的我是个怕羞、体贴的文法学校男生,一心想帮助别人,很不自信。直到康沃尔那场橄榄球赛,我的命运才发生了奇特的转折,那之后,钟摆径直摆向了反方向。没什么能遏制我坚定的信念和脱缰的热情,哪怕刀锋下就悬着别人的性命。这点风险我才不放在心上。总之,我整个人都失控了。

　　受伤后的我行为大胆,缺乏自制,麻烦不断。多亏我原本的个性还算偏腼腆,否则可能会像菲尼亚斯·盖奇那样,变成一个无法工作的潜在罪犯。在大家眼里,我不过是个镇定自若、自信过头、抱负很高、冷酷无情、会做手术的年轻人。我很容易觉得无聊,对文书工作毫不上心,开车速度很快,把我的蓝色小跑车爱停哪里就停哪里。

　　我还学会了钻空子。在伦敦国王学院医院的肝脏科做初级医生时，我听说科里的高级主治医师要去剑桥为罗伊·卡恩教授（Roy Calne）的开创性肝脏移植做术后护理的监理。这些人都是年轻的内科医生，训练有素，但对手术全无兴趣，更别提熬夜看血一点点滴入引流瓶了。一个周末，趁着别人都不想干这事，我自告奋勇去了剑桥的阿登布鲁克医院。这是一个站在巨人身后参观肝脏移植的绝好机会，尽管我打的旗号是深入了解术后护理需求。这项策略回报颇丰。移植病人康复了，没有出现任何并发症，旁人也都以为我也是肝脏科的高级主治医。

　　剑桥的外科规培轮转在英国有着最高的声望，我也很喜欢这座城市。然而，童年时的内省性格和根深蒂固的自卑感让我不敢接下剑桥医学院的录取通知书。但在经历了"化身博士"*般的脱胎换骨后，一切都变了。当剑桥再次贴出外科招聘启事，我立刻申请，并附上查令十字医院和布朗普顿医院的推荐信。卡恩教授看到我曾为他的移植病人做过术后护理，就把我招了进去。当时的我只在布朗普顿有过几次冒险，在伦敦当住院医时做过几例阑尾切除术，此外没什么实操经验。但这在那些日子里不重要，重要的是够自信，甚至够鲁莽，要敢于放手开刀。我全身心地扑到了这份新工作上，像狗一样咬住了骨头——骨

---

* 《化身博士》是斯蒂文森的小说，讲的是绅士杰克尔博士喝了自己配制的药剂，
　分裂出了邪恶人格"海德先生"的故事。

科手术很难弄死人，虽然也不是全无可能。

　　1976 年那个冰冷的圣诞假期，我在医院里安了家，为 100 多个跌倒后髋部骨折的老人做了手术。其中有两例死亡，他们没能受住手术的负担。伤者一旦超过 90 岁，就很难在术后移动，只能卧床不起，患上肺炎，然后被死神接走。我们既不能弄死他们，也不能就让他们扛着疼痛，所以手术还是要做。在做了半年的"人体木工"，处理了不少可怕的创伤急救后，我掌握了外科的基本功：都是如何使用器械，如何止血，还有够胆子不求助他人而独立开展手术这些小事。这段学做外科医生的浪漫经历使我陶醉不已。接着我又转到了普通外科，那边可都是流血掉肠子的真家伙，尤其是在值夜班的时候。我很快就得了个"大白鲨"的绰号，因为我只用很短的时间就能截下一条腿来。

　　70 年代还没有减少胃酸的药物，所以每晚都会过来十二指肠溃疡穿孔并发腹膜炎，或是胃部严重出血的病人。再来就是大肠癌导致的肠梗阻，或是肝、脾外伤。来的病例越棘手，我就越开心。我整个白天都做手术，大部分夜里也做，老板们很乐意看到我这么勤奋。只有一件乏味的工作我懒得处理——得怪我的注意缺陷障碍（ADD）——就是文书手续。病历在主治医师的办公室里堆积成山，等着被写成出院报告或寄给全科医生的信。我对温和的处罚不当回事，最后上面禁止我进入手术室，直到我把积压的文书处理完为止。

　　一个周六的夜晚，我这条"大白鲨"被叫去诊断一个 8 岁男孩，他因为突发剧烈腹痛被救护车送来了医院。这孩子的父母信奉"耶和华见证人"，看得出来他们很在意孩子是否需要手术。*孩子的体温略微偏高，腹部广泛压痛，阑尾处尤其严重。这种情况很常见。我告诉父母孩子有腹膜炎的体征，我认为他的阑尾可能已经破裂。我需要马上送他进手术室，切掉那截无用的"肉虫子"，再把他的腹腔清洗一遍。他们问这孩子是否会失血过多。

"完全不会。手术 15 分钟就能做完。"

听到这句简单直接、毫不含糊的表示，他们立刻对我产生了莫大的信任。

"我们连血型都不用测。"我安慰道。

我进了手术室，协助我的是一位麻醉主治医师和一位值班的住院医。这是今天的最后一例外科手术，护士那边还等着我们三个去开派对呢。我在男孩的右侧髂窝开了一个小小的格子形切口，阑尾通常就在下方。当我暴露腹腔中那层透明的腹膜时，本以为会先看见稻草色的积液，然后就能挑出蠕动发炎、末端穿孔的阑尾。但这次不同。腹腔内颜色很深。当我用镊子夹起腹膜并用剪刀把它剪破时，里面淌出了鲜红的血液。

我心里一沉。我本以为这男孩面色苍白只是因为他难受。

"红、白血球的计数结果出来了吗？"我问麻醉医师。

---

* 该教派的教义拒绝输血。

"还没有，怎么了？"

"他的腹膜里全他妈是血。"

麻醉医师的脑袋很快从"血脑屏障"的上方探了出来。那是块挂在输液架上的绿色手术巾，作用是把麻醉医师的鼻子和病人的伤口隔开，他们总是懒得戴口罩。

"靠，怎么回事？"他问我。

他吩咐麻醉护士到冰箱里去取点血来，然后开始手忙脚乱地给男孩量血压：高压 100 低压 70，心率 105。我立刻声明如果不先知会父母就给孩子输血，我们会遭到起诉。而他的父母肯定会拒绝输血。

麻醉医师想叫值班的主任医师过来，我却不想。我想自己找出问题，自己解决。我这时依然平静得不像话，沿着男孩的腹部中线又开了一条大得多的切口。里面涌出了更多的血。这时我那两位理智的同事都变得犹豫不决了，都想尽快把责任推掉。他们合理猜测这孩子或许是受了虐待，他的肝脏或脾脏可能受了创伤。但如果真是那样，他的皮肤上应该有瘀青，身体的其他部位也该有别的证据。

这时我是什么感觉？只有好奇和兴奋，因为这肯定是一起罕见病例。按理说我的前额叶皮层应该向杏仁核发出警觉和焦虑的信号，但我早已把恐惧留在了彭林镇球场。此时此地，我只想赢下分数，证明自己是所有主治医师中最能干的。医学院对我的评语是什么来着？"最有望成功的学生。勇敢但缺乏洞察。"缺乏也不是我的错，这一点我还得向旁人解释多次，直到我自己也成了一名主任医师。

我把肠管从切口拉出来，寻找主要血管。从逻辑上说，如果喷血的是这些血管中的任何一条，这个男孩都不可能活着来到医院。直觉告诉我最初的出血已经止住，因为他的血压和心率现在很平稳。我查看了肝脏和脾脏，两者都完好无损，于是我排除了外伤的可能。接着我开始一寸一寸地查看他的肠子，终于在离阑尾位置不远处发现了问题所在。这是一种极为罕见的先天异常，以后都不可能遇到了：大肠重复囊肿破裂。我找到了剩下的几个出血点，用电刀嗞嗞地灼烧它们。现在我可以告诉队友们，出血已经控制住了。孩子已经安全，放轻松吧。

"这个重复囊肿你打算怎么处理？"面如死灰的麻醉主治医师问我，他的老板也快来了。

"妈的，把结肠切掉不就行了？"我冲了他一句，对他从头到尾表现得这么懦弱有些生气，"这么胆小，去做全科医生啊。"

这时，一段莫名其妙的顺口溜开始在我不受拘束的大脑中来回飘荡："有屁就放，放完快滚！"我把会受影响的血管打结，然后夹住滑溜溜的肠子，一刀、两刀，结肠下来了。接着我近乎强迫地把两侧切口用连续缝合缝在了一起，用温生理盐水洗去了腹腔内的血和粪便。我把这些东西全部吸出，关闭了两道切口。完成。撇开所有忧虑和共情后，这其实就是通下水道。

这时候麻醉主任医师也到了。我对这位前辈表现得相当粗鲁不敬，一边开心地缝皮，一边问他怎么磨蹭了这么久才来。麻醉医师做的第一件事总是越过手术巾探头张望，并询问一切是否尽在掌握。因此我伸手提起标本桶，自豪地向他展示里面血淋淋的病理标本。

"我从没听说过这种情况。"他说。

"我也没听说过。肯定很罕见。现在血压多少？"

"高压 100，低压 70。"

"心率呢？"

"100。"

"有血红蛋白数了吗？"

"10。"

"行了。"我总结道，"他已经安全了。"

麻醉主任医师礼貌地问我有没有把这个病例告诉我的儿科老板邓恩先生。

"还来不及说。"我扯了个谎，"我以为这孩子还在流血，邓恩先生正在学院晚宴上呢。明早查房的时候我再给他惊喜吧。"

现在我该去向孩子的父母解释，为什么他除了阑尾切口之外，腹部中央还有一条血淋淋的大伤疤，以及为什么我本来说15 分钟完事却拖了这么久。就像所有等待孩子手术结果的父母一样，这时他们已经快垮了。我到等候室门口时，绽放出了灿烂的笑容，这足以回答他们需要知道的一切：他们的儿子安全了，虽然我的诊断是错的。

我的大脑皮层从精神病态的那部分切换到了谨慎而富于同情的那部分，这让我在孩子出院时收到了一份丰厚的礼品。在之后的岁月里，我也一直对耶和华见证人的病人很照顾，就像帮助唐氏综合征患儿那样。至少他们有坚定的价值观，而他们的宗教信仰也没有伤害别人。他们中的一些从手术台上下来时，血红蛋白水平只有正常人的1/3，但是通常都会康复。

* * *

卡恩教授鼓励我加入剑桥当地的橄榄球队，让我的名字因此登上报纸——"那个疯狂得分的边锋"。每当我走进手术室或冲上橄榄球场，精神病态的开关就会打开。我也因此伤病不断。在一场比赛中，一根金属立杆刺穿了我的头皮，在颅骨上留下了一道12厘米的凹槽。我执意先回剑桥，护士萨拉正在急诊部值班——后来她成了我的妻子。我请她给我缝合伤口，再打个破伤风针，但不用费心做局部麻醉，为此我很快发出了惨叫。

接着就是圣诞节的那次下巴骨折，骨折之后我还在急诊部给一个摩托车手开了胸。当时我还穿着橄榄球衣，浑身泥土，自己都还在往刷手槽里吐血。当时医院里没有别的外科医生可以救他，而我正好在等候室里。我接着还做了一件蠢事：我谢绝了他们给我骨折的下巴做手术，后来不得不在臀部挨了超大量的青霉素肌肉注射，好防止骨骼感染。几个护士兴冲冲地把我的屁股当作了针垫。最后，正是这次受伤帮我通过了皇家外科医师学会的大考：我在口试时几乎说不出话，没能施展出上一次令我不及格的嚣张气焰和胡言乱语。

离开剑桥时，我满载着各种资格证书和无价的外科经验。这时我的自信达到了顶点，也背上了沉重的情债。缺乏自制使我放纵肉欲，惹来了不少麻烦。《牛津英语词典》里说精神病态是"对自己不加约束，对他人无情且缺乏关怀"。我的蓝色小跑车和膨胀的自我显然吻合这个描述。

我在阿登布鲁克医院的最后几周里，哈默史密斯医院和皇家研究生医学院都向我发出了心外科规培医生职位的邀请。这显然是个惊喜。也许他们早就贴出了招工启事，但一直没有合适的申请者，不过我还是很高兴他们能想到我。然而这份狂喜没有持续多久，我很快就因为总是要协助那些笨手笨脚的高级主治医师而发火，他们都做不到在跳动的心脏上缝针。病人的心脏滑不留手，动个不停，但换我的话肯定能比他们做得更好。对于只能协助而无法主刀一事，我变得越发暴躁，因此被打发去了黑尔菲尔德医院的胸外科分部轮转，那里给人的感觉如同斯肯索普的潮湿周末，我对此再熟悉不过。肺这东西只是吸气和呼气，没什么挑战性，于是我开小差走了。

我看到香港有一份招聘代班普外科主任医师的启事。有趣的是，招工的是港岛上历史最悠久的医学机构，工作内容包括在太平山顶的两间私人诊所做手术。那边的常驻外科医师正在休学术假，所以受聘的代班者可以享用他的公寓、保时捷轿车和香港会*的会员资格。这于我是一个机会，可以在世界彼端全然不同的文化环境中检验我闪闪发亮的剑桥经验，何乐而不为。得到这份工作后，我要了三个月的假，离开心外科轮转，出发了。这的确是一场赌博，但当时我在伦敦既受挫又浮躁，眼看着自己就毁了。是这个机会拯救了我，使我免于被医院开除。

　　我在香港的嘉诺撒医院和明德医院单枪匹马地工作，助手是一群天主教修女。这里没有主治医或住院医帮忙。但修女们也将一丝宁静祥和的氛围带到了手术台上。毕竟，谁能对一群修女破口大骂呢？更棒的是，她们都是经验丰富的可靠助手，这种职业素养在英国可很难见到。她们的工作是协助外科医师，让我那巡视的眼神能专注在手头的工作上。就算放浪如我，也无法和修女调情。另一方面，我也渴望留下一个好印象，让她们对我这个英国来的年轻新秀充满信心。

　　表现机会来得比我想得还要快。医院的胃肠科大夫转给了我一名 19 岁的中国少女，她的情况是我在西方从未遇见过的。这位身材纤细的漂亮女孩来自一个富裕家庭，因为直肠出血前来就医。乍一听这必是痔疮无疑，但消化科医生那经验丰富的食指却在直肠里摸到了一个团块。19 岁就得直肠癌？我不相信转诊信里的判断，但活检显然已经证明了这一点。我乘坐熙来

---

* 香港会（The Hong Kong Club，简称 The Club）成立于 1846 年，是香港的顶级私人商务及宴请会所。

攘往的天星小轮前往九龙，在我那半岛酒店的门诊里接待了这位身心交瘁的少女和她的母亲。

在那个年代，对于长在低位直肠上的肿瘤，唯一的疗法就是彻底切除直肠，病人只能带着结肠造口过一辈子。对一个 20 岁不到的中国少女来说，这还不如自愿安乐死——在我讨论是否开展"经腹会阴直肠切除术"时，修女们提醒了我这一点。这个手术通常需要两名经验丰富的外科医生合力开展，其中一个通过腹部的切口向下递送直肠，另一个在切除可怜女孩的肛门之后，从下方靠近并切除肿瘤。我必须要想清楚：这个手术是由我自己来做，还是把女孩转去大学医院，交给一支经验丰富的团队？和往常一样，我觉得这项任务非我莫属，虽然我以前从来就没做过这类手术。够愚蠢，够自大吧？我的名声和女孩的性命，到底哪个重要？

初次会面时，那位母亲并不准备让我给她的女儿做检查，她们显然也不想接受手术。我一见女孩就产生了深深的同情。在精神病态量表上，得分仅次于外科医生的就是儿科癌症医生，原因我理解：人的心理一般受不住每天在年轻人或是他们的父母身上目睹这样的忧惧。通过广东话翻译，我向这位母亲抛出了一个尖锐的问题：只因为一只结肠造口袋可能毁掉女儿的婚姻前景，就要让她因癌症惨死吗？这个唐突的挑衅突破了种族的屏障，教她哭了出来，我于是向她道歉——一个自大顽固的西方外科医生竟会道歉，她们始料未及。

　　我只好滔滔不绝地继续讲下去，最终使她们相信我这个英国医生会治好女孩的癌症——其实，是神仙们劝我从伦敦专程飞过来给她治病的。她们离开时，我真的以为再也见不到她们了。我的感觉中夹杂着一丝释然。我害怕这女孩会为了不让家族蒙羞而结束自己的生命，而这羞耻仅仅是因为她体内的遗传自毁按钮被按下了。但她们又回来了，我只能勇敢应战。我焦虑吗？并不。我对经腹会阴直肠切除术的切除范围和复杂程度感到担忧吗？当然。这种手术我参观过几例，但都是很久以前的事了。但是我肯定，只要开始动手，我就都能回想起来。

　　历时五个小时的手术中几乎无人说话。偶尔我必须开口索要某件器械，它就会如机械般精准地拍到我的手掌上，像是受遥控似的。我偶尔说两句"糟糕"或者"妈的"，背上不断淌下汗珠。修女们为我调整灯光，还像优秀的老派医学电影里那样为我擦拭眉毛。谢天谢地，她的肝脏是干净的，没有肿瘤扩散的迹象。我开始缓慢而审慎地进入危险区域，先从上方挪动结肠，再是子宫后面的直肠。身为一个刚出道的心外科医生，这是我第一次，也会是最后一次做这个手术，所以我想要成功。手术的关键是在适当的位置做出结肠造口，结肠将会与腹壁的开口相连，粪便会经此而出。它必须像玫瑰花苞一样干净漂亮，位置也要恰到好处，不能妨碍她穿衣服。

　　虽然两个切口给女孩造成了极大痛苦，她还是很快康复了，只有年轻人才做得到。我安慰她的家人说肿瘤没有明显的扩散迹象。病理学家的显微镜显示，肿瘤不曾渗透大肠壁或是侵入淋巴结。女孩也没有出现任何并发症。修女们都说她们以我为荣，我也格外自豪，我还从来没有在做完一台手术后这么高兴过，而且也彻底放心了，无论对自己还是这家人。

那天晚上，我在神秘莫测的香港会喝了几杯，然后在氤氲的桑拿房里独自坐了一会儿。我脑海中一次次重放着白天手术的每一个步骤。我真的应该冒这个险吗？对我来说什么更重要，是向自己证明我战无不胜，还是那个可怜女孩的安全？这是我职业生涯的决定性时刻。我虽然还是不知道害怕，但慢慢找回了洞察力。香港让我对自己的特权地位有了清醒的认识。和这些修女并肩工作，同她们分享我的心事，令我找回了丧失多年的内心平静。

也是在这个时候，我开始在九龙的公立医院做胸腔手术。肺癌在那里很是常见，而我是唯一能做肺癌手术的医生。我在那里治疗外伤，引流脓汁，矫正儿童的胸廓畸形——全部工作都是出于博爱，它们使我恢复了自尊。有时我也会出乎意料地将食指插进病人的心脏，缓解风湿性二尖瓣狭窄——因为除此之外别无他法。

我能做的事越多，他们就越想让我来做，我也陶醉其中。他们希望我能留下，我也确实动过这个念头。中国的病人不会抱怨生活，那边的外科医生也不会。他们尽可能利用自己拥有的一切，并不奢求什么，这很像是 19 世纪的态度。然而，香港虽好，我还是下定决心回英国重整旗鼓，好好利用我在世界的这一端学到的经验。我要努力减少傲慢和冷漠，不再像以前那样独来独往，虽然要做到这些都并非易事。

* * *

回哈默史密斯医院后，我又遇到了新麻烦——我本来就因为失踪三个月差点被规培轮转项目开除了。时间变了，不变的是那些破事。这一次是我没向值班的主任医师汇报，就把一个心脏刺伤的人带进了手术室。"那又怎样，"我心中暗想，"那人都要死了。我救了他，也阻止了一起凶杀案。"我辩解说去手术室的路上根本来不及联络他，因为我必须专心于手头的工作。然而这个理由并不成立。无论我对自己的能力如何自信，总有规程需要遵守。在中国新年时下的决心到此为止了。我还是屡教不改，不守纪律，明显也不听使唤。

在这起刺伤病例之后，本托尔（Bentall）教授招我做了他的私人助手，这时他的双眼和双手已经不如从前了。他让我来主刀，由他协助，连来自海外的自费病人也不例外。我的手术功夫当然好，这一点没人怀疑。但我的脾气是个问题，我待人粗鲁、目无尊长、缺乏洞察，这些颅骨骨折后遗症依然挥之不去。我成了一个冷酷而充满野心的蠢货，接下来要么服从，要么滚蛋，没有别的路可选。国民保健服务下的医院容不下我维持原样。这种做派在香港还好说，在哈默史密斯医院的杜凯恩路西

12 号可行不通。

　　一天早晨，在我把蓝色名爵停在医院大门外的经理停车位之后＊，本托尔教授叫我去了他的办公室。看来上面对我又有意见了，我又要因为不检点的行径挨一顿臭骂，而我会用那套人人平等和生活真谛的说辞反驳回去。结果不是这么回事。上面当然对我有意见，但那是为了引出另一场酝酿已久的谈话。他看得出我还是不快乐，问我想不想去美国和那些大人物一起工作。我想也不想就答了愿意。我说我要去加州，要到心脏移植的开拓者诺曼·沙姆维（Norman Shumway）手下去。

　　但本托尔的安排完全不是这样。他大度地承认我在外科领域确有潜力，但也重申了我已经完全失控的事实。要是去斯坦福，我只会变得更糟。我应该去约翰·柯克林（John Kirklin）那里。柯克林是有名的纪律派，他已经离开了梅奥诊所，去一家新医院创建了一个世界领先的研究型外科项目，在阿拉巴马州伯明翰市。啊，水汽蒸腾的美国大南方。教授已经向柯克林介绍了我的情况。他准备先请柯克林给我立立规矩，再把我调回哈默史密斯升个职。这是最后通牒：要么接受，要么走人。我接受了，别无选择。我在业内已经臭名昭著，主要是因为业务以外的那些缘由。但请记得，这不是我的错，要怪就怪坏掉

＊　经理在英国医院中属于高管，负责人事、行政、财务、公关等方面，往往不具备专科医生的职业技能，或因此受作者轻慢。

的脑回路吧。但愿有朝一日它们可以重生，也但愿这一天不要太早到来。我在中国已经小有成就，在阿拉巴马还能保持好的成绩吗？

第五章

完　美

1980 年 12 月 29 日，离别的时候到了。我丢下车祸般的个人生活和宝贝小女儿，出发去了阿拉巴马的伯明翰。我将来能否成为一名心外科医生，成败就在此一举。我在伦敦的外科规培中洋相百出，态度轻狂，得罪了太多的人。这次我必须在美国取得成功。我在纽约留过学，对美国有一些了解。然而大南方不同于纽约，那里炎热潮湿的不只是风土，还有人情。

对我来说，1981 年是必须求变的一年。现在正是毛毛虫变蝴蝶的时候，变身成功后还得保护自己的翅膀别让火焰烧焦。心脏外科领域一直在发展，研究成果突飞猛进。那种"我们放手一搏，看病人能不能活"的豪侠做派已然属于过去。如今，决定成败的不再是灵活的双手和手术技巧，而是外科"科学"。你得先让心脏松弛和静止下来，才能在里面做手术。要做到这点，只有暂时切断通往心肌的血流。为缺血的心肌提供化学保护本身已经成了一项产业。随着技术的提升，手术变得时间更长、更为复杂，但同时也更安全了。

进步的基础是应用科学和不断演进的科技，而美国正是了解这些的好地方。钱很重要，细节也很重要。而本托尔知道，全世界最好的外科学家就是约翰·韦伯斯特·柯克林。柯克林忍不了笨人，笨人在他的科室甚至连五分钟都待不下去。据说布罗克勋爵给人的印象是"因普遍的完美无法实现而陷入恒久的失望"。柯克林干脆不承认完美无法实现，相反，他坚持一切都要尽善尽美，这是一个很折磨人的要求。

时间回到 1966 年 9 月，就在我开始在伦敦上医学院的同一天，柯克林离开了梅奥诊所，搬到了阿拉巴马的伯明翰。15 年后，当我来到此地时，阿拉巴马大学伯明翰分校已经成为一块磁石，吸引着全世界雄心勃勃的年轻心外科医师。美国的其他一些中心，像是得克萨斯州心脏研究所和克利夫兰诊所，或许有更大的病人接待量，但论科研方法和学术产出，没有哪家能匹敌柯克林的团队。我的任务就是吸收这些知识和能量，将它们带回给英国的 NHS。如果我不能在这个环境中扬名立万，那还不如直接打包回老家去。

拜访过柯克林的人都说他是个禁欲而严格的人，在这门专业的每个方面都力争做到最好。他为人很难相处，常常令人生畏，身边围绕着一支杰出的团队。"别抱任何幻想，"他们这样告诫我说，"柯克林是老板。要是敢和他对着干，你在一小时内就会出局。"柯克林在阿拉巴马大学医学院，甚至在全美国的心外科领域，都掌握着至高的权力，这一点是有充分理由的。本托尔教授说得千真万确：这里丝毫容不得我胡来。在职业生涯中，这是我第一次需要服从别人，不管这多么违背我的本性。

要说柯克林的传奇成就，那一定要数他在梅奥诊所时用心肺机成功开展的心内直视手术。最先挑战这个目标的是费城的一位年轻外科医生，名叫约翰·吉本。吉本在目睹了一个刚生产完的产妇因肺栓塞（肺部堵了血块）惨死后深受打击，于是开始研发能和血泵联合运作的人工肺——当时要是有这东西，就可以保产妇不死，外科医生也能去除她的栓塞。他发明了一个带有换气装置的复杂管道回路，后来演变成了今天的心肺机。它令外科医生可以停止并打开病人的心脏，在直视条件下进行修复。

但吉本并没有发明出一套可行的手术方法，摘取这项终极大奖的另有其人。吉本先给一个孩子做了手术，想补好他心脏上的洞口，结果因为诊断有误，孩子死了。但就在之后不久的1953年5月6日，举世期待的突破发生了：吉本给一名18岁的少女做手术，成功修补了一处房间隔缺损。然而，当他试图在两个5岁的女孩身上重复这种手术时，两个孩子都死了。这两次失败深深打击了吉本，让他退缩了下来。他沉浸在伤心和失望之中，忽视了那一次成功的重要意义。他缺乏从两个女孩的死亡中恢复过来的韧性，也不具备一个成功心外科医生必备的人格特质。犹豫、谦虚和自我怀疑的人不符合心外科的要求。

柯克林和吉本截然不同。他觉得这种心肺机或许能辅助修补更复杂的心脏缺陷，于是开始在梅奥的实验室设计"改进型吉本机"。后来在 1955 年 3 月，他做了第一例心肺转流手术，修复了一名儿童的房间隔缺损，孩子也活了下来。但在 1953 年，柯克林在梅奥的许多批评者并不相信实验室及临床上所取得的进步。美国心脏协会和美国国家卫生研究院（NIH）停止了对各种心肺机项目的进一步拨款，因为他们认为病人的血液接触心肺机的异质表面后产生的问题是无解的。

1954 年春天传来了一则令人震惊的消息：沃尔顿·李拉海将一名婴儿的血管接到了婴儿父亲的循环系统中，借此补好了婴儿心脏上的破洞。此事一出，柯克林的批评者们更是认为他把太多的金钱和努力浪费在了一条死胡同里。但是他们错了。当柯克林在手术室里启用改进过的转流回路后，第一批接受心内直视手术的 40 名病人中有 24 名活了下来。

毫无疑问，柯克林的成功有赖于他的坚持和科学方法。这一点我在他身边工作时深有体会：每一台手术都要仔细记录、认真分析，这些信息会在给其他病人做治疗决策时派上用场。就像他写的那样：

> 研究型外科融合了临床外科、研究、教学和行政。只经历过其中一个领域，是无法理解整体的。

柯克林也把这条原则灌输给了我们这些规培医生。无力追求这种目标的人，就会觉得他很可怕。

随着体外心肺转流被越发广泛地使用，人们发现病人的血液在接触体外回路的合成材料时会发生一种假性变态反应，后来被称为"灌注后综合征"。这一凶险的、有时甚至致命的问题从未出现在李拉海的交叉循环病人身上，因为他们的血液始终处在生物循环系统之中。有些病人在转流后会发烧数日，肺部硬化积水，易出血，甚至肾脏衰竭。如果是简单的成人转流，这些征候往往不会引发恶果；但那些体质较弱的病人，像幼儿、危重或高龄患者，就要在呼吸机、透析机和输血设备上连更长的时间才能活下来。而连在心肺机上的时间越长，就越容易出现并发症。有时虽然心脏修复成功，但病人依然会因并发症而死，这自然令手术医生深感沮丧。

当时的心肺机由几根塑料管、一个简单的滚压泵、一只复合血液氧合器及贮血器，外加一个抽吸系统组成。启动前，需要预充约2升含有柠檬酸钠的抗凝血液。人们一度把灌注后综合征归咎于血型不匹配和药物引发的生化紊乱，但即便把预充液从血液都换成葡萄糖或盐溶液等，问题依然存在。后来，回路中加入了一个热交换器，用来给病人的全身降温，从而允许心肺机以较低的流速运行，不少人认为这样能减少对血液的破坏。但病人还是会发烧，易出血，肺和肾脏依然受损。

到达阿拉巴马的第一天，我在医院的走廊里兜兜转转，完全迷失了方向。当我的目光第一次落在那位伟人身上时，他正围在一群神色惨然的住院医中间。这时的柯克林 64 岁，很容易认，因为我在心外科期刊上看过他的照片。他身材消瘦，身高接近一米八，一头银发，但最显眼的还是他那副重重的黑框眼镜。他身穿一件刚刚浆洗过的白大褂，上面绣着他的名字，但当时我离得太远，看不清这字迹。我能看见的只有一张雷霆似的面庞。他正在发火，周围的听众满脸的焦虑和沮丧。是他的哪个病人死了吗？不。只不过是夜班组没有打电话向他通报一例显著并发症：一次中风。

这些住院医的日子很苦。他们要轮流值夜班，能在第二天晚上 7 点下班就算走运了。还有一点是我通过切身教训明白的：老板早上来视察时，你一定得刮干净胡子。柯克林不能容忍属下露出邋遢或疲惫的样子，哪怕住院医没有一刻不是筋疲力尽。仪表也是规培的一部分。

我走近那群人，渐渐听清了他们的对话。柯克林想知道为什么一个新来的住院医使用某种药物去降低病人快速的心率。那个小伙子刚加入团队不久，还不太了解老板严格的术后护理规程。面对严厉的质问，他回答说昨晚给柯克林打过电话，是柯克林要他用那种药的。

"我可不记得！"柯克林耳朵冒着白烟，答道，"我一定还在睡觉。以后我睡觉的时候别把我的命令当真！"

当我大步从他们身边走过时，老板刚好结束了他的这番申斥，打算转身扔下这群双腿打战的住院医。我的视线对上了他的。他那钢铁一般的目光，让我顿时浑身冰凉。

"你是韦斯塔比吧？我看过你的照片。你上周就该来了。"

这句话是个试探，是要有意在气势上压倒我。于是我用我最标准的英国口音答道："不，先生，您弄错了。上周是圣诞节。"

住院总医师还站在他身后，此时望向天花板，转了转眼珠，等待老板的雷霆一怒。结果柯克林竟然咧嘴笑了，牛角框眼镜后面，疲惫的双眼绽出了皱纹。我这个英国人居然敢顶撞这位"活传奇"，还在这个过程中达阵得分了。

"我听说了你很难对付。"他说，"看来本托尔是把你送来接受改造了。到我办公室说话。"

办公室里，昵称"吉恩"的尤金·布莱克斯通（Eugene Blackstone）已经在等他了。布莱克斯通在大学受的是外科训练，后来却成了一名全职心血管研究员。他的工作是分析各科室产出的数据，据此来指导日常临床实践。有人把布莱克斯通比作柯克林的"辅助大脑"，连柯克林自己也承认他是个天才。

我的头衔是卑微的"国际临床学员"。像我这样的人在什么时候都会有好几个，在整个中心地位最低，相当于实验室的小白鼠，只能在手术室里帮帮忙。不过这没关系，能来这里已经是份殊荣了。在这个环境中，任谁都要从基层干起，人人都希望能参与进某个重要的研究项目、某项划时代的工作中，这样就能发表重要的论文，把自己的名字与大师柯克林和奇才布莱克斯通并列。我们都把这看作回国后通向成功的门票。

　　柯克林先请我做个自我介绍。推荐信里显然写了我"是技术出众的外科医生，也是噩梦般的合作伙伴"。我对这句评语简直不能再满意，而柯克林自然是很想知道我究竟做了什么才让推荐人写下这后半句。他问我是不是伊顿或哈罗出来的牛气冲天的公学子弟？我立即纠正了这个看法。我告诉他我在英格兰北部的一个钢铁城镇长大，那里和阿拉巴马州的伯明翰很像。我告诉他自己亲眼看着外公死于心力衰竭，当时却没有办法可以救他。我提到我曾在炼钢厂里干活，还在医院做过搬运工，靠这些供自己上完了医学院。我说我难以相处完全不是因为这些经历——只怪那次头部外伤。我的话在柯克林心中引起了共鸣，他是个美式橄榄球迷。听我说到英式橄榄球也像美式那么激烈，而且球员还不戴头盔时，他感到相当好奇。

　　在 20 分钟里，我牢牢吸引了他们的注意，这让我感到非常得意。这是一次欢快的交流，我引得他们大笑连连。这次即兴会面简直就像赢了彩票。今年的新项目清单已经拟定，但本周晚些时候还会举行一次正式会议来分配研究任务。

　　柯克林去找他的秘书时，布莱克斯通直接对我说："我看过你的学术简历，知道你有生物化学学位。我觉得你可以帮我们做点事。"

　　此刻我还被时差弄得晕乎乎的，就冲他微微一笑，但心却沉了下去。我可不想搞什么狗屁生物化学。我到这里是动手术来的，是为了让他们看看我有什么能耐。于是我没再说什么。

接着柯克林回来了，说："我想让你和我儿子一起做个项目。吉姆刚从波士顿过来加入我们，是我们的住院总医师。"

这下我来了精神：如果老板想让自己的儿子也参与，那肯定是个重要项目。在离开办公室去手术室前，他又给我留了句话："让吉恩给你介绍一下全部情况，然后去我那儿干活。"

我已经是这里的一分子了。可别再胡闹了。没人会纵容我的。这次我必须成为团队的一员，不能再演独角戏了。

病房的日程安排得毫无松懈余地。住院医早上 5 点开始查房，6 点要准时给柯克林打电话汇报进度。早打一分钟他会直接挂断，晚打一分钟，等他到医院就有你受的了。吃过早饭后，7 点开始手术，常常要进行到大晚上。术后发病和死亡统统不可接受，特别是人为失误导致的那种。手术之后是晚间查房。每周三和周六早晨 8 点开全科室学术会议，会上要介绍最新的研究成果。主题报告和期刊综述必须无懈可击。周日早晨 7 点，柯克林和布莱克斯通会召开学术事务会议，会上评议各个研究项目的进展，并给将要发表的科研论文定稿。周日下午，柯克林一般是去骑车，布莱克斯通则去教堂做礼拜。

在 ICU 度过几个漫漫长夜之后，如果哪个住院医犯傻，胆敢抱怨睡眠不足，柯克林就会让临床护理医师把他换下来。像我这样的学员，实验室研究和手术要交替进行。对已发表的论文中提到的患者要做详尽的随访，要把电话打到死因裁判官办公室、监狱和海外使领馆去，直到确认每一个患者在哪里。其中一名和我一起工作的学员用两年时间追踪了 5000 名冠状动脉搭桥患者，仅仅是为了写出一篇论文稿。这就是柯克林的工作伦理。

我要适应的是一个力求完美的体系，它要求最好的结果和最低的死亡率。在 20 世纪 60 年代中期，身患"法洛四联症"*的蓝婴在手术中的死亡率超过 50%。在 1970 年的伯明翰，这个比例已经降到了 8%。到了 1981 年，有了柯克林的严密规程和精细手术，任何死亡都会被看作一场灾难。儿童不再死于技术失误；倘若一些孩子面临了生命危险，那多半是因为用了心肺机。医生们同灌注后综合征斗争已久，是时候刨根问底了。这就是我领到的研究任务。我有合适的背景来进行深入研究，找出这些破坏性作用的生化诱因。天时、地利、人和一应俱全。

目前我们都知道些什么？可以确定的是，是病人自身的血液同回路中大量塑料和金属的接触，诱发了这种反应。大多数体内组织似乎都会受此影响，一次完全型灌注后综合征总伴随着两三天的体温波动和白细胞数上升，而这两样也是血流感染或说败血症的特征。因此，我的假设是：我们要研究的是全身炎症，而非肺炎、阑尾炎或疖子这类局部炎症反应。

---

* 一种先天性心脏畸形，一般会有四种缺陷：肺动脉狭窄、室间隔缺损、右心室肥大、主动脉骑跨。

每当有病人死于灌注后综合征，尸检结果常会支持我的全身炎症设想。就像伤口感染时一样，名为"水肿"的液体会渗入组织，致其肿胀。肺部肿胀会令患者呼吸困难，血氧水平降低，有时甚至会出现血液流入支气管。脑部的类似肿胀会引起所谓的"转流后谵妄"：病人变得烦躁、糊涂，难以控制。随后肾功能恶化，导致更多液体聚集体内。整个过程往往是自限性的，会在一周内消失，但体弱和病重的患者会撑不过去。

我们要先找出病因，才能改善灌注后综合征的临床应对。吉恩·布莱克斯通向我明确表示，中心有充足的资源支持这个项目，并寄望于我来找出解决办法。新任住院总医师吉姆·柯克林会帮助我进行患者研究。他们甚至派了实验室技术员来协助我。这里向我提供了一切机会来改变心脏外科。

我展开了侦破工作，大量阅读关于炎症的文献。是什么刺激了白细胞聚集起来攻击细菌和异物（如皮肤里的尖刺）？是什么导致被感染组织积聚液体并渗出血清？在布莱克斯通的指点下，我读到了肾透析病人也会出现肺部问题。透析机和心肺机有很多共同点：病人的血液都会同塑料管和合成膜广泛接触。透析机交换的是有毒的化学物质，心肺机交换的是气体，但它们接触血液的异质表面都是相似的材料。

明尼苏达大学的科学家和肾脏科医生已经找到了一些线索。他们指出血液中有一种少有人知的蛋白链，名为"补体系统"。它在接触透析膜后会被激活，反应释放的毒素会使白细胞附着到肺部的血管内壁上。不仅如此，圣地亚哥的斯克里普斯研究所还研究出一种化学测定法，来测定在血液中循环的毒素量。读到这些研究后，我分外激动、充满干劲，径直从图书馆冲到了布莱克斯通的办公室，向他汇报了我的研究概况。

吉恩·布莱克斯通觉得这个古怪的英国人挺有意思，他坐在椅子上转过来，拖着他们大南方的调子对我说："我还在想你要多久才会发现那篇论文呢。去给斯克里普斯打个电话吧，问问他们愿不愿意从我们这里采点血样。等想好了实验流程再来找我。日安！"

我建议从柯克林的一系列手术病人那里采集系列血样，用和没用心肺机的都包括在内。然后我们评估他们的脑、肺和肾脏功能，以及恢复期间的凝血状况，从这些方面详细记录灌注后综合征的严重程度。这样做的目的是确定病人血液中的毒素水平是否与术后器官功能障碍的程度有关。

这个项目对我来说棒极了，因为我可以整天待在手术室观摩或协助手术，还能在夜里采血样时学到更多重症监护的知识。这些才是我想待的地方，而不是在某间无聊的实验室刷试管——虽然我在准备送往加州的血样时也洗了不少。终于，我壮起胆子跟柯克林说我想自己刷手上台，而不是只在一旁观摩，然后他就派了另一个技术员来协助我的工作。能在医院连轴转地工作，而没像本托尔预言的那样惹麻烦，这是对我的奖赏。

技术员杰克的协助带来了新的机会，也令我想到了一个顺理成章的计划。既然血液同异质表面的接触是综合征的诱因，我们应该确定一下众多合成材料中哪几种有问题，以及转流回路中的温度是否会造成影响。我再次偏离常规，自己建了一间小小的生化实验室，在杰克的帮助下，悄悄从灌注师的储藏室里顺出来几件昂贵的转流设备。我们把各种聚合物和塑料管分解成足以放进试管的碎片，再用新鲜的人血培养它们。我们就抽学生们的血，付钱不多，这在那个时候不算什么大事。

我最终采集到了 128 个病人的血样，其中 116 个在手术时连接过心肺机，12 个在不用心肺机的情况下接受了分流手术或血管修复。结果，没用心肺机的病人都没有出现毒素水平升高的现象，这说明麻醉和手术本身都不是显著炎症反应的诱因。接下来就是激动人心的部分了：所有使用心肺机的病人，都有大量毒素释放到了血液中，连接心肺机的时间越久，毒素水平就越高，进而病人也越容易在术后出现肺、肾和脑功能障碍。连术后心力衰竭似乎都与释放大量毒素有关。使用过心肺机的病人中共有 11 例死亡，可见毒素水平升高和死亡风险密切相关。

这些实验产生了大量数据。经过几周的细致分析，布莱克斯通解开了谜题。简言之，我们终于确认了灌注后综合征的机制：血液和异质表面的接触释放的毒素附着到了病人的白细胞膜上，使它们聚集，并在重要器官引发炎症。通过在手术室中策略性地调整导管位置，我证明了当心肺转流结束、血液重新流回病人的肺部时，病人血液中循环的白细胞有近半数都堵在了肺里。堵塞的白细胞释放出氧自由基和蛋白质消化酶，破坏了脆弱的组织膜。我至今还记得，当我在研究会议上报告这些不同寻常的发现时，听众震惊不语的场面。先是不语，继而是强烈的兴奋。但话说回来，要是找不到对策，发现这些又有什么意义？——这就要说到我在实验室秘密研究的成果了。

那段日子里，我每天先在手术室里工作很长时间，再到实验室和杰克一起研究合成材料。从斯克里普斯研究所传来的消息令我们茅塞顿开：被批准广泛用于透析机和心肺机的医用级尼龙，会强烈地激活补体系统。其他材料也有这个问题，但程度较轻。在我们指出这一点前，还没有生物相容性评估提到尼龙会释放出破坏性化学物质。前路豁然开朗，我们肯定能做出成绩。我先后向布莱克斯通和柯克林说明了我的秘密补充工作。我们的材料测试结果也出示给了为心肺机制造氧合器和贮血器的公司。看到证据后，他们设法淘汰了尼龙，换上了和血液更相容的材料。然后我们就等着看这是否会带来改观。

有了这个成功项目的加持，我和外科医生一起做手术的次数越来越多。手术台上的柯克林严格而挑剔。他开刀时从容不迫，做每件事都要有充分理由。他的每个动作都基于测量、算法和规程。切口必须是特定的长度，补片得是特定的尺寸，瓣膜也要特定的大小——都要与病人的体重精确相关，容不得半点随意。在手术中，他很容易因为观摩者问太多问题而生气。不过他似乎格外喜欢我这个古怪的英国人，在我返回伦敦之后还给我写过几封和蔼、鼓励的信。

隔壁手术室就是阿尔·帕西菲科（Al Pacifico），和柯克林完全相反，他出手麻利，随机应变，在我观摩过的外科医生中无出其右。截至 1981 年，给几个最复杂的先天性心脏病例做手术的都是帕西菲科，病人扭曲变形的心脏要么布满漏洞，要么心室堵塞。他的每个动作看上去都那么直截了当、毫不费力，仿佛开刀是他的第二天性。我常常会从手术台前后退一步，写下或是画下每一个关键步骤。这些都成了我开展先天性心脏病手术的"脚本"，是我在牛津创办自己的儿科项目时的宝贵资源。

帕西菲科的手术往往由他一人来做，我站在手术台对面，我身边站一名医师助理（PA）——PA 虽不是医生，但也受过一些训练，会在冠状动脉搭桥术中切下腿部静脉，会打开和关闭胸腔，还会在其他手术中协助外科医生。经验丰富的 PA 做这些工作，和外科住院医师一样好。有他们在，住院医师就有精力去照顾 ICU 和术后病房，漫长的工作日也不会那么难熬。还有麻醉护士，同样没有受过医生的训练，却可以胜任在手术中监护成人病例的工作。有他们在，一名合格的麻醉医师可以同时监督两三台手术。

我对这种安排很感兴趣，但是我怀疑无论手术 PA 还是麻醉护士，都不可能得到国民保健服务的批准。英国的医学专业过于傲慢和自私，根本不愿承认没有在医学院受过六年法定教育的人可以接手他们的部分工作。但实际上，PA 接受三年训练就能做到这些，成本收益要高得多。我还记得当时的想法：等回国当上主任医师，也要推行这套做法，让现行体制见鬼去吧。

我们很快就发现，不用尼龙的氧合器和回路确实效果更好。因为肺部状况有了改善，病人连接呼吸机和住 ICU 的时间都缩短了，死亡病例也减少了，此外需要术后输血和肾透析的病例数也下降了。这一点在经济上意义重大。这项重大的研究挽救了千万条生命，可以说比我在整个外科职业生涯中挽救的生命还要多得多。我开始受邀到北美各地演讲，这让布莱克斯通很为我高兴。"韦斯塔比"这个名字开始为美国心外科界的高手精英们所知，那些从事心血管工业的人也都听说了我。

在取得这些成功的同时，我又听说库利大夫（Dr Cooley）已经在休斯顿植入了一颗完全人工的心脏，这才是有史以来的第二次尝试。我是在一个周五早上得到的这个消息。当晚，我就大胆地坐上了飞往休斯顿的红眼航班，决定要去会一会这位伟人，亲眼见识一下这项了不起的技术。我感觉自己仿佛是到伯利恒觐拜耶稣降生的三贤人之一。和我一样，库利大夫也在布朗普顿受过训练，这下开场白有话说了。第二天早晨六点半，我突然出现在圣卢克医院的门口和他搭讪，得到了他友善的接待。他领着我到有 120 张床位的 ICU，看了那个接受植入人工心的病人，当晚又把我叫回去参观了心脏移植手术。那颗人工心脏毫不顶用，但整个体验令我激动万分。这次拜访开启了我同得州心脏研究所和机械辅助循环的一段长久缘分。

伯明翰在我身上施展了它的魔力。我在这里见识了许多，也参与了许多，最后觉得自己终于成了一名真正的心外科医师。不仅如此，他们还提出可以让我留在美国——这个高度自律的环境已经磨平了我的棱角，而我的技术是他们觉得值得挽留的。但是我不可能留下。家里还有一个女儿等着我，我必须回去。

第六章

欢 腾

1985 年圣诞节那天的晚间 9 点，我懒洋洋地坐在一张别扭的木头长凳上。我身处的地方是圣托马斯医院的急诊部——就是弗洛伦丝·南丁格尔服务过的那家著名医院，对面就是威斯敏斯特宫。我周围全是缠着绷带的脑袋、流血的鼻子和呕吐的醉汉。实际上，他们更多是有精神健康问题，而不是得了急症。广播喇叭里断断续续地传出《普世欢腾》（Joy to the World）的曲调，对我这个流浪汉来说，这里是度过圣诞夜的理想场所。

当夜班职工不情不愿、稀稀拉拉地走进医院时，中班职工已经迫不及待地要回家了。他们谁也没工夫留意这个穿着破烂圣诞老人服、没精打采地靠在一棵快要死掉的圣诞树旁的可怜人，树上的灯泡还烧断了保险丝。护士长在候诊区轻盈地穿进穿出，尽力让大家打起精神。在圣托马斯，护士还是很有护士的样子。眼前的这位圣诞天使身材高挑，举止优雅，身穿一条

海军蓝波点连衣裙，腿上是纯黑色丝袜。她纤细的腰身上束着
一条银扣腰带，笔挺的白色领子和装饰着槲寄生的制服帽之间
露出一头乌黑的秀发。*这位女士的外貌和心灵同样著名，圣托
马斯医院上上下下都叫她"美护士"（Sister Beautiful）。医生、
救护员和警察都围在她身边献殷勤，个个想抓住时机，在应季
的槲寄生下得到一个天使之吻——只在一年中的这个夜晚，当
是对圣诞夜也被迫工作的慰藉。

　　她瞥见了房间另一头的我，于是吩咐她的一个护士来看看
圣诞老人需要些什么。我是进来躲避寒冷冬夜的吗？如果是的
话，她们就该给我一杯热茶、几块蛋糕，这些都是她亲自带给
这里的常客的——那些伦敦南部的流浪者和穷苦人。她没有认
出戴着大胡子的我，那对她要求太高了。

　　外面有一辆救护车停在结霜的抬高路面上，警笛声从急诊
部正门传了进来。预感到麻烦的美护士和当班的急诊住院医生
都朝摆门赶去。来的病人心脏病发作，人已经休克。当急救人
员在步道上放下手推车时，监护器的嘀嘀声停止了，心室纤颤
的随机棘波触发了警报声。一行人在《平安夜》的管乐声中匆
匆进入抢救室。情急之下，美护士爬上推车，跨坐到那个男人
的腰上，奋力按压他的胸部。她也直喊那个如在梦中的急诊住
院医，叫他先往前跑，去给除颤器充电。"真宁静"和"静享天

---

*　槲寄生常用作圣诞装饰。

赐安眠"*的氛围，此刻一扫而空。

我这个心外科医生只能怀着钦佩默默观看，并不能帮什么忙。我不属于这里。美护士镇定自若地吩咐夜班同事照看病人的妻子，一边继续按压着，随手推车一起离开了我的视野。我看了看候诊室另一边角落里的围栏婴儿床。那里也围着几个天使。一阵忙乱中，心脏复苏团队从病房中赶来，在这个非凡的女人身后挤作一团。接着门在他们身后关上了。

我今天早上在哈默史密斯医院的儿科病房里扮了圣诞老人。留在医院过圣诞节的都是病重的孩子，其中一些还患有癌症。他们身材消瘦，面无血色，头发因为化疗都掉光了。他们在床外荡着皮包骨头的细腿，等着我给他们带来礼物。慈爱的父母扶他们坐直身子，试着将他们的心思从疲惫和痛苦上转开，哪怕只有几分钟也好。病房里有微笑，也有少许泪水，特别是圣诞老人自己的。我知道这或许是他们的最后一个圣诞节了。出了病房，带着如释重负的轻松和轿车后座上一大袋子要送给女儿的礼物，我沿着北环公路和A10公路朝剑桥驶去。杰玛今年7岁了，我每年都要在这条路线上走一程。每年的这一天都很快乐，直到我必须离开的时候。每次看她在门口挥手道别，我都会心碎，然后在回伦敦时可怜巴巴地哭上一路。但是这件事谁都怪不得，只能怪我自己。

---

* 两句为《平安夜》歌词，英文原文分别是 All is calm 和 Sleep in heavenly peace。

虽然每天都和她说话，但我始终觉得自己没能给她一个正常的童年。别看我作为外科医生那么自大，但其实我对自己的评价很低，自认为是一个混账父亲，对女儿毫不尽责，一天到晚就知道工作。我做得越多，我那些上了年纪的老板要做的就越少——所以他们倒是很满意。

萨拉——就是美护士——已经进去一个小时了。她终于从抢救室里走了出来，样子凌乱而沮丧。她的白帽子和白领子早已不见踪影，丝袜抽了丝，连衣裙上面的几个扣子也开了。长时间的心脏按压相当于在健身房里剧烈运动了一场。汗珠从她的脖子上滚落，消失在半露的胸部之间。几个医学生无耻地盯着她走进家属室，里面传来了患者妻子悲伤而绝望的哭泣，这大致告诉了我们抢救的结果。与此同时，那卷磁带开始到头重放，候诊室里再次响起了《普世欢腾》的曲调。

时间已近晚 11 点。专横的夜班护士开始奋力驱赶急诊部里的醉酒者和尚可走动的伤者。化装派对结束了。我刚才偷看了心上人很久，这也很值得。我已经很久没见萨拉做她擅长的事了，上一次还是在剑桥，她曾在那里照料我打橄榄球受的伤——下巴骨折，头皮开花，肋骨开裂，但哪一样都没有阻止我立即回到手术室。

虽然两个小时前就该下班了，但萨拉还有最后一项工作必须完成：那位心碎的妻子想看丈夫最后一眼，毕竟两人曾一起共度人生，直到他主冠状动脉里的斑块破裂，被急性心力衰竭夺走了生命。假如是我主刀，我可能会赶紧给他连心肺机，用转流绕过阻塞处，但我不能在圣托马斯这么做。这里是萨拉的医院，不是我的。他们今晚值班的心外科医生正在许多公里外的家中，没有等在医院里寻求刺激。

当萨拉终于从弥漫着死气的房间里出来时，圣诞老人已经站到了门口，特地让她看见。她现在看起来苍白而紧张。在过去的 11 个小时里，她遭遇了谩骂，被人吐口水，还受到醉汉的攻击和低年资医生的骚扰。那些小伙子排起队来，吵着要送她回家，因为本该送她回家的人还没有出现——至少他们是这样认为的。现在她还要打起精神来，应付情绪崩溃的恋人，明早 8 点再回来上班。

我们都需要松下弦来，谈一谈，午夜的威斯敏斯特桥再合适不过。我们倚在桥栏上，俯瞰下面冰冷的泰晤士河河水。我仍是一身圣诞老人装束，萨拉穿着黑色的护士斗篷，大本钟开始敲响倒数至午夜的钟声。至此，今夜还分外寂静平安，每个在家的人都躺床上，除了漂向急诊部的那些宛若海难残骸的人。他们漂向哈默史密斯，漂向查令十字，漂向每一座医院。萨拉在这次值班里已经见证了三例死亡，除了刚才那个心脏病人，还有两个孤独自杀的年轻人，他们再也受不了一个人的圣诞节了。其中那个自杀的女孩尤其令她伤心，她才 16 岁，因为怀孕被赶出了家门。她想去堕胎，但是没钱，于是从一座铁路桥上跳了下去。刚值班结束还没看见我时，美护士还在想我会不会也出了什么特别糟糕的情况，不是这种，就是那种。

* * *

到了 1987 年的圣诞节。我在牛津做主任医师刚满三个月，还沉浸在世界顶尖的学术机构请我来新建一个心胸中心的兴奋之中。对任何一个脑子不似我这样不受束缚的人来说，开启一段单枪匹马的心外科生涯，前景都足可畏惧——没有人可以寻求帮助或征求意见，遇到疑难病例时也没有可以商量的资深同事。但这恰恰是我喜欢的地方，因为这意味着我可以全凭自己，大干一番。在专业方面，我雄心勃勃、极度自信，不想因循常例。

在牛津，不同的医院部门各有各的要求。成人心内科想要一个精通冠状动脉和瓣膜手术的外科医生，呼吸内科坚持要由资深胸外科医生来做肺部手术，小儿心内科则希望有人能帮他们建一个先天性心脏病项目。第一个进来的外科医生最好能把这些都包揽下来。这真的是疯狂的要求，但我醉心于这种挑战。

在我身后，是我认识的最有爱心和最无私的女性，正因为有她奋力划桨，我才能始终浮在水面之上。萨拉当时已经怀孕38 周，但仍坚持要我开车去剑桥，和杰玛还有她母亲共度圣诞。元旦来了又去，萨拉的预产期也是如此。这时的我还沉浸在自己不可或缺的感觉中，迫在眉睫的生产影响不到我几分。在我看来，没有什么比心脏手术更激动人心，可见我当时的大脑皮层是怎样的病态。大概还没伤愈吧。萨拉试着教会我共情，但我还差得远。

1988 年 1 月 20 日，预产期已经过了 10 天。助产士开始建议引产。马克是个大块头孩子，但他的脑袋还没有朝下（那就先别去动他吧！）。好在胎儿的心率良好稳定，问题不大，萨拉仍想要自然分娩。

在另一个平行世界，我的工作里，一切才刚刚开始。那天清晨我在病房区，正在带领手术前的查房。今天的手术清单上只有几例无聊的冠状动脉搭桥术，病人们在伦敦的医院里排了几个月的队，最后还是回了我这个新来的外科医生这里。就在这时，我意外接到了当值的心内科主治医师的电话。他的老板是格里本大夫（Dr Gribben），一个阴沉的苏格兰人，他需要我在投身手术室一整天之前，先赶紧去给一个病人会诊。

那是一位不幸的 22 岁女子，患有唐氏综合征，入院时血流受到感染——我们称之为"脓毒症"。其他情况不用问也能想到。和许多唐氏综合征患儿一样，梅根在婴儿时接受过完全性房室管畸形修补术——她出生时心脏中央有一块空缺，瓣膜没有长全。然而手术重建的二尖瓣始终有渗漏，现在又感染了金黄色葡萄球菌。这种情况的医学术语是"心内膜炎"，它无疑会迅速进展，直至危及生命。梅根需要尽快接受二尖瓣置换。

我的第一反应是当天就该做手术。就像前面提到的，我对这些充满感情却有基因缺陷的孩子都怀着一份亲近感，因为他们在布朗普顿医院是做不上矫治手术的，"因为不值得"。有人说他们的康复情况比不上患有先天性心脏病的正常儿童，但事实并非如此。我后来在牛津矫治了200多例房室管畸形，死亡率极低。但这还不是唯一的障碍。格里本大夫亲自来了，直视着我的眼睛，说还有一个情况必须告诉我。原来梅根是从孤儿院领养的，而养父母都信奉耶和华见证人，绝不可能接受输血。

短短一句话，就让这个复杂病例的难度又上了一层楼。我看得出，格里本希望我干脆拒绝手术。首先，和非心脏手术不同，心肺机的预充液会稀释血液循环；其次，再次手术总会出更多的血；最后，脓毒症病人缺乏正常的凝血机能，可能在术中大量出血，不输血很可能死亡。一直到二战期间出现了输血和抗生素，心脏手术才有了可能。但在1945年，根据对《圣经》的严格字面解读，耶和华见证人的管理团体颁布了一份输血禁令。有趣的是，这个教派不庆祝圣诞节也不过生日，政治上中立，不参军也不对国旗行礼。我一向会给这些信徒做手术，但要让他们在手术中挺过来却是道难题。如今，随着治疗死亡率被推入公共领域，我的许多同行已经不敢再冒这个险了。

虽然梅根已经22岁，但我不觉得她充分了解自己的困境，能够自己同意手术，或是在生命受到威胁时明确拒绝输血。这些只能由她的养父母替她决定。果不其然，他们出具了一份具有法律效力的"预嘱"，禁止给她输血。我早已学会不对别人的宗教信仰采取没必要的极端态度，避开潜在冲突；也绝不会直接说他们的女儿不输血就会死，或是不让输血我就不做手术之类的话。老实说，出于很多原因，输血并不是理想做法，本身就会增加手术的死亡率。我自己也会避免输血，除非不输就死定了。在内心里，我决计不会让这女孩失血而死。她一生下来已经够倒霉了，不能再让她的生命毫无必要地断送在我手上。

养父母的立场很明确：只有麻醉医师、重症监护医师和我都保证不会输血，他们才会签同意书。他们还要我们保证不会申请法院命令，强行给她输血。那有什么疗法是他们可以接受的？我告诉他们，有一种新型的自体失血回输机，叫"细胞救星"（cell saver），可以收集梅根流失的血液，再返还给她。伤口流出的血液会被抽吸到机器里，进行离心分离和清洗，然后同抗凝血剂混合，再经过滤器输回病人体内。这个过滤器是治疗脓毒症的重要工具，因为它能去掉血液里的细菌和白细胞。它和心肺机没有太大不同，我们也要在它的管道里预充补液。对他们来说，自体失血回输机是可以接受的，因为里面循环的都是梅根自己的血，耶和华见证人的信徒通常都会对此表示满意，就像他们能接受肾透析一样。这对夫妇双双点头同意。我其实还藏了两手后招，但看这情形不必再讨论了，于是我们同意按照他们的要求继续治疗。

显然，在这个病例上我是在以身犯险。当时我刚刚在牛津做了三个月的手术，但已经领教了它那站不住脚的傲慢，类似于"我们是牛津，所以肯定优秀"这种。说来也怪，剑桥的阿登布鲁克医院就不是这个氛围，那里的罗伊·卡恩一贯务实。

在我来牛津之前，他就提醒我不要期望过高。在牛津，他们只允许我使用普外科病房的八张床位，我的病人在手术后只能转入普通 ICU，和外伤、内科急症、产科及其他专科手术的病人住在一起。于是，几乎每例手术都需要我来争取床位。

接着我又发现，5 号手术室这个"老伙计"根本不适合做心外科手术，它的条件比我一开始认识到的情况还要差得多。里面没有输氧管道，仅有的一台心肺机也已经是老古董。手术时，警报会频频响起，而我唯一的灌注师特德就要跳起来卸掉空的氧气瓶，冲出去换新的。灌注师在手术中是绝不能离开机器的，但泰德每次都要离开。在他力所能及的范围内，他不这么做，我们的手术就进行不下去。

我来医院后不久，那台古董心肺机的加热—冷却系统就出了严重故障，还是在手术刚开始的时候。我们需要将病人的身体冷却再复温，才能修复她的心脏，这下办不成了。在把那位毫无戒心的女士连上机器之前，泰德冲出手术室，带了一个桶和一只碗回来。他在桶里装了用于冷却的自来水和冰块，等到快要复温之前，又提了一壶温水来倒进碗里。当我下令复温时，他把流着血液的转流管从冰桶挪到了温水碗里。这个画面更应该出现在巨蟒剧团的喜剧电影里，而不是一家大型教学医院。但是我很快就发现，这么多年来他们一直是这么干的。

接着刷手槽堵了。无影灯也像活了似的，我总是要亲手调节它们的位置，消毒都白消了。再接着，楼上厕所的污水从天花板上渗漏下来。后来我决定，出任何状况都去找那位饱受磨难的医院经理斯特普尔顿先生（Mr Stapleton）。我每次都跺着脚对护士长琳达说："去叫斯特普尔顿先生来！"通常情况下，他会穿着西装出现在 5 号手术室门口说："又怎么了，韦斯塔比？！"我的眼睛不离开病人的心脏，嘴巴里对他吼道是他妈的这里或那里出了问题。这时候麻醉医师托尼·费希尔（Tony Fisher）就会在麻醉屏后面蹲下来，一个人窃笑。但最后，我们没有医死过一个病人。虽然困难重重，我在牛津的前 100 个病人都活下来了。

所以这次就比较有意思了：我们显然没有给耶和华见证人信徒做再次手术要用的"细胞救星"。所以，我急忙联系那家公司的销售代表，想说服他借一台给我们。他说最早可以在明天运一台来，近中午时送到。这就是说在接下来的 24 个小时里，我们都要把梅根泡在高剂量的抗生素里。我也坚持她在这段时间里都应该住在 ICU，接受仔细的观察。我这么做还另有考虑——这样她至少在手术后肯定有一个床位，不用再等了。我还坚持给她用一种名叫"红细胞生成素"的激素，就是因被职业自行车手服用而声名狼藉的 EPO，它能促进骨髓中红细胞的形成。有了这个，再加上高剂量的铁、维生素 B12 和叶酸，就能帮她在术后几天或几周内恢复血红蛋白的含量——我预计她在术后会严重贫血。等到明天，我还会给她用一种叫"抑肽酶"的制剂，它能促进连接心肺机的病人的凝血功能，这是我个人在无意中发现的——这是我们专业又一项里程碑式的进展。

那天上午的第一例手术是冠状动脉搭桥，手术进行到一半时，麻醉医师托尼从麻醉屏后面探过头来，小声对我说了些什么。我正专心致志地把一根血管缝合到另一根细小而关键的冠状动脉上，没有听见，于是要他重复一遍。这次，他让整个手术室都听见了。

"我们刚刚接到电话说你妻子宫缩了，现在没人开车送她去医院。"

我的回答："她不是还能自己开车吗？"这回答怎么说也是太冷血了。

在场的护士一齐咕哝了起来。零分！

我又抛出了第二个选项："让她叫出租车嘛。"我还能怎么说？我正在别人的心脏上动手术呢，后面还等着一个超难病例。

结果，萨拉给她的助产士打了电话。助产士上门，伸了一只拳头进去，然后说："还没张开，暂时先待在家里吧。现在去了医院也会叫你回来的。"

我还在整天做手术，这听起来非常冷漠无情，但没人能来接我的班。再说，分娩在我眼里不过是自然的生理过程，没必要大惊小怪，把它当成什么灾异现象。我在做医学生的时候，曾在伦敦北部的尼斯登产科医院接生过 20 多个孩子。但在我看来，比起接住黏糊糊的新生儿，别让它们滑到地板上，修补参差不齐的会阴撕裂更有意思。话虽如此，我对母亲们向来是很同情的。我连一只甜瓜都不愿意从屁股里挤出来，更别说一整个婴儿了。但无论我在产前怎么战战兢兢地呵护萨拉，她也不会因此在之后的几个小时里更好过一些，所以我还是专心疏通心脏吧。

我就是这样努力说服自己的。但这其中另有隐情，而且我想萨拉知道这一点：当初杰玛出生时，我也不在前妻珍妮的身边。我亲爱的母亲在她身边帮忙，我自己却在许多公里之外，我为此深感良心不安。所以这一次我会觉得难以面对。而萨拉真是个圣人，已经做好了独自面对的心理准备。渐渐地，她从不和我吵架或冲突，只是用毫不动摇的支持，一点一点地化解我的神经质。她明白我正面临大量的职业挑战，也希望我在牛津获得成功，无论代价如何。以前大家还都认为我肯定是一个好男人，不然这样特别的一个女子怎么会嫁给我？

当我终于在傍晚回到家时，萨拉的宫缩已经变得更剧烈，也更疼痛。小马克已经打定主意要出来了。我在浴缸里放了热水好让她浸泡，但她爬出来时羊水破了，在浴室里喷了一地。我已经全不记得学生时代的那些接生经历了，但是心想，既然"水坝"已破，就该去找专业人士帮忙。我们在夜里十点半来到约翰·拉德克利夫医院的产科，径直去了产前病房。里面和往常一样忙碌。在把萨拉送上产床前，他们想再看下她的宫颈张开了多少，结果发现孩子的脑袋依然没有就位。分娩一时半会儿还开始不了。

我对此的冷酷回应震惊了病房护士长："请好好照料他们母子。我明天还有两台心脏手术，现在得去睡会儿。明早六点半左右我再来。"

萨拉是克己的圣人，平静地接受了这一点。产科护士长惊得好像刚刚尿了裤子：原来这就是大家都在谈论的那个新来的心外科医生啊。

那天夜里我只接到一通电话，是 ICU 打来的，说他们很担心梅根的状况。她在发烧，血压在 90/60 这样的底线附近上下波动，尿袋里的尿液也少得可怜。

我对当值的主治医师有些直接，说的大概是："自体失血回输机明天上午才到。如果你想现在就给她做手术，不用这个东西，那你就他妈的动手。不然就叫你自己的主任医师来帮忙。"

连续几个月单枪匹马地做手术，每天晚上每个周末都要值班，这非常耗人。我无时不感到筋疲力尽、睡眠不足。这种事谁也不会关心，除了我的妻子。对于她，我只有深深的抱歉。她应该过比这好得多的生活。事实上，她也有过好得多的生活，直到我闯了进来，把事情搞得一团糟。我再次拎起电话，打给产前病房询问她的情况。没有实质进展，疼痛仍在继续。这就是产科。疼痛是做女人的代价。

1988 年 1 月 27 日早上 6 点。这会是艰难的一天。我一早就到了萨拉身边，安慰了她几分钟。7 点一到，我就赶去了 ICU，打算对昨晚在电话里责骂的那个小医生和气点。经过一

夜的苦熬，萨拉苍白而憔悴。假如是我自己的病人，我会让她
这样痛苦吗？绝对不会。我决定在手术开始前给她的产科医生
打个电话，告诉他我希望在两台手术之间看到我的儿子——是
我的手术之间，不是他的。我不想一边给一名患脓毒症的年轻
女子做复杂的再次手术，一边担心着自己的妻儿。但最后，我
还是没打这个电话。我自己已经这么没用，再和那些照顾她的
人作对就太蠢了。在这件事上，我只是一个被动的参与者，不
能像往常那样发号施令。

今天上午的第一个病人接受的是主动脉瓣置换术，上午11
点被安全送回ICU。可是我那台见鬼的细胞救星呢？我没有回
产科去看萨拉，因为接下来梅根的手术将是一场硬仗，我必须
确保每个人都提前清楚情况。现在让泰德学习如何组装自体失
血回输机已经来不及了，那个公司代表必须跟我们进手术室，
自己把机器组装起来。托尼必须先给梅根注射抑肽酶，之后我
才能锯开她的胸腔。

这都是5号手术室里从未发生过的情况。这感觉就像是我
们即将登上西区的舞台首演一场话剧，却根本没有排练，而男
主角还想要去医院的另一个区域演一个关键配角。幕布就要升
起，女主角即将亮相，但那个无赖男人却不见了踪影。

我心想萨拉的产科医生和助产士一定就是这个感觉，他们
见惯了嘘寒问暖的丈夫坐在一旁，紧握妻子的手，给她揉背。
这和1948年我出生时的情形截然不同：当时邻床蓝婴的父亲

想从炼钢厂离开一小时都做不到。

　　我们之所以选了这位产科医师，是因为我曾经和他一起做过手术。病人是位患心内膜炎的孕妇，我们在同一台手术里先给她做了剖宫产，再做了主动脉瓣的再次手术，最后母子平安。但我知道有一些相似的病例，死亡率是 200%。我确定时候一到，那位医生一定会照顾好萨拉。而此时我正在刷手，即将开始又一台漫长的手术，根本不会知道那一刻何时到来。我暗暗希望当我做完手术出来时，萨拉的分娩已经结束。

　　在医院另一边的产科病房，这场我本以为会是生理性的漫长而疼痛的分娩，渐渐发展成了病理性的。萨拉现在身心俱疲。就算她再了解我内心的魔鬼，在她最需要我的时候我却不在身边，她自然还是生气了。虽然事实依然是，就算我在她身边也帮不上什么鬼忙。以我的脾气，不可能干等着事情发生，也不会允许别人主事，那不是外科医生的性格。而对产科的医护发火对我和她都没有好处。他们已经提到了"剖"字，但萨拉仍想尽一切可能顺产。然而在经过 20 个小时的分娩之后，我这儿子的脑袋还是没有就位。看来他改了主意，又不愿离开这温暖的茧房和母亲那安心的心跳了。

　　回到 5 号手术室，梅根的状况很不稳定，我们在手术台上给她麻醉时，得让她母亲在一旁努力使她保持镇静。因为唐氏综合征的关系，她很难了解自己的处境，耀眼的灯光和冰冷的手术环境把她吓坏了。麻醉医师迈克·辛克莱（Mike Sinclair）

手臂上有个高卢英雄阿斯特里克斯 * 的文身，他明白在梅根面前摆弄针头可能使她突发惊恐。于是他一边和蔼地和她说话，一边用一只橡胶面罩朝她脸上吹拂麻醉气体。这么做和同情或怜悯什么的毫不相干，只是聪明有效的麻醉术而已。这女孩要是发脾气从手术台上滚下来，很可能就会死于心脏骤停。

我从不允许自己对将要手术的病人共情。共情意味着分担病人的情绪和痛苦，这对心外科医生来说是巨大的错误。我从来不敢想象自己躺在冷冷的黑色乙烯基手术台面上、等待浑身血液被某个精神病态者都抽进一台机器里会是怎样的景象。要切开某人的胸腔，我需要的是镇静和临床上的客观精神。让共情见鬼去吧。试想一个共情发达的人做了精神科医生或小儿癌症医生，他连一个礼拜都做不到，就会精神崩溃。

这时我忽然担心起了萨拉，于是停下刷手，走到了麻醉室的电话机旁。我居然对妻子施以同样冰冷客观的态度，这让我感到了一波又一波巨大的内疚。我又回到了杰玛出生时的老样子，大概是环境使然吧。显然，我还是没有摆脱创伤后的精神病态。但反过来说，要是缺少创伤给我的胆量，我可能就会做出合理的抉择，拒绝在不输血的情况下为梅根手术，用一纸法院令对付她的养父母，让他们痛苦地度过余生。我们也可以违背他们的意愿给梅根输血，这样一来他们肯定会被逐出教会。

---

* Asterix the Gaul，是法国的著名动漫形象。

所以我这种不受约束的做派，对这些人来说反而是一种善举，这大概与直觉不符吧。那么，在美护士和我自己的孩子需要我的时候，我又在哪里？和往常一样，在该死的手术室里。

产科的电话一直在响，但始终没人接听。我试着打了萨拉的手机，又打了护士站，可是没人愿意接我的电话。迈克喊了一声，告诉我梅根的血压在掉，于是我不得不果断开始了这台很可能持续六个小时的费力手术。这场手术需要我全神贯注，流出的每毫升血液也都要收集起来，重新送入回路。在整个过程中，我必须把关于产科的念头和自己的焦虑抛到一边。

手术开始后 45 分钟左右，当我们已经连上心肺机时，我听见麻醉室里传来了电话铃响。很快一个护士出现在手术室里，表示产科医生想和我说话，我嘴上吩咐她去问问对方想说什么，眼睛仍紧紧盯着梅根的心脏，看着它排空血液，然后毫无意义地扑腾着。

"他不肯告诉我，说是要保密。"护士回答。听到这个，我浑身泛起一阵焦虑。

我让迈克给那边回个电话，问问对方到底怎么回事，想着换个主任医师来传话，那位产科医生会松口。但这时产科那边的电话又没人接了。迈克的身边跟着一个麻醉高级主治医师，于是迈克让他接手，说自己亲自过去看看情况。

"典型的心外科医生，"我的洗手护士小声嘀咕，"自己夫人生产，都要派麻醉医生去处理。"

这简直就是一部伊林喜剧*，如果情况不是这么揪心的话。

当我正在缝合人工二尖瓣时，泰德在边上插了一句："斯蒂夫，血量好像有点低。你那里失血了吗？"

就我所知并没有，但我还是请那位来帮忙的自体失血回输机专家把我们收集的血液送回心肺机里。泰德说情况没有改善，要我查一下胸膜腔，就是包裹肺部的那个腔体，自从心肺转流开始，我们就没有给肺部通气了。果然让泰德说中了。胸膜腔的左半边积了大约 1 升血液，是从心脏后方心包上的一个小孔流出来的。我们将这些血吸出来重新送入回路，情况有所好转。

15 分钟后，迈克回来了。

"怎么样迈克，见着萨拉了吗？"我试探性地问了一句，不知说什么好。

"她没事，就是对你火气很大。她得做剖宫产了，但他们不想不和家属讨论就动手。他们都怕你怕得要死。"

对眼前的情况，我们的"细胞救星侠"既好奇又困惑。他也是胆子够大，建议我请一个同事来给手术收尾，听到我没有同事时，他更糊涂了。就算泰坦尼克号在下沉，乐队也得继续演奏，况且我已经在以最快速度缝合了。最后梅根终于脱离了心肺机，我还用了大量血管收缩药来对抗脓毒症。但她仍需要

---

*　伊林（Ealing）公司在 20 世纪四五十年代推出了一批充满英国趣味的怪诞、黑色喜剧电影，后于 1955 年被 BBC 收购。

补液来维持血压，我也必须止住她的心脏和伤口边缘的出血，才能考虑离开。

晚上 6 点，我们准备好了给梅根关胸，但她的血压仍然低靡，血浆里的血红蛋白含量非常低。有鉴于此，我决定冒险用一条降温毯给她降体温，以减少她身体组织的耗氧量。本来她的身体需要红细胞把氧气带给组织，但是把体温从 37 度降到 32 度，就能使组织的耗氧量降低近一半，即平均每降温 1 度就能减少约 7% 的耗氧量。然而体温越低，出现致命心律问题的风险就越高。到了这当口，我仍不想给梅根输血，毁掉她父母的余生，但我也不准备让她死掉，毕竟今天应该会是我儿子的生日。

就在我给她盖降温毯时，产科又来了电话，这一次格外紧急。他们要我直接过去，然而在梅根安全地住进 ICU 之前，我都有道德义务守在她身边。我的高级主治医师是尼尔·莫特（Neil Moat），他之后自己也会在布朗普顿医院成为一位杰出的心外科医生，我要他到产科去传个话，告诉他们直接开始必要的工作，他的老板会尽可能快点过去，换句话说就是："产科的活交给你们，心外科的交给他。"

晚上六点半，我打给了家属室里的梅根父母，告诉他们手术已经结束，我们没有给她输血。我还告诉他们恢复期会漫长而艰辛，我们也无法保证她一定会活下来。如果他们想在任何阶段重新考虑输血的事，都请告诉我们，虽然我也明白这是不可能的事，即便梅根走到死亡的门口时也不可能。现在我不能不去见萨拉了。她已经分娩了 26 个小时，而我始终不在身边，所以我不指望她会热情地迎接我。在去的路上，我正碰上尼尔回来。他告诉我萨拉已经在接受剖宫产，催我赶紧过去，把梅根留给他来照顾。

我穿着带血的手术服就去了分娩室，心里还在偷偷希望分娩已经结束了。只见护士长在嘈杂的隔间之间飞奔，尽她所能忽视我的存在。我想我这也是罪有应得吧，但在经历这样艰难的一天之后，我实在受不了这个。我急躁地询问产科手术室在哪里，结果挨了她一顿训斥。

"你觉得你那可怜的妻子今天就更好过吗？她半小时前就进手术室了。你还是去那里见她吧。"

我愈加自我安慰，想着萨拉应该已经麻醉了，我还是在恢复室等着见他们母子吧。但是我错了。虽然经历了漫长的疼痛和折磨，萨拉仍坚持要醒着等到"他"来——她没上全身麻醉，只用硬膜外导管做了局麻。因为这个，她已经提出，我只要有空了，就去陪她。

麻醉室里无一人，我注意到了残留的药瓶、输液器和导管，这些都已经推进了我妻子的身体里。我慢吞吞地走过她脱在手推车上的拖鞋，透过手术室的门缝朝里望去。里面正是那支与我合作开展剖宫产和瓣膜置换联合手术的团队，其中还有那位和蔼的橄榄球员兼新生儿专家彼得·霍普（Peter Hope），他的大手总能为瘦小的早产儿创造奇迹。空空的纱布架和器械哗啦啦的声音告诉我，他们还没开始。当萨拉的麻醉医师转身把一瓶葡萄糖挂上输液架时，我看见她的黑色卷发随着医师的动作流转。里面的人一边平静地闲聊，一边调节无影灯，让灯光正照在萨拉隆起的腹部上，也就是我那将要出世的儿子身上。现在必须进去了，但这之前我要先做一件事：把手机放在萨拉的一只拖鞋里。在这台手术中被人打手机叫走可绝对不行。

至少这一次，我的亮相很受欢迎。当门吱呀一声打开时，里面的人齐声说道："他可算是来了。"毫无疑问，这是到我迄今唯一一次没有趾高气扬充满自信地走进手术室。在这里散发自信的应该是产科医生。而真正打动我的，是萨拉身上散发出的宁静气息。她的疼痛已经消失，乳房以下什么感觉也没有了。这样也好，因为他们正在她身上涂抹着冰冷的碘伏溶液，从乳头一直涂到膝盖。

我看着海绵在她乳房上打转，然后经过她光滑隆起的腹部，深入她的腹股沟。很快，淡蓝色的亚麻单子就盖住了她的胸部、两胁和阴毛，一块塑料贴将手术巾固定在她身上。主刀医生说了句"斯蒂夫到了，我们这就开始"，表示准备工作已经完成。这么说是在委婉地传达他们已经等了太久了吗？还是我想太多了？这时我捏了捏萨拉的手，吻了她的额头，然后将目光聚焦在了这台唯一使我动情的手术上。我的共情终于来了。

产科投保的责任保险，费用比任何其他专科都高，在我看来原因也很明显。产科医生的手法直截了当，他们的手术刀直接割开皮肤、脂肪和腹肌，一直划到扩张子宫的底部，很少考虑出血的问题。到了孕晚期，孕妇的血量会增多，所以和我的"耶和华见证人"冒险不同，孕妇出点血没什么大碍。

刀锋继续划过，距我儿子的眼睛和大脑只有几毫米远。凭着娴熟的判断，这一刀完全剖开了子宫壁，彼得把双手的食指和中指伸进去，将切口撑开。在胎儿的脑袋周围，手指比冷冰的钢刀安全。下刀不到两分钟的时间，马克的大脑袋就出来了。虽然他看起来对这种粗暴的对待很是生气，但他至少可以庆幸自己不必被强大的宫缩从狭窄幽闭的骨盆里硬挤出来了。当他的躯干露出时，那根原本绕着脖子的滑腻脐带也弹了开来。

萨拉自始至终都非常平静。她时不时捏一下我汗津津的手掌，仿佛在安慰我，当那小家伙终于从他的安乐窝里滑出来时，她说她觉得肚子里像是有一台洗衣机在不停滚动。有好一会儿，我们的这个滑腻腻的蓝色肉团还不像是活物。新生儿肺里还没有空气，个个都是瓦灰色，但我当时都不记得这个了。从几周前的那台剖宫产手术那里，我唯一记得的就是剪断脐带时，滑溜溜的早产儿差点掉到地上。这会儿，胎盘又成了我的焦虑中心：只要还和子宫相连，胎儿就不必呼吸，也会持续得到供氧，返回心脏的蓝色血液不会流入尚未充气的肺部，而是直接返回身体。这蓝色使我担忧，但并没困扰到这支专门的医护团队。

剪断脐带后，彼得把我们的儿子放进恒温箱，并吸净了他的喉咙。这时我们终于听见他尝试呼吸的声音了。接着，当他第一次用从未接触过空气的肺部吸气时，他发出了一声号哭。但我只看到他仍是蓝色——显然，我对蓝婴太过纠结了。彼得提醒我，这是胎儿血红蛋白分子造成的。他又呼吸了几次，肤色果然变好了。等到刮除胎盘，修复子宫之后，彼得把这个温暖粉红的小男孩交到了萨拉手中，萨拉一下子就哭了出来。我还愚蠢地问她为什么哭，然后得到了一个十分女性的回答："因为我好幸福。"26个小时不眠不休的分娩之苦，在孩子降生的一刹那全都神奇地消散了。

她的下一句话是什么呢？"你的病人还好吗？要不要回去看看？"

这句全然无私的话深深触动了我。这才是圣托马斯医院把她称作"美护士"的真正原因——他们赞扬的是她美丽无私的心灵。她到底怎么会嫁给我的，我这个心外科领域的菲尼亚斯·盖奇？这天夜里我关住了内心的魔鬼，让自己也"欢腾"了一阵。这一天重新唤出了我的共情，而在平时这东西只会给我带来痛苦。我努力救活了可怜的梅根，保住了她父母的尊严，又及时赶来见证了我儿子的出生——这一切对我如同情绪的过山车一般。正如作家斯坦贝克所写的："听说一百万中国人正在挨饿你可能无动于衷，除非你认识一个正在挨饿的中国人。"

我在恢复区里陪萨拉坐了一个小时，良心挣扎着，因为当年杰玛出生时我没在场。我会用一生来尽力弥补这个缺憾。接着，我又想到梅根的父母正经历着怎样的惶恐：倘若梅根没能活下来，他们会觉得责任都在他们。不知是出于同情还是体恤，我决定替下尼尔·霍普，亲自和他们聊几句，帮他们度过这个一生中铁定最糟糕的日子。

我的孩子已经安全了，他们的孩子却还躺在降温毯下，带着30度的体温奋力求生，她大脑的代谢率已经降了一半，好帮她渡过这段深度贫血的难关。不过，我已经看到了胜利的曙光。她没有出血，血压适中，足以令肾脏产生尿液——我们说它是危急时刻的"液体黄金"。她的父母很是感激，说上帝会回报我这一天的辛劳。我说上帝已经这么做了。上帝赐给了我一个漂亮的男孩，他是在梅根手术的结尾时刻来到世间的。他们都说这是神恩。格里本大夫已经听说了这天的事件，在回家的路上打电话到ICU，向他们报告了好消息。那天晚上，欢腾传遍了整座医院，我的团队也都为我高兴。就在这时，我却不禁悲伤起来。那个夜晚，我和我内心的魔鬼都感到了一丝落寞。

在梅根奇迹般地康复之后，耶和华见证人的医院联络委员会举办了一次募款活动，用筹到的钱为我买了一台自体失血回输机。作为回报，我也为他们在全英国的信徒开展手术，手术中就使用促凝血的抑肽酶和他们好心捐献的设备。特别是有一次，一个信徒的胸主动脉瘤渗漏，别的医院都拒绝给他手术，他妻子一路开车把他从威尔士送到了我这里。他活了下来。

萨拉分娩后的第三天，她和马克回到了家里。我的睡眠比平时更加不足了。布莱恩·格里本做了马克的教父。和蔼的新生儿专家彼得·霍普在短短两年后不幸死于癌症。他生前和我共同创办了一项早产儿服务，由我来为他们打开胸腔，关闭动脉导管（这是肺动脉和主动脉之间的一种常见缺陷），而手术中，孩子始终身处恒温箱内。这消除了把孩子从产科转移到主手术室的风险，让他们不至于在这个过程中丧失热量。我还和迈克·辛克莱一起去其他的地区性早产儿科室提供这项服务，但后来迈克得了多发性硬化，就退休了。疾病没有影响他的幽默感，他一直很精神。真是个人物。

在牛津接受了再次手术后的次年，梅根的人工二尖瓣出现了感染。她的家人联系我时，我正在国外，而离她最近的心脏中心不愿意在不能输血的情况下尝试第三次手术。她最终死于脓毒症。

1988年的那个寒冷冬日帮我改变了对生命的看法，也多半将我塑造成了一个更优秀的外科医生——不用说，这指的不是技术进步，而是我变成了一个比过去好得多的人。我明白了爱能带来欢腾、喜悦，而在那天之前，我一直害怕承认这一点。

第七章

险 境

许多传染病都是经由皮肤上的创口传播的。一边在鲜血里打滚，一边操弄锋利器械，这可不是毫无风险的事。被针刺伤，于我已是家常便饭。令人震惊的是，大多数国家的病人术前都不做血源性病毒检测，后果就是医护人员持续暴露在意料之外的感染风险中，还很容易累及家人。而另一方面，也有不负责任的外科医生，明知自己患有肝炎，却不披露这一风险，结果感染了数百名病人。手术室真是个危险之地。

11 号刀片的尖刃是很锋利的。每次手术结束时，我都会用它刺切病人的体表，再在切口处放置胸腔引流管。牛津的心外科手术室里有位礼貌温柔的菲律宾护士叫阿伊琳，在我给朋友斯蒂夫·诺顿做手术时协助过我。一天晚上，我们刚刚做完一台紧急手术，巡回护士说想清点完纱布块后就回家，阿伊琳被她分了心，无意间把手术刀的刀锋而非刀把塞到了我的掌心里。

我条件反射地去紧握，闪着寒光的金属划破了我的橡胶手套，刺穿了我的皮肤，伴随着疼痛扎进了我大拇指的肌肉里。鲜红的血液在橡胶手套下面流淌，渗进手套的各手指部分，形成了一块螃蟹状的血迹。我一声惊叫，一下子丢开了该死的器械，它像一只飞镖似的掉了下去，笔直插进了我手术靴的皮面里。这次之后，我就用"刺刀护士阿伊琳"来叫她了。

除了我的疼痛和带给团队其他成员的欢乐外，这出闹剧倒也不是什么大事。那是一片干净的刀片，不可能让我感染任何血源性病毒。出事后大家都没说什么也没做什么，只有我一个人被迫离开手术台去做包扎。为表宽慰，我还感谢了惭愧不已的"刺刀护士"在这台手术中给予的帮助。随着时间的推移，在积累了大量经验、不断提高英语水平后，"刺刀护士阿伊琳"最终成了心外科手术室的护士长。

在大多数手术中，我都需要两名手术助手和一名洗手护士协助，他们会将合适的器械拍到我手上，仿佛自动反应，少有事先思考。和我一样，他们也了解手术的每一个步骤。我只要伸出手去，掌心向上，然后反射性地握住递到手上的东西就行了。我的视线从不离开心脏，除非是要发号施令。外科医生像指挥乐队一般指挥着整支手术团队——"注射肝素，连心肺机，降低血压，下心肺机，上鱼精蛋白"——整个过程会大大得益于一支稳定的队伍和他们经过千锤百炼的技术。

我们会尽最大的努力照看彼此，但林林总总的锋利器械也是无时不在的威胁。用过的刀片和缝针会被病人的血液污染，而我们对绝大多数病人的病史知之甚少。不锈钢针是弯的，通常夹在长长的金属针持顶端，它们非常锋利，能轻易刺穿薄薄的橡胶手套，而已知的血源传播病毒至少有 25 种。我做了 40 多年的手术，其间常常沾染病人的体液，也无数次被缝针或刀刃划出血，如今我基本自认为对一切感染免疫。但别人就没这么走运了。

所有在手术室里工作的医护都要接种乙肝疫苗，但有些人（比如我）始终无法产生保护性抗体。20 世纪 70 年代初，当我在国王学院医院著名的肝脏科工作时，常常接触肝炎病人和他们的体液。肝硬化的病人会出现所谓的"食管静脉曲张"。我弟弟大卫后来在那里做过肝脏科的主任医师，也成了向曲张的静脉中注射硬化剂的权威专家。而我在那里时还是个初级医生，常被吩咐去给破裂的静脉止血。当病人呕出一升升被肝炎污染的血液时，我的任务就是把香肠形状的气囊从他们的食管一路塞进胃里，再给它充气，好压住出血的静脉，不让它们把血流空。不用多久，病人的屁股就会排出经过肠胃而变黑的血液，然后护士必须把这些擦拭干净。此时，许多恐惧的病人就会撑不住死掉。而另一些病人会吸收掉肠道中的血液，皮肤变成亮黄色。这种出血多半是饮酒所致。

为防止被针刺伤或血液进入眼睛，我们都要注射乙肝免疫球蛋白以对抗病毒载量，接着还要注射乙肝疫苗加强针。虽然反复接种，但我的抗体水平似乎始终没有提高。还有，当时丙肝是无法治疗的。我们只能等待，看自己是否会在晚年出现肝硬化——前提是我们没有因为酗酒提前得上这个病。

每年我都接受肝炎病毒检测，好确保不会将病毒传染给病人。但这份浴血的工作并不适合每一个人。针刺伤会把护士吓到石化，此后漫长的不确定性也会使她们和家人在数小时内倍感恐惧和焦虑。德国的一项研究表明，80%被针刺伤的医护都对未来高度紧张，这会破坏他们的人际关系，毁了他们的性生活。有人甚至还会发展成创伤后应激障碍（PTSD）综合征，而只有在明确相关的病人是否携带病毒后，这种情况才会缓解。可是，要做病毒检测必须得到病人允许。而许多因吸毒或滥交感染肝炎的人都不肯透露自己的隐私。倒霉的还是负责照料他们的医护。

当年我在伦敦西部的哈默史密斯医院做高级主治医师时，总是被派去为静脉注射毒品的病人做手术，毕竟我有国王学院医院肝脏科的经验。说老实话，我根本懒得在手术前征求同意检测血清，我直接假定他们每一个都是肝炎阳性，告诉护士们也要这么想，并采取防护措施。在20世纪70年代末后期，这意味着她们都要戴双层手套，外加不透水的手术帽、手术服和护目镜。我那会儿叫她们"太空飞猪"，因为她们看起来像是要去月球漫步。但至少她们觉得安全了。我自己不会特别防备，仍像平常一样穿戴，也没怎么出过问题。但讽刺的是，这些男女"太空人儿"其实面临着更大的针刺风险，因为对接触病毒的恐惧使他们紧张得偏离了手术规程。我自己连双层手套都不戴——它们不仅不能防止被针刺穿，还会降低我的触觉灵敏度。那就像一个疑神疑鬼的学生在偷尝禁果时套了两个避孕套，让性爱变得毫无乐趣。我在头部受伤、丧失恐惧前也是那样。受伤后，生活就变得简单多了。

每当我要给心脏瓣膜感染的吸毒者开刀时，我那几个平日里热心的助手就会突然掉链子：有的犯了偏头痛，有的约了医生看病，还有的干脆说"不去，要去你自己去"。医院里的外科主任医师都觉得不值得为了瘾君子在手术室里浪费时间，因为他们后面照样会躲进肮脏的公厕，用二手针头和注射器给自己注射毒品。注射部位会形成新的恶性脓肿，在手术后几个月内感染他们的人工瓣膜。悲哀的是，这种怀疑的态度看似缺乏同情，却总能被现实验证。在我的整个职业生涯中，经我手术的瘾君子中只有一位信守承诺，在术后戒掉了毒品。不过我不像那些自命清高的同事，没有自居上帝的情结，我可不想评判别人的善恶。

我在这个问题上不够客观，或许是因为我在中学时结交的一位朋友。他童年悲惨，后来为了逃避这些，又坠入海洛因成瘾的深渊。我曾和他结伴去看斯肯索普联队的比赛，但他很快就被精神错乱拖垮了。他没有得到任何救助——光是和全科医生谈十分钟再领几片安定，可对抗不了精神分裂症。海洛因会诱发两三个小时的欣快，这成了他应对生活的法门，最终也要了他的命。我最后一次见他时，他已经全身脓肿，还有败血症、肾衰竭和一颗彻底感染的烂心脏。没人救他，直接让他上路了。

当我把这些年轻人推进手术室时，他们个个都已是重病缠身，细菌和病毒在血液中翻滚，足以破坏某一片甚至每一片心脏瓣膜。由于静脉注射毒品带来的细菌会进入心脏右侧，所以他们往往是三尖瓣先解体。感染的瓣叶上长满纤维蛋白肿块，海藻似的在右心室漂进漂出。我们把这些肿块叫作"赘生物"。它们的样子很丑，常发出阴沟的气味，还会有碎渣从上面剥落，并在肺部形成脓肿。

当时我已经见识过纽约布朗克斯区的外科医生是如何应对这个问题的了。在哈默史密斯医院，当我第一次告诉本托尔教授，我决定不顾他的忠告给吸毒者开刀时，他问我准备使用哪种人工瓣膜。他以为我会说猪瓣膜，但我的回答令他吃了一惊。我说我打算只把那片破烂玩意儿切掉，不去用什么东西替换了。要是这个瘾君子能做到半年不吸毒，我再把他叫回来植入猪瓣膜。在纽约时，我学到了一件令我大感意外的事：那些吸毒者往往能在切除三尖瓣的情况下活几个月，这或许是因为他们的三尖瓣反正早就没在正常运转了。不过美国人没有在这个神秘领域发表过任何成果，因为没人关心吸毒者。因此，听到我坚持把所谓的瓣膜切除术定为治疗方案时，本托尔觉得我疯了。

当然，大多数吸毒者在切除三尖瓣后都活了下来，但心输

出量和运动耐量会变得非常有限。右心室的血液会毫无阻碍地
流回静脉系统，他们的肝脏会因此扩张、肿大，也越发疼痛。
他们如果能下定决心停用毒品，后面就会赢得一片崭新的瓣膜；
如果做不到，就会死于右心衰竭、腹痛和反复发作的脓毒症。
我在哈默史密斯做了好几例三尖瓣切除。病人的心内膜炎都治
好了，但没有一个戒掉海洛因，从而活到可以植入猪瓣膜的日
子。从这一点上看，我每次都为国民保健服务节省了几千英镑，
而将这些病人收治入院也能让我良心稍安。我从不将自己面对
的风险置于病人的需求之上，但也理解其他医护会担忧自身的
安危。但问题是，他们越是焦虑，反而越容易把事情搞砸。

* * *

1987 年夏天，我已经用光了牛津心外科全年的预算，管理
层禁止我再进自己的手术室。就在这时，一家沙特阿拉伯的一
线心脏中心有位心外科医生病休了，在找代班医生。那里完全
不缺钱，他们也热切地想要我去。不巧的是，我妻子萨拉已经
怀孕六个月了，还要顾搬家的事。虽然时机棘手，但我还是很
快置身在了酷热的沙漠阳光下，等着我的是激动人心的工作量
和一支杰出的国际团队。

来到沙特后不久，中心就收治了一个患有脓毒症的 10 岁男
孩。小菲利普是欧洲某国驻利雅得大使馆一名高官的小儿子。
父母曾把他送进英格兰的公学念书，但他总是受点小伤就出现

瘀青，后来关节也开始自发出血。他们先是怀疑他得了白血病，当这个可能被排除后，大家都松了一口气。下一个怀疑对象是一种自身免疫血小板疾病，叫"特发性血小板减少性紫癜"。我妻子萨拉得过这种病，在伦敦做实习护士生时为此摘除了脾脏。她当时的症状和菲利普一样。

当这种可能也被排除后，医生发现菲利普得的是缺少凝血因子VIII（"第八因子"），也就是说，他患的是血友病，血浆中的第八因子水平只有正常值的约5%。他现在已经依赖于定期输注第八因子，最开始是在伦敦输的。也是在伦敦，医生听出他的心脏有杂音，并查出他有一处小小的室间隔缺损。几个小儿心内科医生都说它多半会随着时间自行闭合，没必要动手术。父母听后松了一口气，因为给血友病人做心外科手术很复杂，至少当时的人是这么认为的。如果不大量输注第八因子，病人就会不停地流血。

这次男孩又是为什么住进了医院呢？过去几周他一直在体重变轻，浑身都不舒服，现在已经瘦得皮包骨，再加上关节全部肿胀变形，看上去很是可怜。夜里他总是大汗淋漓，冷气调到最大也不管用。然后他会打寒战，身体不受控制地抖动，就像癫痫发作似的。他还感到胸痛，深吸气时尤其疼得厉害——因为死去的肺组织引发了胸膜炎，我们称之为"受感染栓塞引发的肺梗死"。

一位受人尊敬的美国小儿心内科医生只用五分钟就做出了

诊断：菲利普患有三尖瓣心内膜炎，三尖瓣的正下方还有一处感染的室间隔缺损。他已经在接受强力的抗生素联合治疗，但仍不退烧。连续超声心动图显示，他瓣膜上感染性赘生物激增，很可能侵入左心室并引发中风。他们请我关闭心脏里面的洞口，把那片严重渗漏的瓣膜或是修补，或是换掉。但他的瓣叶正被一群凶猛的"虫子"啃食，修补谈何容易。再加上他还是个孩子，不能像对待吸毒者那样直接把瓣膜切掉。如果真出现最坏的情况，我会缝一片猪瓣膜上去。

我已经知道因为用了受污染的血液制品，艾滋病在血友病人群中蔓延的情况。1981—1984 年，美国有一半的血友病患者受到被污染血液的感染，其中的许多人都在接下来十年内死了。牛津也发生了同样的事故，由此引发的诉讼直到 2018 年仍未了结。艾滋病可以解释这个男孩为何如此消瘦，但心内膜炎也可以。眼下负责任的做法是给他做艾滋病毒（HIV）和肝炎病毒检测，如果结果是阳性，可以提前警示医护人员。检测需要征求父母的明确许可，但我只在医院看到了菲利普的母亲。同事们直接问我，如果男孩检出 HIV 阳性，我还愿不愿意给他开刀。我毫不犹豫地回答当然愿意：这可怜的孩子才这么小，就已经吃了这么多苦头，如果再没人给他治疗，他没几天就会死。我会将自己的安危抛在一边。我们外科医生就是这样——或者说曾经是这样。

男孩的母亲是法国人，听到别人把她的儿子和艾滋病联系在一起，她立刻就动了气。她坚持说之前的医护从没提过这一点，还宣称他们在血友病诊所认识的人没有一个在治疗中感染HIV。男孩去的是哪家诊所？她不肯说。那他做过肝炎检测吗？做过，没有肝炎。我的美国同事感到局面僵持，似乎就要谈崩了。光是想到儿子要做手术，这个女人已经够紧张了，偏偏她的丈夫还不知去了哪里。更何况这里是沙特阿拉伯，有着严格的法律和不同的文化，"艾滋病"在这儿是一个肮脏的字眼。

　　我制订了紧急手术计划，决定告知医护潜在的风险。但我最关心的还是控制男孩的出血风险。为此我需要在麻醉医师、灌注师、血液病医生和血库之间进行协调。有针对血友病患儿的心脏手术指南吗？在1987年还没有。我们只能自己一点点摸索。我们该给他输注多少第八因子浓缩剂，才能把他的凝血水平从极低提升至正常，消除出血风险？这取决于他的体重。在心肺转流期间和手术后，我们还必须输注多少浓缩剂，才能维持住他的凝血水平？我们一起制定了一个剂量标准，并向英国的医药公司下了紧急订单。没有第八因子，我就无法送他上手术台，于是我请那家公司连夜发货。我们决定在手术后的几天里每六小时监测一次他的第八因子水平，并在术后至少一周内将其维持在正常值。在术中和术后，我还会给他使用我的神药抑肽酶，帮助他的血小板保持黏性。

　　我请求澳大利亚姑娘朱莉做我的洗手护士，她个性活泼风趣，工作也极出色。我告诉她我们不认为病人携带肝炎病毒或

HIV 阳性。话虽如此，我也不敢百分百打包票，但病人的母亲向我们保证过这一点。当时的人对艾滋病普遍怀有恐慌情绪——相应的抗病毒疗法还没开发出来，患者的死亡率很高。许多人甚至认为没必要给 HIV 阳性的病人动手术，因为不管怎么治疗，他们都注定要死。在沙特阿拉伯，为消除对同性恋群体的排斥而付出的努力收效甚微。就连朱莉这样乐观的人也对这台手术的前景态度消极，但她最终还是同意为我递送器械，并保护我的安全。我告诉手术团队，我们应当采取面对肝炎病人时的防范措施，虽然那并不总是有效。或许，我们本该从那位母亲坚持说儿子血清检测正常的话中看出些端倪。

我为男孩制订了一个巧妙的手术计划。我打算从两片三尖瓣叶中较大的那片入手，先清理掉感染的碎渣，再将此片瓣叶部分切除，好露出两个心室间的洞口。接着，我会用涤纶补片补好洞口，再从男孩自己的心包上取一块补片下来，扩大并恢复他的三尖瓣前叶。外科医生总要制订计划，但不可预测的状况才是紧急手术中最激动人心的部分。我会简单行事：如果那片瓣膜已经碎掉，就干脆把它换了——这样操作比较简单，无需太多的思考或判断。只要别在看不见的电传导系统附近缝针、别截断它在室间隔的"瓣叶"近旁的通路就行了。要是破坏了那个，男孩就得终身佩戴起搏器了。

我在手术中，关注的都是术式的技术细节和对心肺机的要求上——什么时候给身体降温，什么时候复温，什么时候调低流量，什么时候增加流量。我会检查血钾水平，查看尿袋里有无尿液。我会专注于病人的安危，而非自己的风险。但这一点对助手们来说并不容易做到。肝炎已经够可怕了，接触艾滋病人的血清更是会令大多数医务工作者吓得半死。

当天早晨，朱莉还是像平常一样乐呵呵的，浑身洋溢着魅力和平静。不管是否站在手术台前，每个护士都戴了手套和塑料面罩，巡回护士不再用手拿纱布块，而是改用长长的金属钳夹起它们，再投进塑料垃圾桶。朱莉戴了两层手套，头上蒙了一块尼卡布头巾，还戴了一副护目镜防止血液溅入眼睛。

菲利普的样子真是可怜，他躺在手术台上，关节变形，憔悴的躯干和消瘦的四肢上布满瘀青。看来补充第八因子效果不大。我吩咐朱莉和手术助手们退后，开动骨锯，带起的骨髓飞溅在手术巾上，吸引瓶从心肺周围吸入了大量稻草色的液体。他的三尖瓣已无机能，导致右心房肿胀紧绷，在我用荷包缝合法围绕着心肺机插管封闭右心房上的插口时，深色的血液流了出来。为了不让朱莉接触缝针，我小心翼翼地把针持放到心肺机管道旁的磁性托盘上。这样她就能不碰到污染的缝针，直接把它们从针持的钳口甩进废针桶里。

一眼看去，那片三尖瓣就像一串葡萄，正散发出消化蛋白质的那种恶心臭气。假如面前是个吸毒者，我已经把这三尖瓣整个切除了。但他只是个孩子，我得从这块腐烂的猪耳形组织里整点像样的东西出来。我把大部分赘生物都刮了下来，放进一只瓶子里送去细菌实验室。这之后，我马上更乐观了。此时朱莉紧绷的肩膀也明显垂了下来，人放松了些，她明白我在竭力保障她的安全。我看到这块三尖瓣的前叶上烂了个大洞，于是干脆把它又扯大了些，好看清下面的室间隔缺损。洞口处还是有腐烂的感染物阻挡，我把它们都吸进了高压吸引器：必须确保这些碎屑一点都不漏进左心室、再沿动脉进入男孩的脑部。

我用一块涤纶片补好了室间隔上的洞，然后将大部分三尖瓣前叶替换成了防腐处理过的牛心包。整个过程平淡无奇，心脏从心肺机上轻松地脱离下来，静脉压也变低了。接着再给男孩用点抗生素，抑制造成感染的细菌，他应该就能脱险了。紧张的手术即将结束，室内的气氛开始舒缓。我用 11 号刀片做了刺切，好放置胸腔引流管，然后谨慎地把刀放到磁性托盘上，好让朱莉丢掉刀片。

接好引流管和两根起搏电线后，我开始闭合男孩的胸骨。我在一根粗大、锐利的针上穿上不锈钢丝，用力将它扎入胸骨。我将针的中段牢牢夹在一把沉重的金属针持上。在平常，这把针持一般由洗手护士直接递给我。但由于此时的感染风险，我们商量的方案是朱莉先把针持放在磁性托盘上，我再从上面将它拿起，避免徒手交接这把危险而锋利的器械。

起初一切都很顺利，然而就在合拢胸骨切口之前，朱莉分心数了一下纱布块。这时我恰巧把针持放到了磁托盘上，钳口夹着最后一根针，但针尖是朝上的。我的眼睛盯着心脏，没看朱莉。我本以为她会直接拿起针持，把针扔进废针桶。但她恰好也正面对着她的巡回护士，没在看我。

就在我说出"针来了，朱莉"时，她在圆凳上转身，一个没坐稳，本能地伸手去撑手术台，防止自己摔倒。她的手掌，重重按在了被针持牢牢夹住的缝骨针上，被沾染了骨髓的针尖深深刺了进去。她发出了尖叫，我不知那是因为疼痛，还是因为她意识到了这深深的针刺伤非常麻烦。或许两样都有吧。

朱莉从圆凳上退下来，盯着自己受伤的手掌看。她从针尖上抽手时扯破了手套，伤口正迅速涌出鲜血。我冲她吼了一声"别止血"，因为我也像大多数人那样，天真地认为这样就能把污染物冲刷出来。她那双黑色的眼眸注视着我，护目镜后面的两道目光分外锐利。她站在原地向我伸出流血的手，我能看出她的目光中混合着恐惧和愤怒。鲜血滴落在地，她则低声含糊地问我："老天爷，你为什么把针尖朝上放？"我哑口无言。

对于那灾难性的短短几秒钟，我的心情和朱莉一样压抑难受。她还不知道血友病和 HIV 的联系，因而第一个想到的风险是肝炎，肝炎我们还是有点办法的。我从手术台上退下来，丢掉结满血痂的橡胶手套，说"我来帮你"。我们那时有一种老派的做法：用嘴把针刺伤口里的恶性液体吸出来。我怀疑这办法其实毫无用处，但她并没有阻止我这么做。这想必是一个古怪的场面：我和她面对面站着，捧着她的手吮吸。我吩咐两个面色铁青的助手继续关胸，然后把可怜的朱莉护送去了咖啡间。

朱莉还在因为刚才的惊吓瑟瑟发抖，我一边扶她坐下，一边整理思绪。我知道关于肝炎的暴露后预防是有书面指南的，我很快找到了手术室操作规程书，里面写道：

> 除非事先已知，否则应先确定源头的感染状态。如未确定其乙肝及丙肝病毒阴性，则暴露后预防措施应于受伤后一小时之内开始。应使用加强剂量的乙肝疫苗，外加乙肝免疫球蛋白加强防护。丙肝尚无疫苗，应对手段为监测血清转化。

换句话说，就是等着瞧你会不会得病。这就是朱莉这么生气的原因。这种事她已经在家乡澳洲经历过一次，当时她在一台心脏移植手术中被针扎到，后来非常偶然地发现捐献人是肝炎携带者。

我返回手术室，要麻醉医生给孩子抽点血去检测血清，但他告诉我，在沙特没有母亲的允许不能这么做。我的血压已经很高了，听了这句话更是火上浇油。

"你先他妈的给我抽血！"我冲他怒吼，"抽完了我会填表亲自送去实验室！"

在申请表上我是这么写的："患者为重症血友病儿童，刚接受完心外手术。医护需知晓患者情况。请做 HIV 及肝炎检测。"男孩还躺在手术台上，因此眼下我是他的监护人。我只要说服实验室这两项检测符合男孩的利益就行了，事实也的确如此。但我的动机并不诚实。菲利普没有大碍，朱莉才是我担心的。肝炎已经够糟糕了，而艾滋病在 20 世纪 80 年代更是相当于宣判了死刑。就这样，我让朱莉把流血的手放在水龙头下冲洗，自己动身去找实验室了。

　　我本以为要他们批准 HIV 检测免不了一场冲突，但这一幕并未发生。艾滋病在沙特是罕见病，检测设备都是新的，我猜他们也很想试用一下。检测的对象并非病毒本身，而是病人在感染之后产生的抗体。我接着问了一个显而易见的问题：他们最快要多久能告诉我，病人是不是 HIV 阳性？他们说两小时后会给我电话。但如果男孩真有艾滋病，我该怎么办？我在内心对朱莉怀有一份沉甸甸的责任感，更不用说还有真挚的喜爱。她开朗的性格使我生活得相当幸福，要是没有她，环境可就艰难了。我那可爱的老母亲常说一句话："要设身处地为别人着想，要试着理解别人的感受。"她自己就是用这个态度对待身心病患和穷苦之人的——准确地说是比她更穷苦的人。她总是说"人人都有感情"。短短一句话就定义了共情。

　　等我回到手术室时，有几个脑子进屎的人已经吓唬了朱莉，说菲利普可能是 HIV 携带者。她那只疼痛的手已经缠好了绷带，她本人则在恳求别人为她做些什么，什么都好，能压制她的恐惧就行。我打给一个同行，询问这里有没有了解艾滋病且能提供帮助的美国传染病医生。接着我还要去和男孩的母亲谈谈。

就在朱莉为可能感染艾滋病的风险而崩溃时，菲利普的母亲也在焦急地等待手术的消息。我猜我走近她时脸上挂着担忧的神色吧，因为她一看见我就哭了出来。我向她伸出手去，说道："他很好，手术很顺利。"

先说重要的事情。我给她讲了我在那颗腐烂的心脏里做了什么，并表示她很快就能到男孩身边去坐个把钟头。我问到菲利普的父亲会不会过来陪她，她答说他父亲正"在欧洲的什么地方"。含糊其辞。接着我得说重点了：考虑到美国和欧洲的血液制品污染丑闻，有人给她儿子做过 HIV 检测吗？我向她道歉，说本来不该追问这个问题，但是有一名年轻的护士被菲利普的血液污染了，她现在急需确认自己有没有患上艾滋病或肝炎的风险。我问话的时候字斟句酌，为的是不必依靠她的口头回复。我除了是个心理变态之外，还是个心理学家，只靠察言观色就能得到答案。

我的问题就像拨动了一个开关，因为她迅速将目光转向了空白的墙壁。我接着问道："请告诉我。菲利普有艾滋病吗？"

戒备使她用回了自己的母语，她用法语轻轻说了声"是的"。

我握住她汗津津的手，温和地问她为什么之前不告诉我们。

"因为如果你们知道了，就不会给他做手术了，我不想让他死啊！"说完这句，这可怜的女人倒在床上，无法抑制地哭了起来。真是郁闷的一天。

我们必须赶快想办法治疗朱莉，但我也不知道能有什么办法，因为说老实话，我对 HIV 一无所知。我之前从没考虑过这个问题，现在却必须要先对后续情况有一个明确的把握，才能再去面对朱莉。说来也真巧，就在几周前，美国刚批准了一种针对艾滋病的抗病毒疗法，叫"叠氮胸苷"（AZT）[*]。对于牵涉接触感染病人的针刺伤，美国医学界的建议是在接触后尽快使用 AZT，一定要在 72 小时之内才有望成功。治疗必须持续一个月，副作用包括肾衰竭、恶心、呕吐和腹泻。我去向实验室催菲利普的血清检测结果，但他们也无法确定是阴性还是阳性。这是他们第一次尝试 HIV 检测。我又加紧催促，追问他们能否排除阳性，他们的回答依然是不行。手术中，心肺机稀释了他的血液，我们还用了肝素和鱼精蛋白之类的药物，我不知道这些情况是否起到了一些正面作用。

我决心告诉朱莉检测结果是阴性，但同时极力劝说她接受 AZT 预防治疗。现在慎重，总好过将来后悔。我这么做是在两头下注。我必须把握好其中的度，一方面要尽量减轻朱莉的痛苦，另一方面也完全明白那位母亲亲口承认儿子是 HIV 携带者意味着什么。考虑到心内膜炎会掩盖其他症状，他可能已经处于艾滋病的典型期了。我得立即去警示 ICU，让他们必须准备一个独立房间和宇航服一般的防护。对护士们来说，这比天花或腺鼠疫还要糟糕。

---

[*] 药品通用名为"齐多夫定"（zidovudine）。

　　寻找 AZT 的努力一无所获，我们给医院的医务主任打了电话，结果他的反应大约是"AZT 是什么"。他主要担心，要是别的病人知道医院在庇护一个艾滋病人，谁还会花钱来看病。更糟的是，他现在想要每一个和男孩有过接触的人都去接受艾滋病检测，那间手术室也一定要彻底打扫和烟熏消毒后才能再度使用。我预见到这套深度清洁措施会一直回溯到机场，于是决定将可怜的朱莉尽快送回悉尼。要想让 AZT 疗法还有效，她必须明天就动身。在出发前一天才买机票会很贵，朱莉不太可能负担得起。我强烈认为医院应该出这笔钱，我会去向院方争取。如果他们不想让艾滋病人的事传扬出去，就应该协助朱莉火速离开这个国家，最好给她订个商务舱。

　　当我再度在护士更衣室找到朱莉时，她正在慢慢滑向深渊。对一个才 20 多岁的年轻姑娘来说，这次意外就像是判了死刑。在 1987 年，没人能说清因为针刺伤患上典型艾滋病的风险有多大。我们只知道，要过去很长一段时间之后——几个月甚至几年——她才会清楚自己安全与否。而在此期间，每个人都会像嫌弃麻风病人一样嫌弃她，完全不与她接触。没有人会和她共用毛巾，更不用说亲吻、做爱了。我觉得这一切都是我的责任。病人是我的病人，也是我请她来做洗手护士的。最差劲的是，把那该死的针尖朝上放的人，还是我。真希望时光可以倒流。

　　我不想让这姑娘独自回房间，都没个人说话。她需要喝一杯，我也是。在这里唯一能找到非法酒精的地方就是医生公寓，于是我决定在天黑之后把朱莉偷偷带回我的房间。当我向她解释她需要 AZT，而沙特阿拉伯没有时，她把身子蜷成一团，一句话都不说。她原本在悉尼的圣文森特医院工作，共事过的几位心外科医生我也认识，于是我决定在去机场的路上给他们打电话。他们会照顾好她的。我们会帮她安排机票，她要做的就是收拾好行李。从今往后，HIV 感染会像达摩克利斯之剑一般悬在她头顶，未来她还会再来沙特吗？我想可能不会了。这可怜的孩子，早晨来上班时还活力充沛，只因为在圆凳上一个摇晃，就要面临一生的忐忑。

在当时，刚出版的美国治疗方案建议感染者在服用最初四周的抗病毒药物后，还要再接受六个月的连续 HIV 检测。此外还有"辅导"（counselling），天知道那是什么意思。在这六个月里，朱莉可能是 HIV 阳性，也可能是阴性，而对结果的等待会占据她清醒的每一个小时。就这样，那一夜，我和朱莉凭着一瓶酒安顿了下来，我做了我对病人一向会做的事：跟她说感染的风险很低，明天早晨她就会好受一些。更何况她很快就要坐商务舱回家了。我心想，这也实在算不上什么安慰，而且要是被人发现她和我共处一室，我们两个都会坐牢——或者更糟。

在之后的几年里，我都尽力和朱莉保持联系。悉尼的抗病毒治疗使她一连几周都非常难受，她原本的快乐生活和开朗性格也被自我孤立和抑郁取代。她再也不想看到手术室里面的样子了。她开始大量饮酒，逃避人际关系，钱用完时只能去商店偷窃。虽然她始终没有检测出 HIV 阳性，但那次针刺以及对艾滋病的恐惧几乎摧毁了她。还好，没有真的摧毁。

十年后，我在墨尔本的一次会议上和她不期而遇，她在那里当了心衰护士。她在医院的项目公告上看见了我的名字，就特别想来告诉我，她的生活已重新开始。这是一次充满感情的重逢，因为我始终没能原谅自己用那根锋利的钢针犯下的无心之过。我们开了一瓶上好的血红色澳洲梅洛酒。我讲了牛津的"刺刀护士"，她哈哈大笑。回想起那个可怕的夜晚，那瓶糟糕的吉达"果汁"和那只血淋淋的手，和现在比简直天壤之别。

那次手术后才几个月，菲利普就因为艾滋病死了。在英国，有许多血友病人因为血液制品而接触了 HIV 病毒，其中有 1056 人检出 HIV 阳性，31 人发展成了典型艾滋病，23 人死亡。要不是因为血液制品行业和同性恋群体反对美国疾控中心（CDC）在 1982 年搜集的证据，许多事情原本是可以避免的。那次事故之后，我继续坚持让牛津的所有心外手术病人都接受肝炎和 HIV 检测，想将这定为常例。这个建议很快就碰了壁。我们在平素的工作中都会开展大量的血液检测，但检测那些危险的病毒却必须有病人的明确同意。为什么呢？因为有些病人携带的可能威胁生命的疾病，与他们的个人习惯有关，而人们觉得这些习惯是不能让别人知道的。看来我手术室里的同事真是一点权利也没有。

我并不想歧视或拒诊血清检测为阳性的患者，但我希望像朱莉这样的一线医护能有机会保护自己，或干脆可以自行选择是否参与一台手术。在我看来，对每一个我们会接触他血液的人都开展检测，非常正当，我始终坚持这个观点。在我看来，得到保护的手术团队可以造福所有患者，所以，如果我们的体制还不准备对病人开展常规检测，那么我也不会同意他们每年检测我有没有肝炎。这在我和医务主任之间引发了一场争吵，他只关心医院的政策和那些混蛋规章制度，唯独不在乎我这支团队的福利。

　　还有全国医学总会的官老爷们，他们坐在安全的办公桌后面宣称："仅仅为了医疗工作者的福利就对患者开展血清检测不符合法律要求。"但如果那些天天浴血奋战的护士或灌注师无意间从一个未经血清检测的阳性个体那里感染了肝炎或艾滋病，他们就有可能将病毒再传给别人——配偶、子女，甚至别的病人。让我们对自己面临的风险蒙在鼓里，没有任何好处。因此我威胁说，要拒诊各类血清较有可能为阳性的病人，并宣称此举是为了公众利益着想。大家都知道我是什么意思，但是不用说，这个威胁没有效果，相当于在牛津辩论会上耍耍嘴皮子。与此同时，HIV引起的恐慌仍在散播。那些每天接触血液、锐器和复杂设备的人必须得到保护。

　　这些年来，我还是给不少HIV阳性的病人做了手术，从不穿太空服那样的防护服或戴双层手套。我感觉自己必须让一切都尽量维持常态，因为人一旦变得紧张激动就容易出错。据世界卫生组织估计，仅仅在 2000 年一年，针刺伤就在医务人员中造成了数万例感染，其中有 66000 例乙肝、16000 例丙肝和 1000 例 HIV。携带乙肝病毒的针，有 10% 最终感染了被刺伤者，而丙肝的感染风险不到 2%，HIV 只有 0.3%。尽管如此，终末期艾滋病患者的血液具有极强的传染性。所以朱莉算幸运的。艾滋病的抗病毒治疗和预后在过去 25 年取得了长足进步，但对那些被针刺伤的人来说，刺伤后的预防仍是一套麻烦、忐忑和不愉快的过程。我虽然在职业生涯中被针刺伤了几百回，但终究还是"安全"退休了。"刺刀护士阿伊琳"还在高级护士长的位置上奋战着。

直到 2018 年 10 月，官方才对媒体口中的"国民保健服务史上最严重医疗灾难"展开调查。调查程序始于被 HIV 和肝炎感染的人提供的证词。在法庭上播放的一段录像中，一名男子讲述了自己在 43 岁那年发现了自己在童年时就感染了丙肝，那时他膝盖肿胀，被误诊为血友病，随后被注射了一剂受污染的血液制品。这个发现让他感觉自己的人生整个毁了。还有一名女子说她从先夫那里感染了艾滋病，而丈夫生前是血友病患者。"有人不让我们发声，我们只好沉默。"她如是说。还有多达 3 万名患者因为简单的输血而受了感染。他们接受的全血或血液制品来自美国的 10 万名有偿捐献者，其中有许多都来自监狱服刑人员或是高风险群体。

为什么会发生这样的事？因为 NHS 很难满足病人的治疗

需求——又是一个资源不足的问题。这就造成了在 20 多年间，有大约 5000 名血友病及其他出血性疾病的患者受到感染，其中有半数最终死去。英国政府的法律团队也承认"显然是本来不该发生的事发生了"。资深律师埃莉诺·格雷（Eleanor Gray）曾代表英格兰卫生和社会保障部表示："我们很抱歉，这些事原本不该发生。"这话还是去对菲利普的母亲说吧，还有对澳大利亚的朱莉，或者对我以及成千上万名因隐瞒的丑闻而依旧面临感染风险的 NHS 下属医护去说吧。

第八章

压 力

从外科手术的角度来看，给那些小心脏上有先天缺陷的幼儿动刀，技术上要比给成人做手术难得多。为此我们必须勤加磨炼那条从大脑皮层经脑干连到指尖的神经轴。我们的共情按钮也一定要拨到"关闭"位置——即便只是暂时的。我们都会受焦虑的感染，别人的恐惧会传入自己心中。肢体语言、摇摆不定的措辞和公开表露的情绪都是这个过程的一部分，特别是当我们和父母谈论他们孩子的手术时。

为保持客观，小儿外科医生需要在心中竖起一道无形的砖墙，好挡开那些痛苦、恐惧和慌张的气氛。这不应该看作冷血麻木或者精神病态，不是这样的。简单地说，抵挡别人身上散发的情绪造成的压力，是一种后天习得的防御机制，没有它我们就做不了这份工作。给别人的孩子动手术是一份特殊的责任。

根据剑桥大学的一项新近研究，人是通过教养和环境习得共情的。剑桥的几位心理学家分析了46000人的基因，并要他们回答一份问卷，以此揭示其共情水平。他们发现，人是否有同情心、是否能对别人的感受做出适当的回应，其中的差异只有10%是基于遗传的。女性也比男性更具共情能力。鉴于共情是一种习得的性格特质，这大体可以解释医生和士兵为何能学会在必要的时候回避共情。我的母亲有很强的共情，但我却学会了在给儿童做手术时消除她的DNA对我的影响。但这显然不是个一成不变的现象。压力缓和后，共情仍会恢复。另外，在工作中和在家中，共情也不相同。在家里，我无时无刻不在关心自己的孩子，尤其是当我的儿子马克成为一名好胜的橄榄球员，还和我一样愚蠢地超速驾驶之后。

你或许已经猜到，要在牛津创立一个小儿心脏外科项目，要做的工作远不止做手术这么简单。因为跟柯克林和帕西菲科学习过治疗先天性心脏问题的手术，又在伦敦的大奥蒙德街医院*实习过一阵，我对筹建这个项目颇有信心。我最大的快乐就是看着一个病弱的蓝婴被惊恐的父母送来医院，待到出院时已经变得粉粉的，家人也欢天喜地——妈妈爸爸、爷爷奶奶、外公外婆、兄弟姐妹，所有人都卸下了令人崩溃的重担，也都不会忘记我这位外科医生为他们做过什么。这就是我前进的动力。

无论在时间、精力还是情感上，这都是一份巨大的投入，

---

* 大奥蒙德街医院是英国最早开展小儿心脏移植手术的机构。

但也给了我强烈的满足感。我的身后有一群全情奉献的小儿心内科专家、麻醉医师和重症监护医师帮我分担压力。从自私的角度来说，这个小儿心外科项目也给牛津更添了一些声誉——这是我们的竞争对手剑桥帕普沃斯中心没有的，他们那个一流的心脏移植项目也因此有些失色了。

因为是从零开始，我们的小儿心脏病项目迄今还是全英国最小的一个，但外界的善意和巨额善款仍使我们建立了优秀的牛津儿科医院。我们有着世界级的产科、新生儿重症监护以及其他小儿外科专业，开展安全的心外科手术所需的关键基础设施一应俱全。

岁月也终于软化了我对职业生涯的看法。不久前，我正准备在遭洪水淹没的休斯顿举办一场演讲，当时毁灭性的 2017 年飓风刚刚过去一周，我最后一次给儿童做手术也是很久之前的事了。正当我在仔细查看秘书苏为我打印出的幻灯片时，我发现了一个她没有提到过的信封，它跟着我从英国一路来到了得州心脏研究所。打开信封，信上写道：

敬爱的韦斯塔比大夫：

希望您一切都好！我叫卡拉，您在 17 年前给我做过手术，当时我 10 岁。我必须承认，直到近两年，我才开始明白"罗斯术式"在当年是何等困难和具开创性，而我能像当年那样康复又是何等幸运。我现在 26 岁了，刚在澳大利亚修得了心理学学士学位。最近一次去看心内科医生时，他说我的健康状况已经可以生小孩，在可以预见的将来也大体不需要再动手术了。我明白，这个理想的结果在我当年做第一、第二次手术时还遥不可及，因此我从心底真诚地感谢您，谢谢您给了我体验人生的机会。我即将带着爱人来游览英国，带他参观我童年时的重要场所。因为您和约翰·拉德克利夫医院在我的清单上排第一位，我想我一定得去拜访一下您。

热爱您的，

卡拉·某某

但我当时不在医院，就再也没机会见到长大后的卡拉了。苏收下了这封信，把它偷偷塞进了我为这次出差准备的文件里。信上没有联络地址，因此我无法告诉卡拉我是多么感激她的来信。要是以前，我完全不会挂念这种事：不过是又一封感谢信罢了，不过是自己在过去的某一天又给某个小孩儿做了一场复杂的再次手术罢了。我那时还不会把自己代入她的处境思考，也不会担心她那对惊骇的父母——他们多半觉得这第三次冒险会是女儿今生最后一次了。我在手术前和他们见面了吗？还是在前一天晚上才飞过去，然后一早给她搞了心脏"疏通"？在那些日子里，我喜欢默默无闻地操练技术，把说话的工作都交给别人。现在时过境迁，我对自己没能和她见上一面感到极其失望。想到她将要成为母亲的前景，我产生了一种奇怪的保护欲，真诚地希望她的孩子不要继承那种曾令她饱受折磨的疾病。

卡拉天生就有左心室流出道梗阻，主动脉瓣也比正常尺寸小很多。因此，她的心肌很糟糕地变得极厚，必须超负荷收缩才能将让血液在她小小的身体内循环。她妈妈很快意识到了不对劲：对于她，吃奶不是一种享受，而是一番挣扎。开始吮吸时她很热情，但很快就开始气喘吁吁，然后号哭起来。几个医生都说卡拉"无法茁壮成长了"。她成了一个憔悴可怜的婴儿，全没有婴儿应有的那种圆滚滚、乐呵呵的样子。

当终于有人花心思在她起伏的胸腔上听诊时，里面传出了明显的杂音，那是胸骨后面发出的刺耳声响，是卖力的小心室在把血液挤过一个小孔。因为只有一只听诊器，她的全科医师不知该如何诊断：大概是她的心脏上有一个本不该有的小孔？不幸的是，情况并非如此。那个小孔是该有的，但应该比现在大得多，里面还应该长着一层带三个瓣尖的主动脉瓣。瘦弱的卡拉是一个应该入院的病人，这时你不能只是拍拍她的脑袋，居高临下地告诉她母亲说一切都会好的。因为并不会。置之不理的话，她很快就会有生命危险。

卡拉是我那位才华横溢的小儿心内科同事尼尔·威尔逊（Neil Wilson）作为紧急情况转诊过来的。他只花了五分钟，就用超声探头做出了诊断：重症主动脉瓣狭窄和疑似左心发育不全综合征。简单地说，就是她的主动脉瓣绷得太紧，左心室又长得太小太厚。作为首选疗法，威尔逊想要我切开她那片僵硬的增厚瓣膜，我们称之为"主动脉瓣切开术"。这应该能改善她的心衰症状，促进左心室的成长。

于是，我当天就把小卡拉带进了手术室，在那一大片闪着亮光的黑色乙烯基手术台上，几乎都看不到她那瘦小苍白的身体。我们用蓝色的亚麻手术巾盖住她的身子，只露出胸骨部分，并用塑料贴固定四周。手术巾下，那一根根消瘦的肋骨随同呼吸机上下起伏。她的皮肤和胸骨之间几乎已经没有脂肪，甚至比出生时还少。我用刀刃一划就划开了几层组织，锋利的剪刀轻松就将她的胸骨剪成了两爿，根本用不到骨锯。我用电刀凝住涌出的骨髓，然后放入了最小号的金属牵开器。

在婴儿体内，肉嘟嘟的黄色胸腺覆盖了心包正面的一大部分。我们摘除胸腺，划开反光的灰色心包膜，看见了里面那颗挣扎的心脏。划开一个婴儿的心包就像拆开一盒惊喜生日礼物。我们从超声心动图中可以预判里面的情况，但这并不会使划开心包的那一刻显得乏味，就好比是通过伍德斯托克门进入我家附近的布伦海姆宫——这条路线我已经走了无数次，但每次还是能体会到惊人的冲击。每个婴儿的心脏都不相同，在某个方面独一无二，它们从来不教人失望，反而常常令人生畏。卡拉这副小小的主动脉和左心室就是如此，它们就像超声心动图上看到的那样发育不全。这根主动脉太小，只能插进最细的灌注插管。还有那片狭窄的瓣膜，三个瓣尖全都长在了一起，只在中间留出一个小孔，我们得把它开大点才行。她能否继续存活，就在此一举。

新生儿的心脏手术没有一个环节是简单的。眼下，心肺转流回路中的预充液比这孩子自身的血液还要多，这就给我们提出了几道难题：这会在多大程度上稀释她的血液？她到底需要多大的流量，温度要控制在多高？而要止住一颗核桃大小的厚实心脏，需要注入多少停搏液？

外科医生并非单枪匹马地工作，但如果还得去随时指导助手该做什么，就无法专注于手头的技术细节了。有一支稳定而默契的手术团队是莫大的幸福。每次手术都得是同一拨人，这就是美国模式。团队成员都必须是受你的信任、能出色地完成工作的那种，而不是每次都换一副生面孔，谁有空谁上。我所仰仗的就是一群充满热情的国际学员，他们个个都是专业人士，而且迫切想参与每一例手术，因为他们想要学习。我被这群来自美国、澳洲、日本和南非的顶尖人才围绕着——但其实来自哪里不打紧，重要的是勤奋好学。那种牢骚满腹的高级主治医，我是肯定不想要的。他们只是刚好轮转到我的手术室帮忙，心里巴不得早点下班，只要欧洲式的工作时间一过就会打卡走人。只想着积攒调休的人是无法成为优秀外科医生的。

我用一只夹钳将灌注插管与狭窄主动脉的狭窄根部分开，然后横切一刀，小心避开瓣膜上方两根主冠状动脉的开口。如果弄坏了小婴儿的一根主冠状动脉，那就完了——届时冠脉血流量会清零，心肌不再收缩，循环就此停止。这一步绝对没有任何出错的余地。正常婴儿的主动脉瓣有三个接近透明的瓣尖，先天性主动脉瓣狭窄的婴儿则往往只有两个长在一起的厚厚瓣尖。而卡拉只有一坨硬梆梆的瓣尖，形成了一片罕见的火山形状瓣膜，中间只有一个很小的开口。我惊讶于她居然没有在出生时就死掉，她那块厚厚的左心室肌肉本来极有可能在分娩时的代谢紊乱中发生纤颤。

眼下我得切割进去，开一个尽可能大的口子。这一步需要精准估算。我是应该切出三个瓣尖，切成一片正常的主动脉瓣那样，还是只切出两个瓣尖，让它像鸟喙那样开合？鉴于这团厚厚的胶原蛋白已经严重畸形，我决定采取后一种方案。我在审慎判断之后切了两刀，从小孔一直切到瓣环的圆周边，成了。这下整片瓣膜像海雀喙那样张开了，虽然仍旧又厚又硬。我知道我们后面还是要返回来对它再做修正，但这第一步已经足以改善身体血流，促进左心室成长了。

我拿掉了交叉固定钳，她的心脏在一阵室颤中挣扎蠕动起来。接着它突然自行停下了，一动不动地躺在了纤维心包里。这没问题，心肺机正不断将血液泵入卡拉的小身躯，我知道她的心脏一定能再跳起来。我用钳子尖捅了捅空空的右心室，它的反应只是收缩了一下，好像在说：快滚，我还想再歇歇呢。我很想尽快开始清单上的下一例手术，于是又戳了戳它，并盼咐给它安上起搏电线。心脏也听见了我的吩咐，它不想受电击，宁愿自己跳。监护器上动脉描记线跳动起来，显示它开始射出一些血液，但这时心脏内部仍是空的。我告诉灌注师给一些血进去，于是动脉描记线跳得更强烈了。阻塞疏通后，这颗心脏看起来快活了不少，于是我们让卡拉脱离了心肺机。

* * *

　　我没有料到的是，卡拉的主动脉瓣切开术竟是当天最容易的一台手术。接下来的这个孩子只有两天大，他的主动脉只有通往头部和右臂的分支，然后就中断了，我们称这种情况为"主动脉弓中断"。除此之外，他心脏两个的"增压室"之间还有一处大大的室间隔缺损。除非动脉导管，这个连接肺动脉和中断的远端主动脉间的临时天然通路，在出生后仍旧保持开口状态，有这种疾病的患儿才有可能活下来。但即使那样，孩子也只有上半身能得到富氧血并呈粉红色，下半身会因为只能得到肺动脉的缺氧血而呈蓝色，就像是穿上了一身小丑服。

　　如果动脉导管在出生后立即闭合（正常情况下本该如此），孩子就会整个下半身严重血流不足，并因此而死。只有输入激素，诱使导管认为孩子还在子宫里，才能让他活下来。我的工作就是先切开细小的升主动脉和降主动脉，将它们连通，再确保所有会自动闭合的动脉导管组织都被移除。这些管道的尺寸大约相当于孩子用的饮料吸管，所以这台手术是说起来容易做起来难。唯一的办法是将婴儿的体温降到 18 摄氏度，完全停止血液循环。

用心肺机降温需要约 30 分钟，趁着这个时间，我开始用涤纶补片修复心脏上的缺口，这就像是给衬衫缝扣子，但是要在一只顶针内部操作。就他这根中断的主动脉而言，它的两端之间总还颇有一段距离。其远心端位于胸腔后部，还有多条分支通向胸壁。我必须小心地将它分离下来，再向前拉，而与此同时又一定不能割断太多分支，不然会破坏供应脊椎的血流。

大量的技术考量使这台手术变得相当复杂，而操作期间，脑和心肌都没有供血。这是在和时间赛跑。一俟重建主动脉完毕，我们立即重启了心肺机，使婴儿的体温回复至 37 度。这时，麻烦来了。胸腔的黑暗深处开始涌出血液，势头倒不猛烈，但就是出个不停。

复温一般也要持续 30 分钟左右，我通常会在这段时间请助手暂时顶替一下，自己到外面清一清我那上了年纪的膀胱。可是这次我走不开了。我必须找到那个麻烦的出血点，止住流血。要做到这一点并不容易，因为出血的地方很靠后，就靠着脊椎。最终我还是在胸壁上找到了那根出血的动脉，原来是一只小小的钛夹脱落了。到这时，因为很难让心脏重新跳动起来，我们已经把心肺机开开关关了好几次。现在它还在顽固地抵抗着，跳是跳了，但不泵血。在三次尝试脱离心肺机却失败后，我想这孩子怕是活不成了。

那时，有高达 1/5 的孩子挺不过手术。那么我是不是应该干脆放弃，回家？现在已经是晚上 6 点，别人可都在给工作收尾了。但我要是也结束这一天，这孩子的生命就也结束了——那对可怜父母的全部世界也将随之结束。所以我们要继续战斗。使用支持性药物或是继续使用心肺机，都没有使这颗心变得强壮。左心室周长的 1/5 已经由涤纶补片构成，不用说，它不会收缩。再加上供血缺失造成的反复心肌顿抑，形势对我们相当不利。如果不采取机械辅助循环，死亡将不可避免。

当时只有一种辅助循环装置适合幼儿使用："柏林之心"（Berlin Heart）。那是一套由空气驱动的外置泵送系统，我曾用它维持过一个心肌疾病男患儿的生命，直到我们在牛津给他做了心脏移植。那一次，是我用自己的研究经费，支付了这部装置和用里尔喷气机把它从德国送来的费用。国民保健服务可不会为此类设备买单，所以这次我没有这样的装置来挽救手术台上垂危的婴儿了。

我倒是有一台成人用的循环辅助系统，是有人从美国寄来给我们测试用的。这台"莱维创尼斯"（Levitronix）离心泵是对方免费捐赠的五台中的最后一台，前四台都各拯救了一位本会死亡的休克病人。我能把这套用于成人的系统调整后用于新生儿吗？显然这样的事之前没人干过，我们没有可将它用于儿童的监管批准，此外，还有几个令人担忧的技术难题需要克服。

和心肺机一样，这套莱维创尼斯回路的液体容量超过了一名儿童全身的血液，因此我们必须在它的管道中注入额外的血液，以避免过分稀释。其次，这台离心泵正常运转时每分钟输送 5—7 升血流，这对一个 70 公斤的成年男子来说都绰绰有余，对于一个才 1.7 公斤的婴儿，可就太多了。我们必须大大降低其流速，同时提高抗凝血剂的含量，防止血液凝结成块；这样做的坏处是会增加胸腔和脑内出血的风险。最后一点，小儿 ICU 的护士没有使用这部装置的经验，我必须另召一支成人护理团队来帮忙。

每当我像这样突破常规行事，总有人向管理层投诉，让我面临"卷铺盖"的威胁。这会影响我的思路吗？不会。我们的 NHS 光知道公布外科医生经手病患的死亡率，却不能提供挽救生命所必需的设备。这种做派，有什么道德可言？我的灌注团队已经准备好迎接挑战，因为谁也不想看到一台漫长手术的结果是一具蜡白的死婴被冲洗干净、塞进裹尸袋，护士们更不想留下来处理尸体，而那些锱铢必较的人却早已去了酒吧，庆祝自己又节省了一笔开支。

为了连接莱维创尼斯回路，我干脆不去动那根小小的主动脉灌注插管，而把静脉引流管从右心房换到了左心房。在最后一次尝试停止体外循环惨遭失败后，我们关掉了心肺机，紧接着我就开始调整离心泵。婴儿在生死之间徘徊了一分钟，两分钟，然后是三分钟。他体温正常，却无血流，要是这个状态拖得再久一些，他的脑子就会受到不可逆转的损伤。

不到四分钟，我们就连好了循环辅助系统，并打开离心转子，它开始以每分钟 1 升的速度给婴儿供血。孩子还活着，虽然血压很低，也无脉搏。不同于有脉动的柏林之心，这部莱维创尼斯泵提供的是持续血流。在 ICU 里照看没有脉搏的患者可是挺累人的，有很多困难，好在我的成人辅助循环团队的护士们已经在回医院的路上了。当我们在一堆管子上面关闭小小的胸腔时，我其实并不真的指望能赢下这场战役，许多地方都可能出错。但我心里觉得，一线生机都值得努力争取。如果不这么做，我就只能去到昏暗的家属室，同丧子的父母展开无休止的痛苦对话，并竭力向他们传达我自己也不太理解的状况。我曾经有过几次这样的经历，通常都是在代内心不够强大、无法亲自面对这种场面的老板出面。

我和护士们一起在小病床边坐下，望着太阳西沉，直到深夜。我身边的这些人，没有一个今晚"当值"。我们只是在为这一家人尽最大的努力，顺便听听常有的废话。曾经有人问我："给一个婴儿用这台泵真的合适吗？"我是这么回答的："你是更希望这孩子躺去太平间吗？如果是，那你入错行了。"心里还加了一句："吃屎去吧你。"但这句话我不会说出来。现在卡拉正睡在隔壁病房的小床上，她焦急的父母一人一边握着她的两只小手。她还没有从麻醉剂营造的乐园中醒来，但恢复得很好。

在使用莱维创尼斯系统辅助循环三天后，男孩的那颗小心脏才恢复了过来。确认了它已经变得足够强壮之后，我们立即把他带回手术室，取出了那些吓人的机械装置。又过了两周，他就跟着快乐的父母出院了。要是没有美国公司最后那件赠品，结果就不会是快乐地回家，而是一场葬礼。我们的医疗竟要靠慈善来维系。

* * *

我之所以记得卡拉出院的那天，是出于一个奇怪的原因：那一天，我给同一家的三个兄弟姐妹都修补了房间隔缺损。为什么记得这个？因为他们的母亲一想到孩子们要动手术就抓狂，怎么也决定不了谁先谁后。为减轻她的痛苦，小儿重症监护团队决定在同一天收治这三个孩子，并增派护士人手来帮忙。

再次见到卡拉，是四年之后了。在这四年里，威尔逊大夫始终在密切观察她，每半年就给她做一次超声心动图。起初她恢复得很好。心衰消失了，进食也得到了极大改善。她长成了一个活泼的幼儿，她的左心室也在不断成长。可是渐渐地，进步开始变得缓慢。胸骨正后方的杂音复又响起，声音还更大了，超声图像也显示她的心肌进一步增厚，主动脉瓣变得僵硬狭窄。诊所里人人都拉长了脸，看来是时候再做一次手术了。威尔逊认定低创的球囊扩张术效果不大，于是我把她又带回了手术室，想在她上学前尽我所能给她最好的治疗。

待我暴露了她的主动脉瓣，我发现它确实长大了一些，但中间的口子再次变紧了。和上次一样，我操着一把锋利的手术刀，从中间的窄口向外切，解放了两个变厚的瓣尖。在这片瓣膜后面，她的心肌变得很厚，阻碍了血流，于是我在心肌上挖出一条通道，以此提升心室的流出血量。样子是好看些了，但这并没有给我多少乐观的理由，我记得自己当时想：这样也只能再多撑两年而已。卡拉很快从手术中恢复，开开心心、蹦蹦跳跳地出了院，但是她的父母知道她还会回来的。她天生就带了一套自毁装置，下一次就别无他法了，只能置换瓣膜。

目前还没有一款人工瓣膜小到可以用在幼童身上。但还有一种瓣膜置换术我们可以一试，但这种手术的过程复杂得令人生畏，少有外科医生敢于尝试。我是从它的首创者，我在国家心脏病医院的前老板唐纳德·罗斯（Donald Ross）那里学到这门技术的。罗斯提出了一个巧妙的想法：切下病人的肺动脉瓣，将它移植到主动脉位置上，再用从死亡捐献者身上取下的肺动脉瓣，替换掉位于病人的心脏血压较低那一侧的肺动脉瓣。这种术式在成人身上效果很好，但即使罗斯本人，也从未在一个幼儿身上尝试过它。

在从罗斯那里了解完手术的步骤和陷阱后，我于1995年首次在一名婴儿身上开展了这项手术。病人是个男孩，经紧急剖宫产手术出生，随即就被发现有心脏杂音。出生才几个小时，他那间挣扎的左心室就发生了衰竭，身体也因血流过低而变成蓝色。所以我赶忙把他又带回手术室，对他做了我对卡拉所做的事：连上心肺机，切开主动脉瓣疏解梗阻。和当时的卡拉一样，他也才一天大。第二天，超声图像显示他的血流有所改善。在 ICU 待了几天后，他和父母被放回了家。

然而六周之后，他的主动脉瓣却变得前所未有的紧绷，左心室的收缩也变得很差。我们要是什么都做不了，这男孩一定会死。形势如此紧迫，我决定迎难而上，放手一试罗斯先生的术式，虽然他本人多半会觉得我疯了，居然敢在这么小的一颗心脏上尝试。决心已定，接下来的问题就是去搞备用零件——我在解剖室找到了一片婴儿的肺动脉瓣。

我们不知道他自己的肺动脉瓣能否在新位置上继续生长，但我们知道那个死婴供体的肺动脉瓣肯定长不起来。我需要一片大点的，但不可能有一排死婴任我们挑选。我们很走运，最终从一名 3 岁的车祸遇难者那里得到了一片瓣膜——那对可怜的父母非常痛苦，但得知死去的孩子挽救了另一个婴儿的生命，他们又感到了些许安慰。这片瓣膜总有一天也会用坏的，但它至少可以帮男孩撑到青春期。

这个病例从一开始就令人胆战心惊。男孩的左心室糟透了，他那僵硬的小小肺部全都泡在稻草色的液体里。心包里的心衰液更多，我刚在上面开出一个口子，液体就喷射了出来。他的主动脉特别狭窄，连最细的灌注插管都差点把它堵死。我第一次尝试插管时完全没对准那细小的切口，搞得我们几个都溅到了血。第二次插进去了，我于是给孩子连上心肺机，并用冰冷的心脏停搏液止住了他的心跳。接下来就是本书中最令人紧张的心脏手术了！它的施展空间极小，而且史无前例。不过这毕竟仍是罗斯术式，而非我的发明。

我在灌注插管下方切断主动脉，开始移动几个关键的冠状动脉纽扣——一个个比大头针帽还小。它们待会儿必须被重新植入婴儿自己那块疲软的肺动脉瓣自体移植物里，不能扭结，也不能拉紧。生死就取决于此。手术室里没放音乐，也没人开不必要的口。我的麻醉医师搭档迈克·辛克莱不时从手术巾上方探过头来，问我进展如何。我总是不假思索地回答："很慢，真他妈难。"难归难，我们还是在拼命与时间赛跑。因为体外循环的时间越长，心肌缺血的阶段越久，病人死亡的风险就越大。

令我肾上腺素飙升的一个步骤，是从室间隔上挖出肺动脉瓣的根部，而挨着这里的就是左冠状动脉的一根重要分支。这需要我操起寒光闪闪的手术刀，做精准的一剜，而距下刀处不到一毫米的肌肉下面就埋着一条重要的血管——这有点像在墙上打洞挂画，同时要努力避开就埋在石膏面下的一根高压电线。我大概知道那根血管的位置，但不敢百分之百确定。我第一次在成人身上做罗斯手术时，病人差点没保住。那是一位有两名幼子的年轻母亲，我当时缝针缝错了地方，堵住了那根隐藏的冠状动脉。要是她当时死了（她本可以用更低的风险接受一次简单的瓣膜置换），我决不会再次尝试罗斯手术。

强烈的苦恼之后常是狂喜，至少这个病例是这样的。我扩大了左心室的流出道，更换了瓣膜，最后将细小的冠状动脉起端重新植回新的主动脉根部。接着，我用供体瓣膜补好了切除肺动脉瓣根部后留下的缺口。宛如魔法！我们在合理的时间范围内成功完成了手术。更棒的是，这两片新的瓣膜没有渗漏。虽然身为外科医生，但是当我们松开钳子，任由血液流回心脏时，我感觉自己更像一位刚在杰作上完成最后一笔的画家。重塑心脏的整个流出道是一场发现之旅。罗斯曾经预言，病人自己的肺动脉瓣会在血流中保持活性，并有望随孩子的成长不断生长。现在我们可以去验证这一点了。对于婴儿所患的致命主动脉瓣狭窄，这最终会是解决之道吗？

罗斯手术是唯一一种我每次做都会提心吊胆的手术，原因也不难理解。实际上，许多别的外科医生都觉得和成人的主动脉瓣置换术相比，它实在太过惊心动魄——前者简单直接，风险也低，只需直接植入一片商业生产的现成人工瓣膜即可。还有的医生偶尔尝试了一次罗斯手术，就犯下了致命的错误。但是对幼儿来说，除了罗斯手术之外就只有一个方案，那就是使用死者捐献的主动脉瓣。问题在于，这样的瓣膜不会随着孩子一起成长，它会吸收钙质，不久就会变成一段白垩管道。在少数情况下，我也曾选择放弃罗斯手术，在孩子身上使用同种异体移植瓣膜。但做出这样的选择后，我往往会感到后悔。

卡拉在 10 岁那年回到了医院。在学校里，她无法和其他孩子一起奔跑玩耍，光是步行穿过操场就使她气喘吁吁、惊恐发作，感觉像是要被人掐死了。继而，她一对什么事感到兴奋，胸口就会出现压迫性疼痛。她的生活变得越来越悲惨，父母每每想到第三次手术，也都会被焦虑吞噬。复杂的再次手术总是充满不确定性，我们每次也都觉得自己可能会终结一条年幼的生命，虽然这在现实中很少发生。不过随着年龄的增长，以及召集一支默契的团队变得越发困难，我对相应风险的体会也越来越深了。

我们会在多学科团队会议上讨论每一个病例，而后才定下决策。这时的尼尔·威尔逊已经成了英国用球囊扩张术治疗儿童瓣膜狭窄的重要人物。他能把一根顶端装了气囊的插管插进患儿的下肢动脉，然后在 X 光的引导下逆流伸进主动脉，接着再给这个乳胶气囊施加高压，让它撑开梗阻的瓣叶。这个办法有希望让融合的瓣尖沿合理的分界线打开，但并非总能奏效。有时瓣膜会在错误的方向上撕开，导致严重渗漏。不过威尔逊在这项插管技术上艺高人胆大，像卡拉这种情况，他在孩子还在子宫里时就敢给他们扩张瓣膜。真是够吓人的。

这次的会议由心内科专家主导，因此我期盼它能提议为卡拉尝试球囊瓣膜切开术，但我没能如愿。当时 MRI 技术刚刚问世，它绘出了卡拉那片厚实、粗糙而僵硬的主动脉瓣，图像精细，看得人很是沮丧。如果只是为了"试试看"就再对她做一次全身麻醉，那毫无意义。当时我已经在《心脏》（*Heart*）期刊上发表了第一例婴儿罗斯手术，与会众人想让我在卡拉身上开展这种手术，不要再一味地进行权宜治疗。

还有别的办法吗？虽然卡拉的体格小于同龄人，但我们或许可以摘除她的主动脉瓣，将心室的流出道再开大一些，然后再植入最小的那款机械心脏瓣膜，这样的手术或许要简单得多——如果第三次手术可以称得上"简单"的话。但如果我们选择这个方案，她就必须终身服用抗凝血药华法林，而且用不了几年就得再换更大的机械瓣膜。不仅如此，将来的她虽然仍能怀孕，但以她的这些情况，那将是一场噩梦。

在对手术方案进行了小组讨论之后，威尔逊直接说了实话："机械瓣膜会使她终身面临中风和抗凝血剂相关的出血风险。这是懦夫的治疗方案。你既然描述了针对儿童的罗斯手术是怎么做的，那就放手一试吧。"

于是我们就试了——好在过程顺利。我们在同种移植库里找到了一片成人捐献的肺动脉瓣，我希望它可以在卡拉体内无限期地发挥作用。这些年来，我们一直在对接受罗斯手术的儿童开展随访，我们发现，他们自己的肺动脉瓣确实会在新的位置正常成长。我们因此取得了一些奇迹般的长期成功。不仅如此，就连那些供体瓣膜也比我们预期的要耐久得多，因为它们的植入位置在心脏的右侧，那里的压力和应力都小得多。

最后，既然查询不到卡拉的下落，那么对于我在得州心脏研究所的那一摞文件中发现的来信，我就把回复写在这里吧：

亲爱的卡拉：

　　没能在你回到牛津的医院时见上一面，我感到万分遗憾。你一定觉得，在当年那三次过山车一般惊险的手术期间，你还不曾与我正式见面，但是请你明白，我对你已经相当熟悉了。我要告诉你的是，在那些艰难的日子里，我一直关心着你和你的父母。我们能证明罗斯术式如此成功，其中有你的功劳。唐纳德已经离开了我们，他如果还在的话，一定很乐意听听你的故事。我祝你怀孕顺利，多子多福，生活美满。我也希望有人能看到这封回信，并将内容说给你听。

祝你和家人安好，

教授

第九章

希 望

死神扛着他的长柄镰刀，不知疲倦地巡行在医院的走廊中，希望我把手术搞砸。有时我确实会搞砸，多数时候不会，但我从未不战而降地放弃任何一位病人。我的信条是温斯顿·丘吉尔在二战的黑暗岁月里对国民说的那句话："我们决不投降。"温斯顿的墓地就位于我在布伦海姆庄园绕圈慢跑路线的中点——或许应该叫"绕圈蹒跚"吧，我这把年纪已经跑不动了。经过那里时，我会坐在长凳上和他说一会儿话，那张长凳由波兰抵抗运动捐赠。墓碑前一年四季总有花束，常常能见到"希望永无穷尽"的留言。希望我是有的，我的病人们也有，他们所爱的人也有。在医院里，爱、希望和胜利是彼此陪伴的亲密盟友，失望和悲伤则险恶地潜伏在两侧——有时就在我的手术台下。这两种结果天差地别，其中的变数就在于技术、韧性和不懈的努力。如今，这"光荣三剑客"还继续存在于世吗？

那是一个寒冷凄凉的二月早晨，我刚做完一台主动脉瓣置换手术，正要让病人脱离心肺机。这时，一个金发女护士从手术室门口探进头来。要找我的是小儿心内科的主治医师，他问我能不能直接去一下小儿ICU，那里现在情况危急。我手头的病人已经恢复了有力的心跳，于是我让助手过来接替。我心中升起一种似曾相识的感觉，退后几步，脱下结满血痂的手套。

"要不是紧急情况，你们给我等着。"我只能说出这么一句。

我的主治医师手活儿可靠，但惨痛的教训告诉我，现在不是我离开的恰当时机。从这里到ICU只要走一条不到一百米的直线通道，途中会经过急诊部。那位信使现在一路小跑，动作迅速，看得出她心里相当紧张。等我走到病房门口时，她已经扶住了那道重门，里面的护士长一把拉开隔在家属等候室和内间密室之间的第二道摆门。她们的意思很清楚：我们要你快点来，你怎么磨蹭到现在？

病床四周拉起了绿色手术巾围成的帘子，但是透过帘子的缝隙还是可以看见里面急促的活动，那画面明显透出死亡的气息。有人大声说道："他来了。"但是谁也没抬头看。他们都在忙着抢救苏菲——一名消瘦的15岁少女，皮肤像死了一样苍白。麻醉医师、心内科医师和儿科医师，一群人正挤在她的身体周围。我的目光不由自主地投向了从心脏正上方扎入胸腔的那根粗针。一支大号针管正从里面抽出混合着大量血液的积液，再通过一个三通管把这些积液推进一只塑料袋里。目前抽出的积液已经达到半升，先前它们一直压迫着女孩的心室。麻醉医师正有节奏地挤压着一只黑色橡胶气囊，将氧气通过波纹塑料管送进从女孩喉头伸出的管道，再吹进她僵硬的肺部。我本能地望向心脏监护器的屏幕。她的心率是每分钟 130 下，太快太快了；血压只有正常值的一半，但这问题不大——偏低总比没有强。幸好女孩已经深度昏迷，对那根穿透她胸部的粗针毫无知觉。死神在试图将她带走，但抢救团队不肯放人。

她之前已经经历了几场小规模"冲突"，但真正的战斗这才开始。桌面上就放着摊开的棕色病历夹，里面的第一条记录是她最早被送去的区综合医院写的：

> 2 月 16 日周日晚 11 点。发热，颈部僵硬，头痛，肌肉痛。周六下午出现膝关节、肘关节疼痛。睡眠后未好转。当晚去爸爸家，测得体温 40 摄氏度。头痛加剧，开始呕吐，全身疼痛。昨卧床休息。今服 200 毫克布洛芬四粒，头痛又加剧，呕吐三次。目前颈部僵硬，四肢疼痛。心率 104。血压 95/50。诊断为病毒感染，已排除脑膜炎。瞳孔正常。

好像这还不够惨似的，她接着还强忍着接受了三次失败的腰椎穿刺，经手的都是初级医生。这样做是为了从椎管中提取脑脊液样本，就是这种液体包围着大脑。如果她得了脑膜炎，这种清澈的液体就会因为充斥白细胞而变得浑浊，最严重时会呈乳糜状，里面充满细菌。我在查令十字医院当住院医时曾做过许多例腰椎穿刺：用一根长针，这里戳戳那里刺刺，努力在患有关节炎的脊椎骨上找到一条狭缝。病人很讨厌这个，我也很讨厌，但最后我总能成功抽出脊液。病人的生死常常取决于此。但给苏菲做诊疗的那几个医生失败了，放弃了，这是不可原谅的。如果真是脑膜炎的话，她现在已经死了。他们换了一种做法：在她的手臂上插了根输液针给她补液，也抽出她的血液做培养，好看看血流中是否有细菌。

在之后的 12 个小时里，苏菲的病情危重起来。他们给她输了抗生素，但由于没有分离出细菌，这些治疗只是基于猜测，她的情况也越来越差。次日晚上，她的血压开始跌落，心率却攀升至 120。她被转到了区医院的冠心病监护病房，接着又被救护车转到了我们牛津的小儿 ICU。她出现了脓毒症休克，要用强力升压药才能将血压维持在 60 毫米汞柱以上。到了早晨，细菌学实验室报告她血液中的金黄色葡萄球菌大量增加——这种常见微生物在皮肤上有很多，而一旦进入血流却会极其危险。

就在这时，她的右手手背上出现了一块又热又痛的红肿，被重症监护医生诊断为脓毒性关节炎。当天晚上，一名 ICU 的主治医师给她做了紧急心脏超声检查，但认为并没有发现值得注意的情况。令人担忧的是，他们发现她体内的金黄色葡萄球菌对青霉素有耐药性，于是更换了抗生素治疗方案。苏菲开始变得气短，还出现了幻觉。紧急 X 光片显示她两侧胸腔都有围绕着肺部的毛边状阴影和积液。

第二天上午，几个整形外科医生决定从她感染的手背上抽出脓汁，他们认为那就是血液感染的源头。又或者是血液感染导致了脓毒性关节炎？这个已经说不清了，因为唯一一张及时拍下的 X 光片和那晚的"外行"超声，都没有拍到要点。由于她已经病得很重，这次手术只做了局部麻醉，这把可怜的苏菲搞得相当惨——说惨都算轻了。果然，从关节处抽出的液体中培养出了相同的金黄色葡萄球菌。阿彻大夫又给她做了一次心脏超声，结果显示心脏周围满是积液。她已经开始贫血，需要更多的静脉补液才能维持住血压，此外，她的体温也仍在上冲下落，就像一个紧张日子里的华尔街股市。

苏菲来到牛津一周之后，阿彻大夫在她的心脏里听见了新的杂音。超声心动图显示她的二尖瓣正在渗漏，心脏周围也出现了更多积液。随着回声密度增强，这些液体变得越来越像脓汁，她的贫血也变得极其严重，到了要输血的地步。她的那个焦虑的小家庭聚到了病床周围。虽然已经使用了大量抗生素，苏菲的病情依然危重。她的母亲菲奥娜和姐姐露西已经做好了失去她的思想准备，并搬进了医院的一个房间里。他们给她用了更多的抗生素，输了更多的液，吊了更多维持血压的药物，但情况始终不见改善。随着体温不断波动，她陷入了严重的谵妄和可怕的夜间幻觉之中。孩子都病到这种程度了，却还没有一个明确的诊断？

　　第二天早晨，她的情况出现了灾难性的恶化，我也正是因此被叫到了她的床边。苏菲终于迎来了终末期心血管崩溃和呼吸骤停，病房叫来了小儿抢救团队，最后还有我这个心外科医生。如果不采取激进的抢救手段，她会立刻死去。他们先用气管插管来接管呼吸，再抽出压迫着心脏的感染积液，缓解心脏所受的压力——那根粗大的针头和针管就是做这个用的。血压开始回升后，阿彻拿起超声探头向我展示了这次崩溃的原因：苏菲的二尖瓣早就受了感染，现在在压力之下突然解体了。几大团感染的蛋白质物质从二尖瓣上奋拉下来，随时可能脱落并冲进脑部。要是他们之前万不得已，已经给她做了心脏按压，这些东西很可能已经脱落并造成一次严重中风了。

　　但当务之急是把她直接送入手术室，换掉那片损坏的二尖瓣。别跟我说什么"要是""但是"，我不接受不同意见。她的血压暂时得到了改善，但这段"蜜月期"不会持续太久，感染已经占了上风。每当她的左心室收缩时（现在已经达到了狂乱的每分钟130下），逆流回到左心房的血液都比流入主动脉的要多。苏菲的心脏几乎不再泵血，肺部也充满了积液。要么是之前的超声没有拍到这一大团正结队吞噬组织的细菌，要么就是细菌太过迅猛，这样我们无论做什么都不太可能取胜了。

　　当天手术清单上的第二个病人已经服了术前药物，此刻正在前往麻醉室的路上。但现在这位可怜的女士只能在手术室的门前掉头了。对任何一个焦虑的病人和等候的家属来说，这都是一次糟糕的经历：他们本已经全都做好了心脏手术的心理准备，不料却被临时放了鸽子。我亲自回到手术室里，告诉大家我们准备给一个危重的青少年紧急置换二尖瓣。病人的名字是什么来着？我都还不知道，没顾得上问。我也没有跟惊慌的父母还有姐姐说上话。根本没那个时间。

宣布完手术计划有变之后，我又回了ICU。阿彻正在家属室和家属谈话，那是一个高知家庭，阿彻告诉他们苏菲快不行了。他已经完成了这件困难的工作，传达了坏消息，现在那三张凄惨的脸上都刻着深深的忧虑。怎么做才能让一个孩子命悬一线的状况显得轻松些呢？也许是给她的家人一点希望吧。希望是一个富有魔力的字眼。给予希望是我的工作。怀着牢不可破的乐观精神和绝对的自信，我向他们解释道：虽然感染已经彻底破坏了她的二尖瓣，但我们仍可以换一片好的上去。我们很幸运，正好有一间可以用的手术室，但手术必须尽快开始。最后还有一件事要提醒：如果给苏菲植入一片人工瓣膜，那她就必须终身服用华法林来抑制凝血——植入人工瓣膜后，病人就需要服用华法林来减少肝脏生产的凝血蛋白。我没有继续回答他们的追问，只说没时间等护工了，我这就亲自把苏菲推进手术室。再晚就来不及了。

我们经过麻醉室，将苏菲没有意识的身体直接放到手术台上。大部分手术必需的插管和电极都已经准备就绪，只等连到手术室的监护器上。我的器械也都在蓝色单子上放好了——儿科的一套，成人的一套，因为苏菲的体型介于儿童和成人之间。蓬松的白色纱布块都仔细清点过，放成一堆。她瘦骨嶙峋，身体惨白，白得就像那件很快被扔到地上的病号服。洗手护士和主治医师用碘伏溶液在她身上画了黄色标记，然后盖上蓝色手术巾。我试着调了调手术灯，它们是全新的，但都是便宜货，有自己的脾气。我们这里的一切要么是新的便宜货，要么就是旧货——器械、锯子、呼吸机、心肺机，没有一样不是修了又修的。我们手头只有这些东西可用，不过现在抱怨也没意义了。

　　我迅速给她开了胸。她的心脏已经支离破碎，濒临"交待"，血液生化指标已经相当糟糕。现在她整个人都快魂归天际了，必须马上安全地连上心肺机——我们也可以借此把她全身的血液过滤一遍，去掉所有病菌。纵剖开她的胸骨后，我发现心脏周围的心包里仍有大量黄色液体和碎片，那是从炎症浓汤中析出的一丝丝受感染的蛋白，里面充满了金黄色葡萄球菌。我们把这些东西全都吸出刮净，然后我插入心肺机的管道，灌注师紧跟着启动了机器。苏菲暂时安全了。现在该评估损伤情况了。

　　她那个年轻的左心房很小，于是我从右心房出发，穿过房间隔进入了它。现在我看到了二尖瓣，它仿佛盖满了海藻一般。在我左手边，它的前叶和后叶之间长着一块脓肿，那里的组织因受到细菌的深度侵蚀而撕裂，导致瓣膜与心壁分离。我的第一想法是必须将瓣膜整片摘除，但出于习惯，我先清理起了那团烂糟糟的东西，好看清里面还剩下些什么。慢慢地，我切到了能够承受针脚的健康组织。我的第一助手正一边用别扭的姿势拉着心房牵开器，一边纳闷我为什么没有像往常那样快刀斩乱麻——他不知道，这时我已经决定努力修复损伤、挽救瓣膜了。我想为苏菲解除一辈子服用抗凝血药的风险，因为那很可能会令她无法平安怀孕。

我在想能否用心包来重建两个瓣叶受损的边缘，这层心脏周围的纤维薄膜是最合适的材料。但鉴于苏菲自己的心包上已经布满细菌，我改用了牛的心包——那是一片片由心血管工业特别制备的无菌组织，专门用来修补心脏和血管。我从那片牛心包上切出了一块椭圆形补片，把它缝到了软糯的心壁上，然后再把两个瓣叶重新缝在上面。这样做会缩小瓣膜的开口，但又不至于阻碍血流。在一处边角，我又用一片人的主动脉加固了修补。毕加索一定会以我为荣，雕塑家亨利·摩尔可能也这么想。苏菲的心脏现在集死人和死牛的零件于一身。我希望这件应用美术作品可以承受住重新泵血的压力。很快就能见分晓。

关胸前，我用盐水认真清洗了一遍心腔。儿童的心脏起跳很快，我们可不希望有感染碎片进入苏菲的脑子。很快就能通过放在她食管里的探头查看修补点的超声图像啦。左心室内部像往常一样滋出了许多微小气泡，就像电视屏上的雪花。我在主动脉的最高点上戳了一个小孔，这些气泡就全都咝咝地放出来，回到了它们该去的外部空气里。等心律恢复正常后，我们发现这片新瓣膜相当管用，只是有一点点渗漏——仅此而已。

是时候考虑撤掉心肺机了，这又是一个难关。不过苏菲的心脏看起来已有好转，虽然还有些疲软，但各部分都协调地收缩起来，超声也显示它的四处瓣膜都在正常开合，于是我吩咐将它从心肺机上慢慢脱离下来。这枚小小的心脏很快就自力更生了，以100毫米汞柱的血压向外泵血，补片也撑住了。

就像分秒不差地排练过似的，尼克·阿彻那颗谢顶的脑袋忽然从门口探了进来，我让戴眼镜的主治医师关胸，自己走过去和他说话。阿彻问我为什么手术时间比平常要久，还说他很担心孩子的父母。等在外面的家属越有文化，看得就越透，心里也越焦虑。但听我说出"补好了"三个字时，他喜出望外。虽然我们给一些婴儿植入过人工二尖瓣，但仍然极难拿捏好抗凝治疗的度：太少了会导致中风，太多了又会出血。另外，抗凝治疗对于想要孩子的年轻女性来说也是一个障碍，因为抗凝药华法林可能导致胎儿畸形或胎盘出血。这是一个很棘手的问题，好在苏菲不需要面对它了。阿彻带我去见了那对已经离婚的父母，他们各自带着自己的新伴侣。这时几个人全都依偎在一起，寻求心理安慰，每个人都害怕会出现最坏的结果。

我这个人没有必胜的信念，也从来不想扮演上帝。但是，患者的父母的确渴望从操刀手术的人那里得到安慰。我自己也当过患者家属，当时我的一位家人接受了心脏手术，我同样急切地想听医生对我说"一切都好"。所以我就对他们说了这几个字。但在内心深处，我又不禁嘀咕苏菲的心肌里会不会还有一个脓肿——我在左心室壁的修补点下方看见了一块反常的凸起。我已经清出了一些脓液，也盼着伤口愈合，但这些葡萄球菌实在是凶恶得很。

等我回到手术室，我的主治医已经关好了胸，苏菲正从里面被推出来。我还需要在她的病历上画出手术步骤，好让别人明白我们做了什么。然后，可怜的女孩住进了ICU，我这个英雄也回了家，那个情况复杂的小家庭则轮流坐在苏菲的病床边守夜，爱着她，等她康复。他们重新燃起了希望，恐惧暂时消散。

我在第二天清晨六点半就回到了她的身边。那时我们没有别的小儿心外科医生，没有别人能挑起这一摊，也没有什么值班不值班或日班夜班的区别。但凡出了什么问题，都只有我一个人扛着。昨晚苏菲情况稳定，她妈妈守在她身边，握着她的手，不愿让她离开。但她的体温又上来了。我们捅了葡萄球菌的老巢，它们生气了。那可是几十上百亿的细菌。苏菲仍在依赖强力的血管加压药来维持必要的血压，她的肾脏也不再产生尿液。

这天上午，阿彻又给她做了一次超声检查。左心室工作正常，二尖瓣看起来也不错。心脏周围淤积了一些血液和血块，这没什么，在这个阶段总有一些的。之后的48小时里，苏菲的情况一直很稳定，我们就撤掉了呼吸机。又过了一天，她搬进了名为"梅兰妮"的青少年病房，重新住上了单人间。她的体温仍然起伏不定，我们认为这是补体激活导致的——就是我在阿拉巴马州的重大发现。

3月4日中午11点35分。梅兰妮病房给我发了"危急呼叫"。在接受紧急手术的一周后，苏菲突然毫无预兆地栽倒了，幸好母亲菲奥娜正在病房里。她脸朝下趴在地上，没有脉搏，没有呼吸。小儿抢救团队冲进来给她做心脏按压。麻醉医生徒手挤压黑色气囊，往她的肺里充入氧气。静脉注射肾上腺素后，她的血压略有回升，时间上刚好够做一次快速超声心动图。图像显示她的心包里积满了血。那颗小心脏受到挤压，无法充入血液。更糟的是，她心壁上本该是肌肉的地方还出现了一个洞。

一个脓腔在新补的瓣膜的正下方破裂了，我最担心的情况成了现实。心内科的主治医师尝试用针管吸出血液，但针头很快就被凝血堵塞。这时，苏菲的心跳再次停止，需要继续做心脏按压。这位女主治医师一个电话打到了我的办公室。我只说了句立刻把苏菲送进手术室，因为如果我去病房给她开胸，她肯定会死。我知道接下来会发生什么，我们必须马上给她连上心肺机。我能在头脑中轻易想象出那个破裂的脓腔，头一次担心自己会搞不定。我甚至怀疑她撑不到躺上手术台，这念头让我不由得一阵揪心。我希望她能赶到，但内心毫无把握。

多亏了反复静脉注射肾上腺素和间歇性的心脏按压，苏菲最终赶到了手术室，而且时间正好卡在我同事计划的两台手术之间，看来上帝一定在她的肩头守护着她。她被直接送上了手术台，我已经刷手完毕，等在旁边。我们匆匆划开皮肤上的缝线，剪断固定胸骨的钢丝，然后我粗暴地扯出钢丝，装好并撑起牵开器。这颗心脏已经被血块包裹，形成了一团紫色的凝胶状物质，仿佛一只新鲜的肝脏——我必须徒手把这些东西从胸腔里舀出来，才能让心脏再次充入并射出血液。在药物的作用下，心脏像打板似的跳动起来，但是鲜血突然从后面涌出，灌满了心包。必须得找到出血点在哪儿。我怀疑二尖瓣下方的那处脓肿已经侵蚀了心室壁，心肌本身恐怕也已经软烂，固定不住缝线了。真是噩梦般的场景。

麻醉医师放在她食管里的超声探头证实了我最严重的担忧：在重要的冠状动脉回旋支下方，一个破烂的脓腔撕开了心室壁。我耳闻目睹过成百上千个细菌性心内膜炎病例，还从来没遇过这种情况，也没在外科期刊上读到过。这台手术注定要摸着石头过河了。不过有一点可以肯定：要是我上次植入的是一块梆梆硬的人工瓣膜，左心房和左心室之间的脆弱连接应该已经整个解体，再也无法恢复。至少我补的那片瓣膜还是完好的。看现在这情形，我显然应该尝试从心脏外面关闭脓腔，不然一旦弄坏了上次补好的地方，我绝不可能再次修复它。苏菲心脏的这部分之所以没解体，全靠这块人与牛的复杂聚合体。

我插进插管，火速给她再次连上了心肺机。我打算先清空她的心脏，再抬起来观察。接着我又用心脏停搏液让它变得低温、迟缓，看起来就像是屠夫砧板上的一颗心。这一次，当我将它抬起时，背面的那块凸起就一目了然了。肌肉蛋白已经被细菌的酶溶解了，抗生素没能保护它不受液化，于是脓肿不断扩大。我请人在一根大针上穿好缝线，想尝试把健康肌肉的边缘缝合起来。

我知道冠状动脉回旋支应该在什么地方，但它已经淹没在这片炎症沼泽之中，我根本看不到。我判断这团软糊糊边缘的一些组织还没有受到感染，于是沿这里把缝线深深地埋了进去。打结时我有点担心，生怕缝合材料切断心肌，那样后果会不堪设想。这时心脏不再出血了，因为里面已经清空，也没有了压力。果不其然，那块凸起也消失了。当我让血液流回心脏时，它先是一阵蠕动，接着再度收缩起来。然而透过心电图，我却看出我们有麻烦了：那图形不是离散的棘波，而是圆形的丘陵，这正是心肌缺血的标志。我知道，这意味着我的缝线封锁住了那条关键的冠状动脉。我的心头涌起了一连串符合这个场景的粗口，但是为大家着想，我还是闭上了嘴。这样下去苏菲肯定会死于心脏病发作。我必须拆掉刚刚的缝线，从头开始修补。"凸出部之役"（Battle of the Bulge）*，第二回合，开始！

我们又给了一些低温心脏停搏液，然后我再次拿起心脏，小心地剪断、抽出缝线，换一个角度，用新线再度缝合——这次距离我判断的冠状动脉位置要更远一些。对于这处要决定她

---

* 即"阿登战役"，二战末期发生在法、比、卢交界处的著名战役，由德军发起。"凸出部之役"是盟军的叫法，指德军在战役初始时迅猛突入盟军防线，形成了一个"凸出部"。最终，盟军取得胜利。苏菲身上的"凸起"，英文也是 bulge。

生死的缝合，我还是有些心虚，于是又上了道双保险：在缝合部位又涂了一层生物胶水，并盖上一块止血贴，就像补裤子上的一个破洞似的。这下心电图正常了——它变成了多洛米蒂山群峰那样的一个个棘波，不再是布雷肯比肯斯国家公园的鲸背丘了。*这部分心室已经恢复了供血。现在，我们必须让这些笨手笨脚的修补撑住。我在手术记录中谨慎地写下了护理说明："将血压维持在 90 毫米汞柱以下。让病人用呼吸机睡眠 7 天。再发生一次灾难，绝无挽救可能。"

我再次关闭胸腔，这次心脏后面是干的，没出一点血。当苏菲返回小儿 ICU 时，我的整支团队都长长地松了一口气。她那几位可怜的家人仍处于极度震惊之中，相互依偎着等在家属室里，被无法忍受的悬而不决逼到了精神崩溃的地步。我进去向他们解释说有一块脓肿烂穿了心壁，我之前从来没见过这么严重的情况，不过我们已经尽最大努力把它补好了。照例，我还得说几句陈词滥调给他们打打预防针：像是"术后 24 小时非常关键""虽然结果还不明朗，但只要活着就有希望"之类的话。这些都是真话，但从我嘴里说出来就显得很空洞，因为我面对的是三张悲伤的面孔，他们被吓得想不起任何问题，只是问我什么时候可以见到苏菲。我静静地退下，把情绪开关拨到

---

* 多洛米蒂山（Dolomites）属于东阿尔卑斯山脉，在意大利境内；布雷肯比肯斯公园（Brecon Beacons）位于威尔士。

了关闭位置。

我将伤感的气息抛在身后，走了出来，正巧在走廊遇到阿彻，他正要去看望苏菲。他用轻描淡写的口吻对我说了他每次都会说的那句话："干得不错，韦斯塔比。"

我心里挺受用的，后来我才知道，阿彻本来已经不指望这次能救活苏菲了。他和几个重症监护医生接下了夜里的工作。我本该给那个手术被取消的病人打电话道歉，但我没有。现在的我没有心情为任何事向任何人道歉。那些日子，我总是一做起手术就忘了时间，此时一看，已是晚上9点。我需要来一罐啤酒，休息休息。和往常一样，我不能睡，要等着随时可能响起的电话。熬到后来，我忍不住主动打了过去。凌晨三点半，我打给ICU，问他们苏菲怎么样了。她情况稳定，但体温还有起伏。他们正在积极给她降温，尿液还是没有。接着是最重要的消息："不出血了。"听到这个，我心满意足地沉入了无意识。

然而，这之后不到12个小时，苏菲和我就又一次进入了手术室。"凸出部之役"第三阶段开始了。那天下午一点半，苏菲的胸腔引流管里忽然注满了血液，血压也降到了零。再这样下去她会流血而死。和上次一样，我知道决不能答应他们的要求，在病房给她开胸。要么让她安详地离去（符合常理的选择），要么给她重连心肺机、我再趁这个时间重新思考其他选择——如果还有选择的话。

ICU的同事们不断将未做交叉配型的供体血从输液管挤进

她的身体，努力将血压维持在 60 毫米汞柱上下。紧接着我们推着她的病床在走廊里狂奔，胸腔引流管不断冒出鲜血，在后方洒下一道血迹，医院里的访客纷纷睁大眼睛朝两边退开。这一幕如果发生在夜里，就一点希望都没有了，幸好是白天。我那支杰出的团队再次集结起来，在血液流干前送她上了手术台。

几分钟后，她的胸骨再次打开，胸腔内灌满了鲜血和血块，挤压着她的心脏。这时一袋袋 O 型阴性血仍在通过颈静脉挤入她的身体，仅过了几分钟，我们就第三次连好了心肺机，虽然这一次大家都有点泄气，心里想着："接下去该怎么办？"我们是又一次把她从悬崖边拉了回来，但到什么时候是个头呢？我们必须划出一条底线，在某个时候彻底罢手。但现在还不是时候。正如阿尔贝·加缪所写的："在没有希望时，我们就要义不容辞地创造希望。"我们的底线就是，苏菲才 15 岁。

我铁了心要把她救回来，但现在照章办事已经行不通了。死神已经赢过了我的常规方法。想要让这块感染的肌肉痊愈，就不能让左心室内持续产生压力，不能再让它继续支持血液循环——正是左心室内不断变化的血压导致了破裂。这一次苏菲是在镇静剂消退之后开始流血的。那时她的意识已经开始清醒，出现焦虑，血压也就随之飙升。然后"哧"的一声，鲜血涌出，心肌撕裂，而后就是心包填塞。

她需要换一颗新的心脏，但这不可能。她那凄苦的母亲会很乐意献出自己的心，但就算现在隔壁的手术室里就有一个器官捐献者，也没人会打算给一个感染的孩子做移植手术——我倒是有此打算，问题是我们不可能及时找到这样一颗心，除非我从哪个博爱的医学生那里征用一颗……突然之间，就在惊慌和狂乱的妄想之中，我灵光一现。对我而言，唯一可行的选择就是主动清空心脏的左半边，让它一直空着，这样就可以解除左心室内部的所有压力。我可以用一部左心室辅助装置抽干左心室，并维持血液循环，让受伤的心肌休息，同时用抗生素对付感染。这样或许就能帮助心肌愈合。以前有人用过这项技术来实现这个目标吗？绝对没有。那我就更有试一试的理由了。如果它竟然破天荒地成功了，我还能就此发表一篇论文。

然后就有人提醒我，莱维创尼斯泵已经没了，因为慈善资助已经用光，最后一台也在不久前用在了那名婴儿身上。就我所知，我们已经没有别的救命设备了，而在死亡统计中，只有一个人会为这例死亡背锅——我。我们为其工作的这个体制将发挥它怪罪和羞辱的力量，将这个病例记录为"二尖瓣修补后死亡"。救命的设备很贵，死亡却很便宜。就把治疗后死亡率推给公众去批判吧，不用给那些坏脾气的外科医生提供什么救人工具。请大家停下来想想，这算哪门子道德。

还好，灌注师布莱恩来救我了。他那里有另一种型号的离心血泵，目前正在我们的一台心肺机上试运行。据说它能安全地连续使用三个礼拜，而传统的滚压泵用三个钟头就已经超时了。我心想三个礼拜足够了，在这段时间里，炎性粘连和纤维疤痕应该可以堵住洞口。这法子值得一试，因为已经别无选择。

就在灌注团队组装设备的当口，我最后一次停止了苏菲的心跳，并在心室壁上找起了裂口。万幸，裂口就在那块讨厌的凸起边上，离冠状动脉还颇有些距离。缝线再次切断了脆弱的心肌，于是我补缝几针，换了一种昂贵得多的组织胶，把心脏的背面粘在心包纤维上。至此，我已经用尽了一切降低后续风险的手段，因为下一次失血过多必将是她的最后一次。

这台"转流"（Rotaflow）泵的构造很简单：只有一个旋钮，用来增减血流。我在左心室的心尖插进一根粗口径插管，将里面的血液抽空，又引了一根管子从苏菲的肋骨下方伸出，接入体外的血泵回路，再经由另一根管子将血泵的这些血液送回主动脉。出血仍然是我们眼下最担忧的事，在这么短的时间内连做三次体外循环，苏菲已经无法凝血了。我们必须给她输入大量供体凝血因子和更多的血。灌注师以最慢的速度启动了转子泵，想把血液逐渐从一个体外回路转入另一个。监护器上，脉压再次归零，只剩下不带脉动的持续血流产生的平均压力。与此同时，受伤的左心室仍在收缩，但已不再泵血，右心室则继续向肺部送血。神了。到现在一切顺利。我们的心中重新燃起了希望。

考虑到凝血困难和弥漫性出血的可能，我决定让苏菲的胸骨敞开 48 个小时。我们在她的心脏周围填满纱布块，在她胸口蒙上了一块黏性塑料手术巾，又在辅助装置的插管边上放置了引流管。现在她身上到处插着管子，不仅家人看了会觉得恐怖，连小儿ICU的人也有点受不了。于是我们把她带回成人ICU，那里的高级护士比较有护理无脉搏患者的经验，也不用担心她这个样子会吓坏其他患儿的家长。

出血不断减少，苏菲的状态始终稳定。她的肝和肾都受了打击，但可以用透析来解决。她妈妈菲奥娜出奇地平静，但这幅血腥惨状还是造成了伤害——她那可怜的姐姐深受刺激，连学都不去上了。两天后，我们取出被血浸透的纱布，在那台血泵上方关闭了胸腔，好减少进一步感染的风险。这时血液已经凝结，不再渗出，心脏的正面看起来也很好了。我是肯定不会再把它翻过来检查背面的。血泵效果很好，我决定把它留在里面至少再运转十天，给予脓肿部位最大的愈合机会。就在这时，我们发现强大的葡萄球菌对我们的第二套联合抗生素也产生了耐药性，于是再次改变用药。她的高烧终于退了下去。

我们给苏菲使用了大量镇静剂，让她在呼吸机上连了三个星期，借此控制住她的血压。接着，令人生畏的真菌念珠菌悄悄潜了进来。我们先是在她的尿道里发现了它们，要是控制不住，这个位置的真菌会危及性命。现在，所谓的"稳定期"变成了噩梦，我们认为必须马上采取进一步的行动，来减少更多并发症的风险。血泵工作得非常出色，是时候让她苏醒了。

停用镇静剂后，苏菲很快醒了过来，并对父母做出了反应。随着知觉一起恢复的还有更高的血压，这个我们控制得住。她依然没有出血。这可怜的姑娘显然被自己的处境吓坏了，我好像还看出了一些脑损伤的体征。我们尽力向她解释为什么她肚子上有这么多管子，管子里还有血液在快速流动，并保证她很安全，我们很快就会把管子取走。但是没过多久，护士们就发现她的左臂和左腿都没了动作——它们瘫痪了，对疼痛也没了反应。这要么是因为材料受了感染，要么就是受伤的心壁产生的血块通过动脉进了她的脑子。她才15岁就瘫痪了。我们做了什么要遭这样的报应？

她的父母伤心欲绝，这场"凸出部之役"也开始给我造成了"战损"。为什么会有人想做这样的一份工作，日复一日，夜复一夜？心脏痊愈，脑子完蛋，这可不是我希望的结果。

第二天，我把苏菲带回手术室，拔掉了她左心室和主动脉上的插管。我欣喜地发现，离心泵和系统的其他部件上都没有血块，超声也显示苏菲的心脏情况很好，只是在二尖瓣的下方留下了一个凹坑，现在二尖瓣已经是一只盲袋了。神奇的是，这片修补后的瓣膜撑过了所有的心脏按压和手术，依然功能良好。我把她的胸腔和心包都用消毒防腐溶液好好冲洗了一遍，依然小心地避开了心脏背面。然后，我们最后一次给她关了胸。苏菲的马拉松式手术结束了，这便是这漫长血腥、残酷消耗的战役的终曲。我们成功保住了她的性命，但代价何其沉重。

对于家属来说，接下来保持积极的心态很是重要，因为他们都受了严重创伤。母亲菲奥娜见证了全部的三次抢救，每一次都要忍受痛苦的等待，等待着从手术室里出来的苏菲是送进ICU还是推去太平间，身上是穿白色的病号服还是裹着尸体袋。目前的比分是 3 比 0：韦斯塔比 3 分，死神 0 分。我们有没有计划把优势保持下去？这种事真是没有任何可供参考的经验。这是一个孤例。

在我看来，有两件事我们必须要做：第一，继续降低血压，靠苏菲自己的心脏支持血液循环；第二，为她的脑部提供充足的氧气，将脑损伤降到最低。脑的韧性超过大多数人的预料，大部分中风大体都能康复，年轻人好转的可能性更高。无论是对于护士还是家属，这都是必须传达给他们的积极消息。他们都需要一些希望，要相信她不会在病榻上度过余生。

在考虑各种方案后，我还是决定谨慎行事，坚持让苏菲再连着呼吸机沉睡两周。直到我有把握地认为没有风险时，我们再带她去做脑部扫描。此时她依然不排尿，需要持续做肾脏透析。肾脏不喜欢脓毒症和低血压，但它们总能恢复过来。现在已经没有了血泵的那些管子，我们可以把她送回小儿 ICU 了，那里规模较小，护理团队较有默契，夜里也比较平静。

苏菲的脑部扫描显示了几处小而集中的损伤，周围都有肿胀。这很可能是来自心脏的感染碎片形成的栓塞。当务之急是尽量避免它们变成脑脓肿。她将继续接受六周的静脉注射抗生素治疗，这是对付心内膜炎的常规操作，到时候损伤部位周围的炎性肿胀肯定会消失。苏菲会一直瘫痪下去吗？我们从几个神经内科医生那里得到了标准回复：他们希望不会，但只有时间才知道答案。

4月1日愚人节那天，我们终于给苏菲停用了镇静剂，她很快醒了过来。她呼吸很不错，对指令也有反应，于是我们又拔掉了喉咙里的插管，为她抬起了床头。她的爸爸妈妈坐在床的两边，各握着她的一只手。当爸爸捏紧她的左手时，她用虚弱但明确无误的动作做了回应。但她显然还无法挑选词语并清晰地说出句子——脑部扫描已经预测了这一点，她的语言区有一处小而关键的损伤。胜利的曙光就在前面。她对沟通的尝试肯定标志着进步，我的工作算是完成了。

脑的恢复向来很慢。苏菲必须得到护士、理疗医师、职业治疗师和其他各种医护人员的持续护理。他们都齐心协力地帮助她恢复，社区服务人员也集结在她周围。过了几个月，苏菲的瘫痪和语言障碍都有了好转，她开始回学校上课。由于她出众的智力并未受损，她最终上了大学。尽管一开始希望渺茫，但苏菲活了下来。就连我也很难理解，我们那几个礼拜是怎么成功的。我猜是有神力相助吧。还有那件借来的设备，医疗再次依靠了慈善。

我把用辅助装置清空受伤左心室的营救技巧写成了病例报告，发表在了一份颇具知识水准的美国期刊上，好让其他人也有机会在走投无路时尝试这个方法。苏菲的例子彰显了国民保健服务下属医院团队的最高水平，还有希望对惨剧的胜利。在对她的这场营救战中，有太多竭诚奉献的医护人员加班加点，远远超过了规定的工时。但讽刺的是，我们的开创性努力却在每一步都受到质疑，也给医院带来了巨大的开销。但医疗的目的不就是花钱救人吗？十年之后，我依然会与苏菲及她的家人在社交场合见面。在"凸出部之役"十周年的那天，我在菲奥娜任职的牛津大学玛格丽特夫人学堂与他们一家共进了晚餐，席间还有著名的脑外科医生兼作家亨利·马什（Henry Marsh）。心外科医生和脑外科医生是很不同的两类人，但我们都认可同一件事：生命宝贵。能目睹活泼的苏菲在这座崇高的学术殿堂中绽放生命，实在令人欣喜。

第十章

韧 性

2009 年 10 月 23 日

NHS 知情同意表 2

儿童及青年接受检查及治疗家长同意书

NHS 机构：约翰·拉德克利夫医院，牛津

患者姓名：奥利弗·沃克（Oliver Walker）

出生日期：2003 年 2 月 11 日

建议手术或疗程名称：三房心膜切除——挽救性手术

医疗从业者声明

希望达到的目的：维持患者生命——目前看来，不做手
术，死亡不可避免。

严重或经常出现的风险：最低 30% 的手术死亡率，出血，
体外循环造成的损伤，或需再次手术。

　　其他疗法：输血，超声心动图。

　　我把这张表格交给了奥利弗那瑟瑟发抖的父亲理查德。他的母亲妮基已经情绪崩溃。她眼睁睁看着自己的儿子因为一种罕见的先天性心脏病走向死亡，而 NHS 居然用了六年时间才诊断出来——这可不是在苏格兰高地或是遥远的威尔士西部，也不是在斯肯索普，而是在伦敦市中心。不过我也是站着说话不腰疼，我自己从不诊断——诊断是心内科医生的工作，我只负责疏通管道。但这行做到现在，有一件事我还是明白的：永远要听母亲说话，因为没有人比母亲更了解孩子。如果妈妈坚持说孩子得了重病，你就可以用生命担保，孩子确实有重病。

　　对于妮基，说服医生相信这一点是一项漫长而艰巨的工作。现在，距离她初次求诊已经过去了好几年，一个刚从希思罗机场赶来、举止招摇的外科医生正推着他的儿子穿过走廊，赶往手术室。那一大套的病床、呼吸机、输液袋和引流管几乎跟不上他的步伐。我们差点就让他死在了一种与生俱来的疾病手上，一种平平无奇的先天性心脏病。

　　奥利弗出生在帕丁顿的圣玛丽医院，那是我们大伦敦地区的一家优秀教学医院。他出生的产科也是我们的皇室成员选择生下孩子的地方。那是一次普通但嘈杂的分娩。刚生下来时，奥利弗看起来粉红而健壮。他的心率有点快，但是他才刚经过一条滑腻腻的兔子洞被挤到这个冰冷的世界上，没人会把震惊之余的心跳加速当一回事。妮基说，比起她的第二个儿子，奥利弗的进食相当不好，光是吮吮乳头都会令他呼吸急促、情绪烦躁。但他也不算"蓝婴"，只是卡他问题明显。他的气急和卡他问题严重到了让这个小家庭频繁进出于圣玛丽医院，就好像医院是个足球场，而他们买了季票。光是咳嗽和感冒似乎都会危及他的生命。

后来他们都觉得不好意思了，因为医生总是摆出一副"你们怎么又来了"的态度，急诊科也管他们叫"常旅客"。但圣玛丽医院毕竟是家顶级医院，这家人也在深深担忧自家孩子。妮基开始疑心别人会给她贴标签，觉得她是适应不良的神经质母亲，他们已经被医院或全科医生打发走太多次了。对方总说这男孩很好，没有任何问题。又有太多次，他们苦恼地回到医院，让奥利弗反复接受检查。他接受了许多次痛苦的抽血，不停地照 X 光，频繁到他简直能在黑暗中发出光来。每一种可能的肺部疾病都考虑过了：细支气管炎、囊性纤维化、肺炎，每一种都排查了几次。是，他那小小的肺部听起来是有淤血，但又查不出确切的疾病。他们怀疑过胃疝造成食管反流，导致胃内容物被吸进了肺里。但他也不是这个情况。其他的也没什么好查的了，可他却一直都呼吸困难。

奥利弗现在有了一个小他两岁的弟弟。无法跟上弟弟的步调，令奥利弗极度沮丧。他们家距离小学步行 20 分钟，按理说一个 4 岁的孩子应该能走过去。但实际上，常常是两岁的弟弟查理从推车里爬出来走路，而"懒惰"的哥哥奥利弗却需要坐上车子给推到学校。这显然不正常。别人也看出来这有问题，可医生们就是找不到原因。是什么让他稍受刺激就气喘吁吁，无法茁壮成长，总是没精打采？是什么让这个男孩不能和朋友们一起踢足球或者走去公园，只能坐在角落里沮丧地观望生日派对？这一切都使妮基心碎。但是无论被医学界拒之门外多少次，她始终没有放弃，我特别欣赏她这一点。

最后奥利弗被转诊到了皇家布朗普顿医院的呼吸内科医生那里。这之后，他就再没别的地方可去了。布朗普顿医院是国家心肺研究所的所在地，那里的医生们表示，奥利弗的那些症状，原因只可能在心脏或肺部；但从 X 光片看，他的肺部很正常，心脏也没有扩大，这应该可以排除小儿心力衰竭的几个常见原因。看来他们又得说再见了，即使这是家世界闻名的医院。

很快妮基就又打去了电话，求他们救救自己可怜的儿子。他们肯定是看漏了什么。奥利弗在学校里完全无法和其他孩子一起奔跑玩耍。老师提到了这一点，其他母亲也看到了。是，他坐在医生面前时看起来很正常，但像这样坐着是他唯一能做到的事了。布朗普顿的医生们决定让他在医院的走廊里跑一个来回，然后再检查心率。结果他连这样一项简单的运动试验都完不成，刚跑了没几步，心率就飙得老高。这种程度的运动耐量简直相当于没有，肯定有哪里出了问题。

这下他们不得不检查一下心脏内部了。在听诊器下，几片瓣膜听起来情况不错，只是动静好像比正常的要小一些——"扑"，二尖瓣闭合，"通"，主动脉瓣闭合。但他的心率实在太快了，即使有杂音也听不出来。那天是星期五。医生们担心他的心脏一定是有严重问题，叫妮基周一再带奥利弗来一趟医院，做超声心动图检查，这能详细展现他的心脏结构，然后同心电图相结合，就能检测出所有的心律问题。奥利弗的瓣膜声音正常，左心室在 X 光片上也没有扩大，妮基希望届时不会查出什么严重问题。她都安排好了，打算等检查完后同住在切尔西的姐姐见面共进午餐，犒劳一下儿子。

这时的奥利弗已经习惯了医院的氛围。医生向他保证这次不用扎针，只是在胸脯上挤一点黏黏的胶，再用一只滑溜溜的探头在上面转两圈。他躺在检查台上，一动不动。年轻的超声心动图技师一边看着屏幕上闪动的图像，一边和妮基欢快地聊着天。一切都显得轻松正常。突然间，技师停下探头不再说话，眼睛直勾勾地盯着屏幕，才一转眼的工夫，她的表情就从漫不经心变成了目瞪口呆。

"怎么了？"妮基紧张地问道，但对方没有回答。

女技师的注意力完全被屏幕上的反常图像吸引了，但她也不知道自己看见的是什么。当妮基问第三遍时，她才听出妮基语气中的焦灼，但她只说了一句："抱歉啊，我得叫主任医师过来一下。"奥利弗躺在那里，对突然降临的恐慌气氛浑然不觉，但妮基的血液里已经涌出了大量肾上腺素，开始惊恐发作。她感到必须马上打电话给工作中的丈夫，却又不知道该告诉他什么，只能说那位女士在奥利弗的心脏里面发现了一样可怕的东西。那东西一定很糟，不然她不会这样急匆匆地跑出去。

在过去漫长的六年里，妮基一直确信奥利弗的身体有严重的异常，但每次听到医生说她想错了时，她又会松一口气。这次不行了——虽然那位主任医师还算镇定。他将超声探头放回奥利弗瘦骨嶙峋的胸口，开始重新查看图像。右心房略有扩张，右心室增厚，肺动脉扩张，这些都是之前的好多次 X 光胸片没有捕捉到的。综合来看，这说明流向奥利弗肺部的血液受到了某种阻碍。不仅如此，他的左心房也扩张了，左心室看起来很小且血量不足。这种情况通常意味着二尖瓣狭窄，风湿热患者就是如此，但奥利弗的二尖瓣叶看起来很薄、很正常。

这位老练的主任医师完全知道自己看见了什么，但这种疾病太过罕见，这还是他头一次亲自诊断出来。他用小到听不见的声音嘟囔道："是三房心啊，这就说得通了！"但妮基和那个女技师仍是一头雾水。所谓三房心，是指血液只在左心房内打转，而不会注满左心室。为什么呢？因为有一片薄膜挡住了左心房和来自肺部的全部四根静脉，导致血液无法到达二尖瓣的开口。这片薄膜留出的唯一通路是一个直径才 3 毫米的小孔，远远小于正常 6 岁儿童拥有的 18 毫米直径的二尖瓣口。

三房心，顾名思义就是"有三个心房的心脏"。奥利弗的血液全被拦在了那片薄膜后面，导致本该正常的肺部出现淤血。

所以他就算用力，也完全无法促进全身的血流——他的整个心输出量都得强行挤过那个小孔。奥利弗的所有症状都是由这项先天性异常引起的。他的人生一直以来都是一场由难以言说的身心痛苦组成的噩梦，他那对可怜的父母也因为误诊而一次次地被医院拒之门外。幸好他还有命在——至少现在还有。

面对如此严重的阻塞，这位小儿心内科主任医师吃惊非小，立刻打电话叫来了一个外科的同事。奥利弗已经受了太久的罪，那片薄膜必须立即摘除。这时可怜的妮基已经崩溃。她丈夫理查德正在边工作边等她的消息。她尽力拨通了他的手机，但激动的情绪使她说不清情况，也无法解释奥利弗需要尽快接受心内直视手术。那位好心的心内科医生尽力替理查德着想，跟他说好在这次终于找到了病因；这病虽然罕见，但医院里有几位经验丰富的心外科医生，能够以较低的风险把奥利弗治好。他还说，罕见未必等于难治，只要做完手术，奥利弗就可以跟上其他孩子的脚步，过上正常的生活。妮基的姐姐赶到布朗普顿来陪她，一家人一起回去消化这个信息。这时他们已经搬了家，从伦敦中心区搬到了较远的比肯斯菲尔德。

第二天早晨，奥利弗回了学校，他的父母想在手术前维持生活如常的表象。老师们都听说了他的情况。一下子，大家都知道了奥利弗有严重的心脏疾病，原来这就是他无法跟上其他孩子的原因。不少人感到内疚，有的是因为先前对他说过的话，还有的因为以前太过苛求于他。患有先天性心脏病的孩子常会受到这样的待遇。他们也有手有脚，但内部的引擎却运转不灵。他们都是些忧郁的孩子，只能在别人玩耍时蹲在一边喘口气。他们被其他孩子笑话，运动会上也总是最后一名。他们的父母内心备受煎熬，却仍在努力微笑，给予他们正常的生活。

2009 年 10 月 21 日，我正在维也纳的欧洲心胸外科医师学会进行一场关于心室辅助装置的演讲，这意味着牛津没有小儿心外科医生驻守。与此同时，妮基正在比肯斯菲尔德的家里，帮三个孩子做上学前的准备工作。另外两个孩子自己整理着物品，可怜的奥利弗却犬吠似的咳嗽着，床都起不来。他体温超过了 38 度，艰难地大口吸气，心跳快得数不过来，皮肤也变成了黄色。

妮基慌了神，把三个孩子都塞进了汽车。医学中心的医生来上班时，她已经等在了那里。这一次没有愚蠢的安慰或斥责，医生们立刻叫来了一辆救护车。奥利弗和他母亲被直接送到了最近的医院，位于艾尔斯伯里郊外的斯托克·曼德维尔医院。奥利弗的两个兄弟只好困惑地待在医生的诊疗室里，衣服都没来得及穿好，等着父母的朋友把他们接走，送去学校。

2009 年冬天，英国出现了一段时间的猪流感疫情，奥利弗的学校也确诊了几个病例。这种 H1N1 病毒属于流感病毒，通常出现在猪的呼吸道里。引发这波疫情的毒株最初从墨西哥进入英国，潜伏期短至 24 小时，传染性很强。它的死亡率是 5%，死者多为因此患上肺炎的老人或体弱者。奥利弗正好就是这样一个体弱者。

在斯托克·曼德维尔医院，他被直接带进了一间隔离病房，而不是普通的儿科病房。他被确诊为猪流感，但面对猛烈的病毒感染，当时医生们并没有找到立竿见影的疗法。奥利弗说自己头痛、畏光，接着又咳了血，几个医生本想直接给他静脉输注抗病毒药扎那米韦——人们更熟悉的是它的商品名"瑞乐砂"——可是医院里没有。到傍晚时，这可怜的孩子已经病情危重，他同时患有两种罕见疾病，它们正合谋置他于死地。鉴于妮基一刻也没有离开过奥利弗，或许没有什么比她在几年后给我写的信更能说清接下来几小时的情况：

即将失去孩子的那种恐怖心情是很难传达的。我对每一个孩子都给予平等的爱，但是因为在奥利弗人生最初的六年里和他在医院共度的那些时光，我对他总有一份特殊的牵挂。在斯托克·曼德维尔医院的那个夜晚，奥利弗变得越来越烦躁、难受。他躺在床上靠着我的身子，然后说："妈咪，我实在喘不上气了。"于是我大声喊叫寻求帮助。接下去的情形，我只能用"人间地狱"四个字来形容。警报响起，有人把一根通气管硬塞进他的喉咙，接着又有人剪开他的睡衣，在他的腹股沟里插了一根输液管。我在震惊中被推到了病房外面。儿科病房里有位善良的母亲过来抱住了我，直到他们允许我再次进去。我是真的给吓坏了。

* * *

说来奇怪，他们竟然没有给奥利弗连接呼吸机。整晚只有一个医生和一个男护士跪在他身边，徒手用黑色的急救气囊将氧气泵入他的肺部。也许是因为那里没有小儿重症监护病床，也许是床位已经占满。总之，这两个人保住了奥利弗的命，等到了一支小儿重症监护抢救团队从牛津赶来。直到这时，奥利弗才连上了呼吸机，被救护车带回了牛津。

因为有猪流感，奥利弗被安置在了一间隔离病房。医生们通过动脉和静脉插管，全面监测着他的心血管情况。他的读数没有一项令人鼓舞：血氧水平很低，血压也很低，心率快得危险，肾脏也不产生尿液。医生们对血管加压药和利尿剂的娴熟使用暂时改善了症状，但受制于他心脏内的阻塞，所有的常规治疗都无法充分起效。因为那层薄膜的存在，奥利弗肺部和肝脏的严重淤血无法缓解，也没有任何办法增加流向全身的血流。随着黄疸和肾衰竭的加重，他血流中的代谢紊乱每分钟都在恶化。

那个周四的夜晚，我正在维也纳的一家高级餐馆用餐，尼克·阿彻在从澳洲返回英国的航班上。对于奥利弗和他焦虑的家人，我们两个都帮不上忙。幸好，当晚值班的是一位非常尽责的代班心内科医生——来自斯洛文尼亚的迪米特雷斯库大夫（Dr Dimitrescu）——几位重症监护医生去向她求助了。在她看来，形势一清二楚：如果不做些改变，奥利弗独特的疾病组合会要他的命，因此她立刻打给了布朗普顿医院的几个外科医生。他们提出可以下周给男孩做手术，但前提是要把病毒感染给控制住——如果在心血管崩溃和肝肾衰竭之外再加上糟糕的感染，心肺机是发挥不出理想功效的。

到 2009 年的时候，所有心脏中心都要接受死亡率审查，死马当活马医的挽救性手术已经成为历史。此外，皇家布朗普顿是一家心肺中心，没有普通儿科专家。他们也没有足够的设备来应对传染病，而相比之下，牛津的重症监护医生们更擅长对付猪流感的可怕后果。为此他们使用了西地那非——更知名的商品名是"万艾可"——来降低奥利弗的肺动脉压，同时还使用了抗病毒药物达菲。一夜下来，奥利弗的情况渐趋稳定。

时间慢慢过去，妮基的一颗心也放下了：她的儿子已经住进了庞大的约翰·拉德克利夫院区内的一家儿童专科医院。这里还有八个孩子也连着呼吸机，每一个都被慈爱而焦虑的父母围绕着。医生们看起来充满信心，护士们也都很善良。然而可怕的景象还是随处可见：这个幼童得了脑膜炎，腿上还生了坏疽，身体始终连在一台肾透析机上；那个婴儿得了脓毒症和脑积水，已经定好了脑手术的日期；还有个男孩刚刚遭遇车祸，眼眶乌黑，头上缠满绷带，双腿都打了钢钉，胸口插着引流管。有两个我的病人也正在那里缓慢恢复。

在父母起居室里，每一位母亲都有自己的故事要说，而在外面的护士咖啡间里，医生和护士们聚成一团，交换各自病人的详细情况。在这里被收住院不难，但是过了这个周末，奥利弗就要转回布朗普顿做重要手术了。至少计划是这样的。有些家长问，在牛津这儿也能做手术，为什么要冒险把他转去伦敦？妮基和理查德也不是很确定这一点，但他们已经得到了一个明确的计划，又很熟悉布朗普顿——他们曾经为了奥利弗的肺在那里盘桓了很久，却完全不知道儿子的问题是三房心。这似乎是个谁也不懂这个术语，就连现在也是如此。

　　周五早晨，尼克·阿彻从澳洲飞到了希思罗机场，我也从维也纳回来了。在 ICU 查房时，我俩仔细查看了奥利弗的 X 光胸片。如果说有什么改善的话，他的肺部在使用万艾可后不那么充血了，利尿剂也增加了他的尿量。坏的一面是他的左肺积下了大量液体，我们称之为"胸腔积液"（胸水）。如果任其发展，积液会干扰肺部通气，并可能导致肺炎。我们的一致意见是应该将积液引出，但这些积液太多了，单做一次简单的针吸不够，还得在奥利弗的肋骨之间插进一根引流管。我派当值的主治医师去插管，他会在奥利弗的左腋下开一个小口子——这是一项常规治疗手段，在心脏外科尤为常见。奥利弗在镇静剂的作用下失去了意识，对过程一无所知。治疗似乎进行得很顺利，400 毫升的稻草色液体很快就自行流进了引流瓶。任务完成。

　　阿彻到底是阿彻，他在从希思罗机场回家的路上就把电话打到了医院。迪米特雷斯库医生听说他回来了，感到很高兴。

她要在周末看护奥利弗，想从阿彻那里得到一点精神支持。至于妮基，这时的她情绪已然耗尽：

> 我叫另外两个儿子那天下午来了医院，因为他们放了期中假。我把奥利弗交给了一位穿着防护服戴着口罩的护士照看，自己好带两个儿子去参观爸爸妈妈住的家长宿舍。就在宿舍里，电话响了，一个护士叫我立刻回病房。我知道肯定出大事了。我刚刚离开时他身边只有一个护士，回来时却看见了一房间的人，谁都顾不上戴口罩。其中一个正是阿彻大夫。在插入胸腔引流管后，奥利弗的血压就一直缓缓下降，后面就降到了零。引流管在引出积液之后，又流出了少量鲜红的血液，然后就没东西出来了。他们在抢救他的忙乱过程中又给他拍了一张 X 光胸片。阿彻大夫盯着屏幕上的片子：他的左侧胸腔已经完全不透明了——他们管这叫"白肺"。

问题就出在刚刚插入的胸腔引流管上，它要么撕开了一条肋间动脉（位于肋骨下方的凹槽中），要么就是刺破了肺部本身。无论哪种情况，结果都是一样的：左胸灌满血液，循环系统失去血压。那为什么血液没有从引流管里出来呢？因为鲜血很快就会凝结，凝结的血块堵住了儿童型号的细引流管——所以才会先流出几滴鲜血，然后就没东西了。这之后，持续的出血就就默默灌满了小可怜儿奥利弗的左胸。起初，循环系统还可以通过收缩外周小动脉的方法补偿失血，但最后整个系统失去代偿，引发了最糟糕的结果。这很可能是奥利弗的末路了。

阿彻发出了两条指示：第一，"快先给他输点血，来不及配型了"；第二，"看看韦斯塔比回国了没有"。总机在周五晚上的下班高峰时段给我打了电话。这时我刚刚驶离牛津环路前往伍德斯托克，一心想着和家人团聚。接线员告诉我，小儿ICU需要我马上过去。我一边问她缘由，一边想是不是我负责的哪个患儿出了问题。

但她只说："抱歉，是阿彻大夫要叫您来。"

争论这个没有意义。于是我掉转车头，以最快的速度朝医院驶去。到了医院，我把车停到救护车位上，目标明确地沿走廊朝小儿ICU大步流星地走去。我不必去问他们想要我看哪个病人，因为隔离病房里已经挤满了医生和护士，个个神色凝重。我还能听见一名女性在家属室里哭泣。这都让我担心，自己是不是来得太迟了。没有人像平时一样跟我打趣，问我："韦大夫，怎么这么晚才来？"往常我拼命驾车以破纪录的速度进城时，他们总会用这类话来迎接我。严肃的气氛已经说明了一切。

奥利弗的血压已经测不到了，心率也快到了看不出任何有意义信息的地步。一名儿科主治医师正在挤一只血袋，强迫血液尽快通过奥利弗收缩的静脉。尼克一面向我展示X光胸片，一面总结病例："他有三房心，左心阻塞，左侧胸膜腔刚刚也灌满了血。特别是，他还有猪流感。除非你能立刻把他连上心肺机，不然他几分钟内就会死。"哦，看来他不打算说"欢迎回来，会议怎么样"了。

我带着已经填好并签了我名字的知情同意书走进了家属室。我对家属说：抱歉没有时间自我介绍或解释情况了，奥利弗已经濒临死亡，我们必须赶快行动。我现在就要把病床推到走廊那头的手术室去，不能再说什么风险和收益之类的废话了。

下面是可怜的妮基对这场对话的书面记录：

　　我记得我当时说，我们不想让孩子接受手术，因为有人告诉过我们他身子太弱了，经不住手术的折腾。但您说我们没有选择。我到现在还清楚记得您说话时的态度。您的自信和宽慰，还有您保证会帮助我们的话，是我让孩子接受手术的唯一理由。在那个可怕的时刻，您对我们的这种帮助，怎么强调都不为过。倘若当时是另一个人进来，说他愿意做手术一试，但情况看来不妙，您想我们会怎样？您在把奥利弗推走时，对我说您会把他带回来交还给我们的。接着，我就和理查德坐在等候室里抱在了一起，我们不知道时间过去了多久，不知道他是不是活到了连上心肺机的那一刻。

这是我在多年之后得到的慷慨反馈，我很喜欢这段文字，因为它赞许了我豪爽不羁的做派。人家的孩子都快死了，谁要听你沉思反省、含糊其辞？全国医学总会或许不会认可我的知情同意过程，但我会在乎这个吗？你自己想吧。总之，离开ICU不到五分钟，我们就让奥利弗躺在了手术台上。我们的小儿心脏麻醉医师凯特·格里布尼克（Kate Grebenik）当时并不值班，但她还是抛下了和女儿正在一起做的蛋糕，赶回医院，加入了抢救队伍。她一句多余的话都没问，也没有那些个"要是""但是"。

在急救中，医生需要多长时间可以暴露心脏？只要一分钟左右。用手术刀用力切开皮肤和脂肪，接着用电锯锯开胸骨。用金属牵开器撬开胸骨，划开心包的纤维，心脏就在眼前了。再用荷包缝合在主动脉和右心房上埋两根缝线，插进插管，就能"开心肺机"了。然后大家就可以放松一下，盘算一下情势。奥利弗已经安全了。

接下来的第一步是切开胸骨左侧下方的胸膜腔，吸出里面的血液，再注入体外循环回路——我们会把所有能回输到体内的东西都送回血流中去。一些血液已经凝结，血块滴溜溜滑出来，就像肉铺里的肝片，但它们的归宿是废物桶而不是煎锅。考虑到病人已经濒死，代谢极度紊乱，麻醉医师的工作就是用碳酸氢钠中和血液中的乳酸，调整血钾含量。与此同时，我开始用冰凉的心脏停搏液停止心跳，再打开左心房的扩张部分。一般在装好牵开器后，二尖瓣就会立即进入视野。但这颗奇特的心脏可不是这样，二尖瓣完全看不见，前面挡着一层仿佛正常心房壁的东西。存在着这层"杀人膜"的唯一线索就是它上面那个极小的孔洞——一侧是左心房的主腔，另一侧是一个较小的腔，再下面才是二尖瓣。我好就好像是在探索埃及法老图坦卡蒙的陵墓，一个失手就会有重大损失。*

　　我在那个开口里轻轻插进一柄直角钳，试探性地扯了两下，没有牵动弛缓的左心室，这说明我扯的不是二尖瓣本身。我放下心来，用剪刀剪破了那层帐篷似的薄膜，露出了下面的二尖瓣口。确保安全后，我又沿那层薄膜的边缘，把它整个剪了下来，一举改变了奥利弗的未来——有了一颗正常的心，猪流感就不会要他的命了。我吩咐洗手护士把这片邮票大小的组织放进一只盐水瓶，准备待会儿向那对吓呆的父母展示胜利的果实。

　　在我开始缝合心房时，手术室里的紧张气氛明显放松了下来。因为对在场的医护来说，今天晚上这出惊心动魄的戏剧终于能看到结尾了。随着血液迅速流过奥利弗细小的冠状动脉，他的心肌感恩地绷紧，开始自行搏动起来。在我们让左心室充满血液之后，示波器的屏幕上出现了一波有力的脉压。随着大量血液射进主动脉，奥利弗的心率也慢了下来。这是只有心外科手术才能做到的手到病除。

---

* 图坦卡蒙（Tutankhamun）的金字塔于 1923 年被打开，墓室中有诅咒进入者的铭文。而进入过的人确实先后离奇死去，传为"图坦卡蒙的诅咒"。

下面是妮基回顾当晚情况的倒数第二段，依然充满了感情：

之前韦教授好像说要过三四个小时才能听到消息。大约两小时后，我勉强从理查德身边离开，出了家属室去上厕所。我永远也忘不了医院里那条灯光昏暗的走廊，夜里它空无一人，而我看见您走出了手术室，从另一头朝我走来。您似乎走了很久很久才终于来到我的面前，我完全僵住了，凝成了一根震惊无措、焦虑得直冒冷汗的柱子。您会告诉我什么？他是死了还是活着？我急迫地想要读懂您的表情，但是光线太暗，您站的地方又是一片阴影。就像慢镜头似的，我们在那条长得没有尽头的命运走廊里迎面会合了。您把双手放到我的肩膀上说："一切都好，一切都好。"我不知道自己为什么没有立刻瘫软在地！直到今天，一想到那个时刻，我还是会忍不住掉泪。我从来没有体会过那样的恐惧（嗯，应该说之前有过一次，当时我们在自己家里被一个持刀的蒙面男人劫为了人质）。我的胃里感到了真实的疼痛。我到现在仍不敢相信那个周五的下午我们居然交了那样的好运，能把奥利弗留在身边。您仿佛倏忽而至，施了一道魔法，又飘然离去。您应该感到自豪。

一旦我们纠正了致命的生化问题，切掉那片要命的薄膜，并给奥利弗输入供体血液之后，他就开始头也不回地大步向前了。导致他突然病倒的猪流感就此消失，病毒也是一样。这孩子迅速恢复了健康，他感觉像是脖子上去掉了一只紧箍。曾经离坟墓只有一线之隔的他，如今已长成了一个正常健壮的青少年。妮基说对了一件事，他们在正确的时间来到了正确的地点：这是一家儿童专科医院，有能力应对他的复杂病情；它还有一支尽心尽力的团队，成员全然不顾那个周五的晚上不该自己值班，毅然上岗——对他们来说，最重要的是救下孩子的命。他们做到了，更为此激动万分。现在，他们可以回家安享周末，去告诉每一个人，他们刚刚救活了一个小孩子。

尚有些惊魂未定的我，迎着落日朝伍德斯托克驶去。奥利弗是精诚的医护人员付出巨大努力才救活的，但我在维也纳的时候已经听说，牛津的小儿心外科项目很快就会被关停。在那桩影响极大的"布里斯托心脏丑闻"之后，一名外科医生独力主持手术的情况再也不会被接受了。

布里斯托事件为我们整个行业敲响了警钟——倒不是说我们国家本来就有很多小儿心外科医生。这次事件的后续接连几周登上了全国新闻的头条。痛失孩子的父母走上街头抗议，花束在医院门口堆得老高，弄得像墓园似的，外科医生也被污蔑成了大屠杀的凶手。为什么会这样？因为在布里斯托皇家医院，儿童接受心外科手术之后的死亡率是其他中心的两倍，据说对于有些类手术，死亡率更是高得离谱。

那里的小儿心内科医生、麻醉医生和护士都怀疑了这个问题，终于有人把事情捅了出去。但其实医院从来没有试图隐瞒过数据。公开调查的领头人也说得很明白："布里斯托的数据是充分的。"任何一家开展小儿心外科手术的医院都会收集关于死亡率的信息，并交给皇家外科医师学院以及心胸外科学会审查。

公开调查强调，布里斯托医院其实是国民保健服务体系普遍缺陷的受害者。它的心脏病专家被分散在了两家单位：一家只有小儿心内科医生，而手术团队都在另一家。医院里没有专门的小儿重症监护床位，只有很少几名护士受过儿科训练，危重症护理"非常缺乏组织"，许多设施和重要装备都依赖慈善捐助。调查报告中反复提到医院缺少经费，而当局又忽视这一点，这会威胁孩子们的生命。

结果，布里斯托的两名心外科医师和医院的首席执行官都被职业医师注册名录除了名。接下来就是一场公众的"猎巫行动"，旨在控制"强大"的医疗行业。那次调查的结论是：公众有权知晓外科医生造成的死亡率。多年后，我们要承担这个做法的恶果了：现在英国有超过六成的小儿心外科医师是来自国外的研究生，想为规培职位招到合格的候选人变得越来越难了。

在布里斯托事件发生后不久，卫生部就开始计划对全国的小儿心外科项目做大幅削减。由于牛津是全国最小的中心，我立刻料到了它会成为关停的目标。不用多久，我们就会迎来风暴了。也有人在其中发现了商业机会：把外科医生的治疗结果透露给媒体。帝国理工学院的福斯特医生（Dr Foster）小组就是这一行当的先锋。他们向报纸提供热点医疗问题信息，收取费用。简单说，他们就是蹲在电报线上等待猎物的秃鹫。2004年，《英国医学期刊》登了福斯特小组的一篇关于小儿心外手术后死亡情况的论文。其中的信息来自众所周知极不可靠的"NHS医院事件统计"，它们系由文职人员搜集，也曾用于布里斯托调查。幸好到这时，既有的13家小儿心脏医院已经开始收集各自的数据并做交叉验证，然后每年将结果上报给中央心脏审计数据库（CCAD）。

福斯特小组的论文称，在牛津，在手术中连接心肺机的一岁以下儿童的死亡率明显高于别处。与此同时，他们还认为在我们这里接受非转流手术的婴儿，死亡率是全国最低。那时大家都知道NHS医院事件统计极不准确，完全不足为据，但这时我们却有了证明这一点的义务。他们发表的文章用恶意措辞来支持"关闭小型中心"的政策，我们知道他们是错的。于是牛津要求开展独立调查，以此审查他们的诋毁。

调查的结果对之前采用那些数据的全部研究都提出了质疑。在和独立核实的CCAD数据库对比之后，调查者发现NHS医院事件统计对每一家中心都遗漏了5到147台手术，并且惊人地漏记了0到73%的死亡病例。相比之下，由阿彻和威尔逊两位大夫编纂的牛津数据极为准确，每一例死亡都囊括了进去。我们就是那个0。而对于最大的四家中心，医院事件统计竟然略去了44%—70%的死亡病例！就这样，福斯特小组宣称所有中心的平均死亡率是4%，而实际的数字是这个的两倍。牛津医院开展的手术最少，被报告的数据却最精确，那么按照他们的统计，我们的死亡率似乎是高于别的中心。但实际上我们的排名正好位于中间位置。独立调查的结论是福斯特小组未能准确记录大部分中心的手术数字，遑论各家的死亡率。他们所做的只是把恶意而有害的结论投进了公共领域。

读到这里，你或许已经体会了婴儿心脏手术的艰难，更何况我们还要忍受那些连给婴儿换尿布都不会的哗众取宠之辈的胡说八道。除了我们，还有几个中心能给婴儿做罗斯手术？还有几个能救活苏菲和奥利弗？哪里还有像尼尔·威尔逊这样能给胎儿扩张主动脉瓣膜的高手？按理说，这次调查应该会使公众不再信任死亡率报告，但我们牛津人可没这么天真。虽然打赢了这场战役，但我们知道体制迟早会另找个理由将我们关停。

很快也有其他中心受到了抨击。媒体根本没明白，在任何统计排名中，都会有50%的外科医生或医院落到平均线以下。当他们报出格拉斯哥的总体儿童生存率为95.9%，低于全国平均水平的96.7%之后，公众一片哗然。苏格兰媒体抱怨说："格拉斯哥的儿科心脏手术死亡率显著高于英国其他地区。"整整高了0.8%呢，多显著！苏格兰患者联合会的主席更是悲叹："这是完全不可接受的，对此我非常担忧！或许医院觉得没什么，但我对这个数字很不满意！"当地的电视台也报道了这轮抨击，一家声名卓著的中心因此信誉受损。

然后又是"安全可持续运动"（Safe and Sustainable），这是一项充分酝酿的政治动议，旨在关闭英格兰近半数的小儿心外科中心——包括皇家布朗普顿医院的那个。一个由精心选拔的政治活动家组成的委员会集结起来，开始抹黑他们之外的其他中心。安全可持续运动规定一家中心至少要有四名小儿心外科医生才能继续运营，但其实没几个科室拥有这么多人手，而且虽然有人宣称规模更大代表质量更高，却没有实际证据支持这一点。就算在美国，大部分科室的规模都比牛津的要小。可以预见，各家中心为了求生存，自然会从海外招募小儿心外科医生。更糟糕的是，我唯一的一位儿科同事也回到祖国斯里兰卡，去创办自己的项目了。我又得独自工作了。

这时的牛津也正举棋不定：如果这个项目在未来要花更多的钱，牛津还有能力负担吗？但那些可怜的父母和我们服务的地区极力想留住我们。在公众的压力之下，约翰·拉德克利夫医院宣布将招收两名新的小儿心外科医师。但就算以牛津的名望，也只能从海外招到合适的人选。其中一位优秀的应聘者是来自挪威的资深外科医生，曾在我手下培训过两年，但他最终还是退出了申请，因为这次调动会使他薪酬减半。第二位也只来临时干了一阵，他曾在澳洲的一家顶级医院独立担任主任医师，事业相当成功。他来的时候，我已经在这里单枪匹马干了两年多，根本没时间休息。当时年底将至，管理层叫我要么把积攒的假期休掉，要么全都清零。刚好来了一位训练有素的外科医生，家人又需要我照顾，去休假看起来合情合理。

在我放假去过圣诞节的那段时间，医院里来了一些空前复杂的紧急病例，其中有几个病人死了。听到这个消息，我决定暂停科室里的手术，直到病人死亡的前因后果都弄清楚，这位新来的大夫也免遭责难为止。但我也知道，这正是当局等待的机会。他们会趁此机会重申他们关闭小型中心的主张。他们只要再做一次调查，就能启动"安全可持续"程序了。那个委员会还急于审查我的治疗结果，无疑是想像对付布里斯托医院那样，让我们整个科室名誉扫地。但最终他们没有在我的治疗结果里挑出毛病，也没有批判另外那位外科大夫——这时我们已经知道他打算离开牛津，他果然走了，去别处做了一名成功的外科医生。然而失望的当局还是裁定我们应该中止手术，直到我们招来更多外科医生。虽然这个要求完全合理，但我们都知道不可能做到，因为根本招不到人。环境如此恶劣，谁还愿意来这里当小儿心外科医生？

在我们关闭了婴幼儿项目之后，我终于卸下了必须随时待命的担子，也解除了对自己施加的禁酒令。将来我肯定会怀念给孩子们做手术的时光，但这时我爽快地拉闸走人，从巨大的责任中解脱了出来。而代价是，原本可能是英格兰最好的儿科手术学研机构，就这样成了多余，我和威尔逊为开展导管介入联合微创心外科手术而共同开发的所有专门手艺都从此荒废，还有我们用慈善资助开办的儿童医院里的那些设施。不仅如此，我们的地区性早产儿项目也没有了在动脉导管无法自主闭合时将它夹住的外科医生。现在，整个地区的新生儿必须大老远地跑到南安普顿或是伦敦去接受一个小手术，而这本来是我花15分钟在孩子的病床上就可以完成的。

家长们都震惊了，尤其是那些孩子刚刚接受过姑息手术、正等待我开展第二次根治手术的家长。他们很信任牛津的团队，现在却不得不去大约一百公里之外，找一个此前从没见过的外科医生。但上头根本就不理会我们的抗议。没有了手术后援，尼尔·威尔逊就无法在导管室施展他精妙的技术，于是去美国科罗拉多州的丹佛市主持了一个项目。还有其他受人尊敬的外科医生，也因各自的项目面临着不断提高的关闭威胁而迁居美国或是回了自己的国家。也有医院在受到关闭威胁后，对安全可持续运动（我们给它重新起名叫"骗子讨人厌运动"）发起了反击，在法庭上指控这项运动使用"不当流程"和错误信息，于是整个运动名誉扫地，终致废除。于是，其他受到威胁的中心在几年后还在继续开放。

我们的儿科项目关闭后，其他孩子就不会像奥利弗那么幸运了。这时我已经投身于另外几个激动人心的项目，像是人工心脏和心脏干细胞研究，但我仍旧怀念救活一个孩子带来的巨大满足感。除了我，谁还能收到妮基的来信中那最后几行话呢：

我明白了我们一家能在人生中的那个短暂瞬间与您相遇是何其幸运。因为您的功劳，我们之后的每一天、每一次家庭团聚、每一个圣诞节等特殊场合，都变得比从前幸福了许多。感谢，感谢，万分感谢！

一个人能留下的东西，还有什么比这更好的吗？

第十一章

惨 痛

有一份全国性报纸刊登了一篇《打开一颗心》的书评，对我表现出的"自我怀疑精神缺失"提出了质疑。这位纤弱的作者显然是看惯了那些把内省和脆弱当成话题兜售的医学作家。但请相信我，对于一个资深的心外科医生来说，自我怀疑这东西并不是什么理想特质，这和阿富汗战场上的狙击手同理。我们两种人都有本职工作要做。我手术做得好，病人就能得益；手术做差了，病人就会死。狙击手击中目标，恐怖分子就死；如果他没有把目标的脑袋轰开花，恐怖分子就会杀掉他的战友。就这么简单。在这种情况下要内省和自我怀疑干什么？

不过我也知道这套矫揉造作的玩意儿是从哪里来的。全国医学总会的注册续期考核（revalidation）程序要求我们省察内心，反思自己的医学实践；另一方面，法律要求的"坦诚责任"（Duty of Candour）又规定我们要把真相告诉病人——就我的情况而言就是告诉失去亲人的悲痛家属。因此，我最后来跟各位谈谈自我怀疑，并解释下为什么我要把它彻底抛在身后。

有一天，当值的医院经理找到我，一开口就坚持要我在我们的病房里收治一个人，因为他已经快超过急诊部的四小时等候时限了。然而这样做，就会将我们的最后一张床位从一个情况不断恶化的心衰病人那里夺走，他本已经安排好第二天做主动脉瓣和二尖瓣的置换手术。但经理只是在做他的工作，于是我礼貌地告诉他我五分钟后过去，如果他能把那个正在等候的病人推到医院的走廊里，他的工作就算完成了。

现在我需要了解一下那位他强行要我收治的先生的情况。他是一名年轻健壮的建筑工人，作业时从一段楼梯上滑落，撞到了右下胸部，感到局部剧痛——考虑到他摔断了两根肋骨，这一点并不使人意外。工友们出于关切打了急救电话，急救中心向建筑工地调派了一架昂贵的直升机，上面还配了一名医生。在继续讨论之前，我要先声明，院前急救服务确实拯救了成千上万条生命。但这一次急救，飞机上还多了一名乘客——一个摄影师。一家电视制作公司正在拍摄一部纪录片，主题是飞行机器上的白衣天使，因此这次急救必须加上一点戏剧元素：在建筑工地的灰尘瓦砾之中，医生给伤者做了静脉滴注，还在他胸腔里插进了一根引流管。

这本书读到这里，你想必已经明白了，胸腔引流管的作用是从肺部周围可能存在的那个名为"胸膜腔"的空间里抽走血液或空气。我之所以说"可能存在"，是因为只有在肺部漏气或者胸壁中的动脉受伤流血的情况下，肺和胸壁之间才会出现空间，否则就不会。我毫不怀疑那位医生当时怀有最好的意图，也遵循了直升机营救指南，但一般来说，我们只有在拍过 X 光胸片后才会插入胸腔引流管，因为那样我们才能确定要治疗的是什么问题，以及到底要在什么位置插管。我见过几次把引流管直接捅进了心脏的，结果是致命的。

为了插引流管，那位医生在伤者的肋间注射了局部麻醉药，然后用手术刀在他胸壁上戳了个口子。塑料管子被推进受伤建筑工的胸腔，好抽出任何阻碍他呼吸的东西，虽然他那会儿既不休克也不气短。他只是酸痛得厉害，但肯定可以自己走到医院去拍 X 光胸片。插管之后男子显然很困惑，因为那根管子使他痛得更厉害了。他也没必要接受静脉补液，因为焦虑的心情已经使他血压偏高了。然而这一切在电视上看无疑效果很好，肯定有助于为空中急救募集资金。

当伤者最终抵达医院时，X 光胸片显示那根胸腔引流管已经深深扎进了他的右肺组织。为什么会这样？因为他的胸腔里根本没有可以容下那根管子的地方，没有血液或是空气形成的空间。之前有一次胸腔感染造成的纤维性粘连已经去除了他的右侧胸膜腔，于是这次他的肺部首当其冲，受了一处穿透性刺伤。他确实有两根没有移位的肋骨发生了骨裂，但我打橄榄球时也受过类似的伤，只喷了几毫升局部麻醉药就又上场了。

　　想到要取消我自己病人的手术，我已经没好气了，就只告诉这家地区性创伤中心的几个医生拔掉引流管，在伤口上盖一块敷料，然后开一包扑热息痛叫他回家。这在开普敦和约翰内斯堡都是常规做法，要不然他们的医院病床上就会躺满被刺伤的人。但那些医生没一个敢这么处理，因为他们的心中无不充满了自我怀疑和内省：要是哪里出了问题怎么办？那样大家都会被起诉的。于是我只能把他带到心胸科病房去亲自处理，那个可怜的心衰病人也给送回了家，在我这一天的手术清单上留下了一个成本高昂的缺口。

　　这个建筑工人的情况如何？当他的妻子问我胸腔引流是否必要时，我只能告诉她没有必要——坦诚责任。他坐在病房里的原因是胸口刺伤，而这根本不是他的肋骨挫伤造成的。他要是坐汽车来的医院，还会更安全一些，甚至都不用来医院。华盛顿创伤中心公布过几项对穿透伤的研究，得出的就是这样的结论。院前急救有时会过度侵入，直接"抬起病人，奔回医院"反倒能够救命。不用说，电视节目没有播这一段——但他们真应该播一下。如果这些问题得不到公开讨论，谁也不会从中吸取教训。我年轻时曾经编写过两本胸部创伤方面的教科书，去美国学习之后，我也曾奋力争取将直升机急救引入英国。但是直升机只适用于患者垂危、需要快速远程送院的情况。它们能发挥多大的功效还得看是谁指挥它们。

　　再拿这出空中戏剧，和我们常常加班提供医疗服务的平凡现实比一比。公允地说，以前的国民保健服务对我的父母是不错的。我有一个心内科医生朋友为我父亲看过病，他迅速而果断地往父亲堵塞的冠状动脉里放进了一个支架，帮他躲过了一次致命的心脏病发作。我亲爱的母亲得过三次彼此不相关的癌症，我的同行们都为她做了非常成功的手术。他们都下决心给她最好的治疗，我也因此受益。但这一切都发生在我还在 NHS 系统中工作、还能对家人的治疗施加点影响的时候。

* * *

2016 年 3 月，一个周六的早晨。我母亲的两个护工叫醒了她，然后把她从床上扶到了一把椅子上。其中一位护工还未从冬季流感中彻底恢复，但因为人手紧缺，她只能坚持上班。我母亲已经 92 岁，因为痴呆和严重的帕金森病，她过去五年都只能在这个房间里生活，不过她一直满足地沉浸在自己的世界中。而父亲，二战期间在重型轰炸机上工作，那以后就失去了听力，现在又因为黄斑变性而几近失明。但 94 岁的他依然常伴母亲身边，老两口幸福地在家里相守。我或是妻子萨拉每天晚上都去喂他们吃饭，具体谁去要看我什么时间能从医院抽身。

那天早晨我在 ICU 查房时，萨拉打通了我的手机。我母亲不舒服，肺部有声响，还发烧了，父亲觉得应该告诉我们。我意识到，她的时候到了，于是开车接上萨拉，赶到二老家里去了解情况。母亲瘫坐在躺椅上，人明显很焦躁，呼吸粗重。她的脉搏达到每分钟 120 下，嘴唇也泛出了青灰色，这种色调我太熟悉了。虽然她手心都是湿湿的冷汗，额头却烫得很，从父亲的表情中，我知道他已经明白了一切。我们都想让她舒服一些，不要受苦。我知道怎么做到这个。当年我外公因心力衰竭而垂死时，他那位好心的全科医生来家里给他做了处理，我在边上都看到了。是吗啡帮他上路的。20 世纪 70 年代我刚做医生那会儿，也为许多绝望挣扎的病人做过同样的事。这也是富于同情的医生应该做的：用临终关怀为病人保留起码的体面。

我决定打给母亲的老年病医生辛格大夫（Dr Singh），他问我们想不想送母亲去医院。我解释说我认为她就快走了，我们不想让她在这个时候被陌生人塞进救护车，拖去挤满人的急诊部走廊里。我们想让她在自己的家中，在家人的陪伴下，带着应有的尊严安详地离开。我甚至不想把她抱回床上。辛格大夫明智地建议我不要亲自出手干预。出于显而易见的法律原因，我们应该叫一个全科医生来，就像亲爱的母亲在 60 年前为她的父亲所做的那样。于是我在一个周六寻求起了医疗帮助。

感谢工党政府，NHS 的全科医生们在 2003 年得到了加薪，还免除了每天工作时间之外以及周末对病人的所有责任。出于财政和政治方面的便宜，备受珍视的家庭医生制度也就此终止。现在在工作时间之外求医就像玩俄罗斯轮盘赌，病人要么自己去医院，要么就打一条名为 "NHS 111" 的求助热线——这是一套特别让人窝火的体系，它由保守党政府建立，将决策权从医生转交到了一群外行的接线员手里。政府告诉公众："如果你即刻需要紧急援助，请拨 999。其他各种急迫的医疗需求，皆可拨打 111。如果你需要紧急去看全科医生，我们可以确保你如愿。如果你在工作时间之外需要护士或医生紧急上门，NHS 111 也会为你安排。"听着多叫人放心！

中午时分，我这个外科教授打通了 111，接着就是一段不可理喻的愚蠢对话。电话彼端的外行接线员念出了她的台词："你需要救护车吗？"我明确地回答我亲爱的母亲就快死了，我想要为她缓解目前正折磨她的气急和痛苦状况，她需要在家接受一名全科医生的关怀。但接着我的耳边就响起了一连串不合时宜的问题，像是她还有没有呼吸、是否出血之类的一大堆废话，哪一个都和当下情况毫不相干。我的语气强硬起来。我说我是医生。我知道病人需要什么。我不用某个可能上周还在购物中心上班的人来审核我的决定。这下那个接线员犯迷糊了，她对付不了这种规程之外的情况。她说会让上级给我回电话。这使我不由得想起了 1978 年在中国的那几次冒险，但是就连那些被叫作"赤脚医生"的人都比现在的强！

我坐下来拉起母亲的手，时不时检查一下她虚弱的脉搏。因为缺氧，她原本有力的心跳已经沦落成了快速房颤。我另一只手还攥着电话，铃声响起时，母亲身子动了动，咳嗽了一声，然后从鼻孔里流出了一串带血的液体。我接起电话，和刚才如出一辙的荒谬过程又开始了，还是同样的愚蠢问题。我明确表示不想要救护车把母亲送去医院。对话毫无成果。我们的情况越来越糟，我感觉我们得不到帮助了。

"我会让我们的医学官（就是坐在呼叫中心里负责派车的那个）给你的这个号码回电。"那个受挫的女人对我说。

又磨蹭了一阵，那医生打了过来，我把情况明明白白地告诉了他，还说了我认为应该如何处理。就连这个医生，我也是费了一番口舌才说服，但他最后答应把整个地区唯一一位全科医生派来。可怜的母亲，我只想给她一点吗啡而已。与此同时，护士萨拉也发挥起了专长，她沾湿母亲的嘴唇，用一条泡了冷水的法兰绒毛巾给她的眉毛降温，好使她尽量舒服一些。

就在这时，母亲的呼吸发生了明显变化，原本规律、费劲、起伏的模式变成了间歇而不规则的喘息，医生们称之为"陈—施呼吸"（潮式呼吸）。这下我知道她不再需要医生了。神明已经伸出了援助之手。她的脉搏变得纤弱缓慢，眼睛也翻了上去，然后闭上了。她的呼吸变得越发间断，最后完全消失。我望着悲痛欲绝的父亲，说出了显而易见的事实：她走了。

我不必向各位解释失去母亲的人是什么感觉，但是对她本人而言，死亡是一大解脱——她终于不必面对一个到2016年垂死者还无法得到医疗救助的社会了。其实比起母亲，我猜我自己更需要那位医生的到来，我需要向自己证明，我已经尽了一切努力帮她度过大限。然而，这个我为之勤恳工作40多年，没请过一天病假的体制，在我的家人需要它的时候，还是令我失望了。这件事我越想心里越苦。

下午四点半，一位极富同情心的全科医生来了，这时母亲已经离世10分钟，距我打电话求助也过了四个半小时。这位医生非常尴尬，她讲了系统是如何地混乱，所以她无法早一点赶到我们这里。这个说法符合NHS的破败情况。在这样的体制下，我们家里有多少医生都不管用，到头来还是没人帮得上忙。幸好我母亲是在家里安详去世的，身边围绕着家人。她要是住在一家养老院里，就会被救护车运去一家医院的急诊部，在人来人往的走廊里死在推车上。

* * *

时间到了2016年6月。傍晚，我正在医院上班，做律师的女儿杰玛焦急地打来了电话。她平常是个镇定的人，但这一次是我18个月大的外孙女病了，她反复呕吐，吃不下任何东西，整个人瘫软无力。我女儿先是打到了全科医生的诊疗室，对方告诉她当天已经约满，要她去药房问问建议，这也是NHS英格兰分部推荐的流程。她照着指示去了药房，但听说是一个脱水的幼儿之后，那位年轻的女药剂师完全给不出任何见解，只建议我女儿打111热线。和111聊到一半，我女儿就对听到的一切不再抱任何信心了，于是直接打到牛津来向我咨询。

身为小儿外科医生，听到特定的词语时，我总会在心中拉响警报。一个幼儿"瘫软无力"往往意味着低血糖和迫在眉睫的危险，于是我嘱咐女儿直接去剑桥的阿登布鲁克医院挂儿科急诊，我自己也打了一个电话给那边的急诊科，表示希望她们一到那边就能看上病。

我还告诉杰玛，她不是唯一一个放弃规定流程的人，许多有见识的患者都不再拨打111电话。就连英国医学会全科医师委员会的主席都把111称作"灾区"，因为拨进去的大量电话都没有得到正确分类。令人宽慰的是，阿登布鲁克医院那位亲切的护士长很高兴接到我的电话。放下电话后，我在下班高峰期开上了令人生畏的M40、M25和A1公路，驶向我曾经工作过的这家医院。很少有什么事，比远处的家人遇到紧急医疗事件更令人紧张了。等我赶到时，小家伙的手臂上正连着一只吊瓶，补充水分和葡萄糖。这时大家都感到安全了——医院是好医院，医生和护士也都很能干。难的是把病人送进去。

在接着不到12个月的时间里，我又接到了从埃塞克斯郡打来的紧急电话。在送完孩子上学回来的路上，杰玛看见一位小老太太一个趔趄，脸朝下重重地摔倒在主干道上。杰玛把车停在她前面，帮她挡住了车流。老太太的身上布满擦伤和瘀青，疼痛不堪，看样子还跌断了一侧的锁骨。杰玛守在路边，要另一位路人去叫来伤者的老伴，老先生带了把椅子，在俯卧的老伴身边坐了下来。这幅景象很是诡异，但谁也不敢贸然上去移动这位无法动弹的可怜女士。理所当然的行动就是打电话叫救护车，杰玛也正是这么做的。

这一次我的律师女儿又听到了那一串死记硬背的分类问题："她有呼吸吗？有出血吗？你能看到胎儿的头部吗？抱歉，拿错问卷了。"——我当然是在开玩笑，总之在一连串令人窝火且大多毫无意义的问题后，对方告知她会派一辆救护车来，但最慢需要 4 个小时。事实证明情况没有那么糟糕，救护车只用了 3 小时 45 分钟就到了。其间我女儿一直坐在一边安慰那对夫妇，另一位路人则指挥着车流从他们身边绕行。

一辆路过的消防车停下来打听是怎么回事。然后他们说了这么几句："别怪急救中心。他们的救护车还在医院外面排队等着放下病人呢。医院的急诊部都满了，因为他们没法把病人送进病房。病房里也满了，因为他们没法让病人出院回归社区。现在有 1/4 的床位都被不需要住院的人占了，但除了那里也没别的地方可以照顾他们。"

我女儿感谢了他们令人宽慰的高见，然后目送他们远去。老太太终于抵达阿登布鲁克医院时已然失温，而医院距事发地点只有十几公里。

问：爱因斯坦和我们宝贝的 NHS 之间有什么共同点？答：两者在壮年时都很优秀，但又都在 70 多岁时死于某种完全可以治疗的疾病。爱因斯坦得的是主动脉瘤，但他始终拒绝手术——他常有这种固执和抗拒变化的表现，令人不解。而 NHS 的病是"所有人从出生起就有免费医疗"的原则，而这条原则如今已再无延续的可能，因为英国的人口正在老去，只有一部分人在缴税支付医疗费用。更何况免费医疗早已成了一桩旅游产业。

2018 年的 NHS，和建立之初的 1948 年时相比已经面目全非。现代医学的基础是成千上万种药物以及日趋复杂的技术，两者的成本都已经随着时间的推移而大幅提高。我本人的专业也和我 1986 年初到牛津之时有了极大的不同。我们曾经为治疗冠状动脉疾病而开展的许多手术，都被局部麻醉下的冠脉支架术取代，接受这种新型手术的患者往往当天就能出院。在病人心脏病发作时，这种手术可以恢复通向垂死心肌的血流，只要开展及时，就能挽救心肌的很大一部分。有些被救活的人后面确实会出现心力衰竭，但他们很快就可以经由导管接受干细胞注射。新疗法的效果不比传统的冠状动脉搭桥术好多少，但讲实话，谁愿意在胸骨上开一道一英尺长的切口，同时在胳膊或腿上另切一块下来做自体移植血管呢？

如今，连植入人工心脏瓣膜这样的手术都能由一位心内科医生来完成——瓣膜被卷在一根导管头上，伸至患病瓣膜位置后再强行张开。在一些欧洲国家，这已经是治疗老年患者群体的常规做法。针对二尖瓣的低创手术虽然还处于研发之中，但在机器人和相关技术的支持下，那些更适宜接受传统二尖瓣手术的病人也可以只在右侧胸壁上开一个小切口了。

现在的大多数腹主动脉瘤（比如造成爱因斯坦死亡的那种）都无须在腹部开一道长长的切口做开放式手术了。只需借助导管和细致的 X 光扫描，就可以将一副血管支架经腹股沟送入体内，从内部排除主动脉中的肿大部分。同样的创新性技术还适用于许多胸腔动脉瘤，它们大大减少了我在主动脉手术中的工作量。病人无须再接受大型开放式低温停循环手术，而后住院十天；大多数人当天晚上就可以回家。患有先天性心脏病的儿童，也可以借助支架扩张来撑开狭窄的血管，心脏上的异常血管和孔洞同样可以用导管技术进行闭合。我那位才华横溢的同事尼尔·威尔逊就是英国在这个领域的领军人物，但连他都不得不为了事业而移居美国。

最后再说回心力衰竭，这是唯一一种预后比癌症更差的致命疾病。心衰病人只要稍一用力就会气喘吁吁，还有持续性身体乏力、无法平躺、腹部和腿部肿胀等问题，只能完全依赖别人的照顾。我在心脏移植之外，努力开发出了一种新疗法，为此我感到很是自豪。然而，虽然我在 2000 年就首次植入了一台永久性的旋转血泵，但截至 2018 年，英国仍有成千上万名的终末期病人还没用上这种泵。同时他们也因为年龄不到 65 岁，没有资格移植为数不多的供体心脏。即使采取了这样野蛮的年龄歧视政策，在那些有机会从移植中获益的病人中，能真正得到一颗供体心脏的也只有不到 1%。如果你的儿女即将死于心衰，你会是什么感觉？如果这个体制已经无法提供挽救生命的技术，那就该把体制换掉。

我最近一次发泄对于这些问题的懊恼是在 2017 年 9 月得州心脏研究所的一次会议上。虽然那次会议名为"心血管医学的进展"，但大会召集人也想让我回顾一下已经建立了70年的社会化医疗制度。我不想照做，因为我没心思在那个场合抨击NHS。不过美国人可不傻，他们一直在仔细观察我们。就在我参观他们尖端技术的实用展示时，另一次旅行的回忆浮上了心头。那是印度拉贾斯坦邦的一个酷热下午，当时我正准备去乌代浦湖的对岸，几头不可触碰的圣牛虚弱地躺在了路中间，挡住了我的出租车。抬眼望去，我的目的地——豪华气派的湖宫酒店——正在地平线上闪闪发光。NHS就是这样一头圣牛，而再次来到休斯顿就像是隔着湖水赞叹地遥望彼岸的气派景象。我们是怎么让亲爱的NHS落到这步田地的？

20世纪90年代，我和牛津的同事们每人每年都要做五六百台心脏手术。我们是一条经过精密打磨的心外科手术生产线，有着优秀的团队和出色的成果，全世界的外科医生都来参观我们的成就。但是后来，在NHS内勤奋工作成了一种政治不正确，人们会抓住一切机会来批判我们。他们说我们应该花更多时间做外科培训、到偏远的综合医院去加入外展诊所或者参加管理层会议。干什么都好，总之就是别干那些我们为之受过培训、而别人又做不了的工作：给患病的心脏做手术。最终，政治正确和体制胜出。现在我们医院有6名心外科医生，每人每年只做约150台手术，加起来一年还不到1000台。

2018年1月2日，当NHS迎来70周年之际，报纸的头条仍在重复同样的故事：《昨日一家医院门外14辆救护车排队放下病人》《医院因床位紧缺恳求家属领病人回家》《痴呆病人在推车上等候 36 小时》《退休老人心脏病发等候救护车 4 小时后死亡》《24 家 NHS 信托机构自新年后处于黑色警戒状态》《本月取消 5.5 万台计划手术》。

这样的新闻还在继续：一个著名政治家说他去欧洲大陆接受了 NHS 无法提供的脑癌治疗。一个患心脏肿瘤的婴儿必须去美国的麻省总医院接受手术，因为英国没人做得了。我们的 NHS 还是全世界羡慕的对象吗？我真的不这么认为。它倒是变得更会算账了，先省钱，再救命。

1 月 11 日，68 名资深主任医师代表英国一半医院的急诊部致信首相，指出"由于不可忍受的 NHS 医疗条件，患者正在医院的走廊中死去"。这并非夸大之辞，上升的需求、拥挤的医院加上完全不足的社会医疗服务，共同掀起了一股巨浪，淹没了我们人手不足、资源欠缺的急诊部门。但是对病人来说，等几个小时见到医生总比根本见不到医生要强。我的朋友克里斯·布尔斯特罗德（Chris Bulstrode）是牛津大学的骨科教授，他在提前退休之前，重新接受了急诊医师培训。他有一个有趣的观点，说的正是家庭全科医生消亡后，急诊部所扮演的角色：

急诊部其实应该叫"谁都不要的病人治疗部"。每当有警察不能对付一个精神病人，或是有家庭不能对付一个年迈的亲属，又或是全科医生不能紧急为病人约到门诊，他们就会把人送来急诊部。我担心如果我们不马上采取一些激进的措施，全国急诊体系都将崩溃，并把整个 NHS 都拉下水。

我们许多人都有着和他一样的感想和担忧，都觉得政治家错误地判断了社会氛围。2018 年初的形势已经混乱到无法理解，直到你来亲眼观察一番。面对医生们的上书，首相居然宣布"NHS 的经费比以往任何时候都要充足""对今年冬天的准备比以往任何时候都要充分"。我们从政客那里听到的都是老一套的幻象和欺骗。看来，暂停择期手术，使成千上万名医护和他们的机构无事可做，也都是季节性"总体规划"的一部分。过去十年，正是同一批高层人物取消了数千张医院床位，解散了精神卫生服务及社会服务部门，给医疗和护理行业造成了破坏性的异化。同时，我们仍在持续不断地搞海外招聘，旨在从发展中国家挖走他们训练有素的人才，这本身就是一种耻辱。

有人问我如果重新选择，还会不会走上这条职业道路。这些人往往都知道我在这份工作中投入了数不清的时间和精力，这对我徒有其表的家庭生活又造成了怎样的冲击。在我接受规培时，以及后面刚做主任医师的那几年，我们的工作环境都提供了比现在更大的支持，共事的团队也都热情洋溢。虽然我也因为救人时的出格举动受过好几次惩戒，但对方往往只是对我摇摇手指，咧嘴一笑，接着就是病人家属的千恩万谢。如果换成现在，医院会马上强制我"带薪停职"，再起诉我——如果病人不先起诉我的话。所以今天谁敢冒险？

在回答上面的问题之前，我有时会联想起外科先驱查尔斯·贝利（Charles Bailey）在美国成功开展第一例二尖瓣切开术之后的遭遇。他是当了一阵子英雄，但没过多久就在费城面临了三场诉讼，这让他火冒三丈。也因为对那个越来越好诉讼的环境不再抱有幻想，他干脆放弃了外科事业，转修法律，最后自己也加入了这门利润丰厚的医疗诉讼生意。

当然，在针对医疗过失的诉讼中，有一些是正当的。但我还是要把它叫作"生意"，因为它就是这么一回事。现在任何人只要感觉在医治中受到了任何方面的侵害，都可以提出投诉，然后由 NHS 出钱开展一场"不赢不收费"的钓鱼式盘问。所谓的医学专家会排着队吸走每一分钱外快，律师也能大赚一大笔。病人有时能全身而退，但大多数时候不能。他们的余生都会在愤怒和沮丧中度过：早知这样当初该和外科医生讨论解决的。而从我们的角度来看，NHS 应该专注于救死扶伤，但它没有制止对医生的抨击，却助长了这股风气。

回到刚才那个问题：我还愿意在当今这个时代接受心外科训练吗？悲哀的是，我不会。我会走查尔斯·贝利的路学习法律，就像我女儿那样。那如果还能像以前一样，让我在一家设备优良的中心开展广泛的练习，周遭环境也是重视安危甚于金钱呢？那当然会。帮助担惊受怕的病人和家属走过人生中最忐忈的时光，给予了我无上的快乐；修复一颗衰竭的心脏，看着康复者走出医院迈向新生活，也在技术层面给了我巨大的满足。把脆弱的生命变得强壮，是多美好的一件事。但这不应该是我们历经百般刁难才能得到的特权。在许多其他国家，心外科医生依然备受重视。

我已经 68 岁了，正等着给我变形的右手做矫形手术，那是长年来护士们将沉重的金属器械拍到我手掌上的后果。我还会再去应付全国医学总会的注册续期问卷，还有那些叫人头皮发麻的"法律法规"培训吗？肯定不会了。我已经做了近 40 年的心外科手术，知道该去做点别的了。于是我在一个周五的下午径直走出了医院，再也没有回去。没有纪念文集，没有欢送卡片，没有礼物——但我心中也没有后悔，反而升起了一股巨大的解脱感。我已经有了新的计划和抱负。我本来已经是斯旺西大学的教授，那里的生物工程师正在研究新的微型人工心脏；现在我又成了皇家布朗普顿医院的教授，我们已经准备用那些神奇的转基因干细胞开展临床试验，看能否消除心脏病发作后遗留在左心室上的疤痕。

第十二章

恐 惧

发生在康沃尔郡橄榄球场上的那场灾难或许塑造了我的命运，但它也使我常常产生突如其来的闪回。这些自发的视觉景象似乎会随机侵入我的思绪，无须我有意识地从记忆中召唤它们。过了一阵子我才意识到，这些幻觉都有其触发契机。比如，某种消毒剂的气味会将我带回哈莱姆的创伤急诊科，在那里我曾被一个吸毒者刺伤；或是会将我带回上世纪 70 年代中国的那间乡村医院，我曾在那里加入赤脚医生的行列，拯救因痢疾而垂危的儿童。一阵烤吐司的焦味，也会唤起骨锯锯开胸骨暴露右心室的可怕景象。在闪回当中，我甚至无法分清幻象和现实，因此始终将这些闪回藏在心里；一旦过去，它们就不怎么困扰我了，就像是我偏头痛发作之前看到的那些初期闪光。

我在美国受训的那段时间正值越战尾声。我在阿拉巴马遇到了几个退伍军人，他们反复经历死亡和破坏景象的闪回，这造成了他们焦虑、失眠，最后导向了抑郁或是犯罪。我们在强奸受害者和大屠杀幸存者身上也能见到这样的问题。1980 年，美国精神病学会将其命名为"创伤后应激障碍综合征"。随后，成熟的脑部成像技术表明，那些造成巨大创伤的事件会干扰大脑储存记忆的正常机制。而我自己的"菲尼亚斯·盖奇现象"无疑也和这些神经通路有牵连。

　　大脑的储藏库是海马，专门用来存放那些可以有意识回忆起来的日常记忆。而豌豆大小的杏仁核，会挑选那些产生恐惧的情绪记忆。有人认为，大脑演化出杏仁核，是为了通过对危险进行编码来促进生存。如此，个体就能在再次遇到某种显著威胁时将其快速识别出来。在理想状态下，这两个中心会通力合作，将所有经历和体验编码为长期记忆，但肾上腺素驱动的"或战或逃"反应会过度激活杏仁核并抑制海马。于是创造连贯记忆的工作不再优先，而让位给对危险的反射式响应。

　　一旦有危险处境唤起创伤性事件，杏仁核就会不受控制地将那段记忆丢进有意识的大脑。这就是为什么闪回会自动激活交感神经系统，令人不仅感到恐惧，还会心率加快、出汗、呼吸粗重。由于在最初的创伤事件中，海马没有获得恰当的输入，相关记忆的情境元素就没有储存下来，这意味着没有反馈能使杏仁核相信危险已不存在。就是这么简单的神经心理学——我说得对吧？

　　头部创伤如何破坏了我产生恐惧的能力，如何令我产生闪回的倾向，又如何以全然正面的方式使我拥有了敢于与众不同的勇气，这一切都不难理解。我从来不为偏离规程或是尝试新鲜事物感到担忧，也不会被风险搅得心神不宁。就像我前面说过的：反正躺在手术台上的又不是我。不过现在回头来看，当年我要不是那么放纵不羁，当然也会避开一些特别艰难的病例。我的个人生活也是如此。我以前总是愚蠢地超速驾驶，偶尔还为挽救垂危之人做出过鲁莽之举。这种鲁莽有时会被视为勇气，其实根本不是，我只是不像别人那样能感受到危险而已。

但是这些年来，我的精神渐渐恢复了正常，不管这"正常"是什么意思。在忧惧和常识的干预之下，我的职业生涯变得越来越不自在了——这不仅是一种心理感受，生理上也是如此。近些年，我这一生的睾酮涌动，让我患上了前列腺肥大，并体会到了一些苦恼的泌尿症状：尿急，尿不畅，尿滴沥，不能站完一整台手术，每晚都起夜数次。我甚至对尿潴留产生了恐惧感：我在剑桥泌尿科做过主治医师，曾用冷酷的手段来帮别人解决这个问题，后果就是现在我每次出国旅行时都会往随身行李箱里塞一根导尿管。

就在进行一台艰难的手术时，衰老的心智遇上了崩溃的身躯，令我感到一阵焦虑和绝望，我唯一能做的只剩下尽量不要尿裤子。当时我正试图切除一只巨大的主动脉弓动脉瘤，手术牵涉通向大脑的主要血管，别的外科医生都唯恐避之不及。更糟的是，那个病人还是牛津大学里的一位知名教授，我跟他很熟。无论我喜欢与否，这层私人关系都带来了一份特殊的责任。在这台手术中，我同样需要停循环，排空病人的血液，争分夺秒地更换主动脉弓。不仅如此，他的大脑皮层也经不起一点可能受损的风险……

40分钟是停循环的最长安全时间，在18摄氏度时，大脑的代谢和耗氧量可低至正常体温时的20%。若是血流中断的时间再长一点，患者就会面临脑损伤的风险，每多一分钟，情况都会更糟。做这类手术时，我通常不带一丝迟疑，因为我就是专门对付大型动脉瘤的管道工，向来把手术看作一项不带感情的技术性活动，就像是掀开汽车前盖修理引擎那样。只要在合理的时间内熟练地完成手术，病人就能存活并康复。如果时间太久或操作坏了，那么天上的那间疗养院就会敞开大门。

我在主动脉上开了一道大口子，盯着两根病变严重的颈动脉，它们向上直通进教授那杰出的头颅，像两根被水垢堵塞的水管。主动脉弓上布满了粥样斑块，一碰就会碎，还渗出脓汁般的液体脂肪。我要做的是在这东西上缝一段崭新的聚酯人工血管，再在人工血管上重新植入那两根糟糕的颈动脉。在这当口，哪怕是一丁点碎渣脱落下来进入大脑，都会造成致命的中风。就在我开始缝合这几根病快快的动脉时，它们开始碎了。我记得自己当时心想："见鬼，这次还能及时搞完吗？能，我能搞定，不过依然有可能搞不定。妈的。也没准赶上今天倒霉，它就是要当着整个牛津的面碎成渣渣。"当然，怕什么就来什么。

我缝好了三条缝线，两条位于主动脉的近端和远端，还有一条位于颈动脉植入人工血管的地方。接着我吩咐灌注师用心肺机泵入几百毫升血液，挤走人工血管内的空气，我自己则在一边哼哼着"空气进脑，性命不保"。在低压下，这次修补看似无懈可击，但当我们恢复完全血流时，位于胸腔后部的远端吻合口裂开了，血液喷出，再被噏进吸引器。

"这下噏瘪了吧？"我心想。这时，仿佛是我自己全身的血液都被排干了。一道道汗水顺着脊背流下，我浑身发冷，好像整个肾上腺都给清空了似的。更换整条主动脉弓已经耗费了35分钟的停循环时间，接下来真的棘手了。我别无选择，只能停止泵血，重新排空血液，缝好进开的缝线。事到如今，让他的大脑活下来就很难了。

这次我用了一根较大的针，扎得更深，并用一条厚厚的特氟龙毡来加固那些抗张强度仅相当于一块蓝纹奶酪的组织。这套过程又耗费了我聚精会神的15分钟。我还对几个胆战心惊的助手发了几次火——他们只是想帮忙，却也只有"想"的分。

停循环的时间已经超出了患者的承受范围，所以我们草草结束了接下来的排气，迅速将病人连回体外循环，希望他能尽快复温。又过了两分钟，针脚始终是干的，他的脑感激地吸入了一些氧气，我的心情也放松了下来。突然之间，血如泉涌，就在颈动脉植入人工血管的地方。我试着在他还连接心肺机时又缝了几针加固，但针尖再次划破了组织，情况雪上加霜。此时只需"镇定自若先生"打出一记凑合的本垒打就好，但我却陷入了绝望。

手术台上方的阴霾不断扩大："著名牛津科学家被自信过头的外科医生搞成植物人或说是治死"，我已经能想到媒体的讣告栏会怎么写了。我想起了萨拉教导急诊护士在情绪激动时该怎么做的话："慢慢地深深地吸几口气。"深呼吸能够刺激副交感神经系统，缓解压力，这和肾上腺素驱动的惊恐反应正相反，也是正念的基础。萨拉会说："感受你的身体。抛开同理心带给你的震荡。体会双脚踩在地面的感觉，动动你的脚趾。这能使你不再对病人感同身受，回归自己的立场。"好有智慧的女人。

我成功地进入了那条精神通道，将一切杂念逼出内心，只留下快速缝合的实际动作。我就好像在缝合一段厕纸芯，或是裤子上的一个破洞。麻醉医师已然躁动不安，灌注师大声数着时间，两个助手都吓得浑身瘫软。但我们还是通力合作，成功地缝合了血管，完成了手术。此时，病人的整套神经系统已经在没有血流的情况下度过了 65 分钟。我已经做好了手术效果极差的心理准备：除了脑缺氧外，空气栓塞或粥样斑块脱落造成中风的风险也很大。我要怎么向他可怜的妻子交代？这场谈话还是先拖一拖吧，等下一场手术做完再说。今天一天我已经受到太多情绪传染了。

接着我做了给病人脱离心肺机以后必须做的事：退后一步，扔掉血腥的手套，向主治医师点了点头，示意他关胸。然后我假意去喝咖啡，实际上一头冲进外科医生更衣室，去排解我疼痛胀满的膀胱。接下来的事真叫可怕：我滴出了亮酒红色的尿液，然后干脆直接尿血。我的第一个念头是："糟糕！我得癌了！"也许是血压应压力而飙升，导致一只前列腺肿瘤或膀胱肿瘤出血了。想到接下来还有一例主动脉瓣置换术要做，我那反复无常的情绪沉到了谷底——直白地说就是我慌了。

虽说 A 型人格 * 遇到任何忧心的问题都会设法迅速解决，但良性前列腺肥大的乏味症状是一回事，流血的癌瘤可完全是另一回事。我的焦虑一下子升了好几档。我需要在下一台手术之前驱散忧虑，如果做得到的话。大多数人遇到这种情况都得等一个礼拜才能见到全科医生，然后再等几个月才能约到泌尿科医生。而我直接拨了我的亲密同事大卫·克兰斯顿（David Cranston）的手机。我和他一起做过几台手术，那些病人的肾脏肿瘤沿着静脉扩散到了心脏内部。手术中我先给病人连接心肺机，然后像今天早晨一样排空他们的血液。大卫从下腔静脉上剥离并切除癌细胞，我再用管子或者补片把它们修好。在大血管上做手术，先清空血液会更简单些。对我来说，只要我的阴茎不往下滴血，下一台手术也会轻松许多。然而只凭一个狂乱的电话，我又有多大的几率找到大卫呢？

---

* 美国心内科医生弗里德曼（Meyer Friedman）和罗森曼（Roy H. Rosenman）于 20 世纪 50 年代发明的术语。A 型人格的人主要有过度竞争、缺乏耐心、更有雄心、做事有条理等特质（相反即 B 型人格），患高血压及心血管疾病的风险也更高。

铃响三声，他接了手机。

"你现在在干什么，大卫？"

"在门诊做膀胱镜检查。"

"太好了！"我说。我也是真这么想的，因为膀胱镜检查就是用光纤观察镜检查前列腺和膀胱。"我现在就过去的话，你能帮我插个队吗？"

牛津的泌尿科设在丘吉尔医院，开车穿过一小段城区就到。我穿着蓝色手术服走到外面的停车场，只用了十分钟就把车停到了丘吉尔医院大门外的禁停区。五分钟后，我已经躺到了检查台上，两腿高举，露着屁股，一根又粗又黑的管子插在我的尿道里。不舒服，但是极度安心。里面没有肿瘤出血的迹象，只是前列腺内表面的静脉扩张然后破裂了，现在血液已经凝结。排除癌症后，管子从阴茎中抽出来那一瞬间成了我人生中最快乐的时刻。不到十分钟，我就回到了自己的手术室，下一个病人还在麻醉室里醒着呢。大家都以为我只是回了一趟办公室。

懂得恐惧是什么滋味后，我发现那是一种悲惨而压抑的体验，是我完全排斥的东西。要是每台复杂手术都激起这种令人不适的反应，我早就抛弃这门专业，改行去做骨骼或肠胃手术了。当然，更好的出路是去接受律师培训，放下锋利的器械，改用尖锐的语言。我很好奇究竟是什么在我给教授朋友开刀时引发了那列情绪过山车。也许这不过是对可能失去一位病人的理性反应——一种我之前从没有过的反应？在面对这种情形时，那些大脑线路不像我这么奇怪又走运的外科医生，是否经常感到痛苦？又或者是我对朋友的关心引发了这种反应？我对自己的亲密家人始终怀有共情，但是要一个外科医生对每个病人都怀有这种感情，那就太他妈的疯狂了，完全不利于治疗。

很显然，我们越是共情丰富，就越是变得很惨。萨拉在工作中最能体会这种感受，她把这叫作"同情疲劳"。这种疲劳是导致倦怠的快车道，我就认识几个有倦怠问题的外科医生。他们变得冷漠麻木、毫无个性、筋疲力尽、退缩孤僻，被自己的工作环境消磨了个干净。我一直对这一切有着抵抗力，但是今天我看清了它是如何发生的。当每个人都指望我能治愈病人时，我却差点毁了他的脑子。但是我真正恐慌的是什么呢？是他可能死在手术台上，还是我的声誉可能会因此受损？

我没指望这位教授当天晚上就能恢复意识，但他居然做到了。我当时还在办公室，值夜班的主治医师冲进来告诉了我这个消息。我听了心情大好，赶忙去 ICU 欢迎他重返阳间。苏醒并不等于智力完好，但毕竟开了一个好头。可能是手术期间短暂的几次脑部再灌注输送了足够的氧气，保证了他的安全，或者是这点氧气刚好保住了他脑干的活力？不管怎么说，他仍有可能变成植物人。这些是我在去病房路上的想法，但当我来到他的床边时，他已经脱离了呼吸机，抽出了气管插管，正在和妻子交谈。夫妇俩用毫不掩饰的兴奋迎接我的到来，虽然我知道自己配不上这个。

"感谢，感谢，太感谢了。你太了不起了！"他们对我说道。但我冷酷的眼神却盯住了那条血压描记线。苏醒带来的突然刺激释放了大量的肾上腺素，所以他的血压现在升到了脆弱的主动脉无法承受的高度。我仿佛看到那些缝线像钢丝切乳酪似的切开了血管，然后他全身的血液都涌向胸腔，变成一场彻头彻尾的灾难。有时我真希望自己是个皮肤科医生。我把目光从监护器转向胸腔引流管，同时礼貌地询问护士对病人致命的高血压有何对策。

我本该招呼他那位充满感恩之情的妻子，谎称手术非常顺利，领下功劳。但是看见 180/110 毫米汞柱的血压，想到失血过多的可能，我却走到了大发雷霆的边缘，甚至都要心脏病发作了。但如果我这时对那些没照顾好他的人发火，他们就会向医务主任举报我职场欺凌。于是我再次唤起了正念，"深呼吸，平静下来。感受你的身体，体会双脚踩在地上的感觉"，然后斥问那个麻醉主治医师是不是想杀了我的病人。我没有向那个莫名其妙的派遣护士叫骂，她始终不知道我在生哪门子气。

我离开后，教授的血压自行降了下去。这就是所谓的"白大褂综合征"，虽然我从来不穿白大褂：病人看见医生走近，血压就会随之升高。我自己每次去看全科医生时，血压也总是特别高，但在操刀手术时血压都很正常。疏通心脏的时候，我总是愉快且放松，至少到那时依然如此。

* * *

在我 68 岁这年，右手的挛缩削减了我的外科生涯。病因是
40 年来护士们反复将金属器械拍进我的手掌，到最后我再也抓
不住器械了。我知道整形手术后休养几个月是可以重返岗位的，
但说心里话，我已经对这一切都厌倦了。在牛津，我无法再给
先天性心脏病患者做手术，也无法开展人工心脏和干细胞的研
究。我完全有能力继续为病人减轻痛苦、延长寿命，而上面却
极力阻止我这么做。我一边怀疑他们这样是否道德，一边下定
了改弦更张的决心。比起每周在手术室里站上两天，多花点时
间在我那些研究项目上更能造福病人。但是去其他城市的大学
工作又得大量赶路，而我那些烦人的尿道症状也越来越严重了。

外科医生没有一个希望自己接受手术。我们太知道手术中
会出什么差错，即便是很简单的手术也并非绝对安全。我在泌
尿科规培的时候就知道，前列腺切除术会导致两种主要的并发
症：一是切除障碍物后可能会有尿失禁，二是负责调节某些血
流的神经一旦受损会造成不举——那些血流通向的正是我长久
以来一直珍视的那个能够膨胀的部位。40 多年后的今天，规培
期间那段发人深省的记忆仍在我的心头萦绕。不过反过来说，
我当年在尝试为病人解除尿潴留的痛苦时，弄坏的前列腺也不
在少数吧？对有些人，除了令人痛苦的传统导尿管之外还有一
个办法，就是在耻骨上方扎一根管子，穿过腹壁直入膀胱。病
人们对此并不排斥，因为这能使他们从痛苦中获得甜蜜的解脱，
这才是最重要的。现在我自己的情况也极不稳定，去任何地方

都要带着导尿管和麻醉凝胶。这些年我一直在服一种名字很好听的药，叫"最大流量片"（Flowmax）*。它让我在努力将身体向厕所墙壁前倾时，能稍微多滴一点尿液出来。

每年我都会验血检测前列腺特异性抗原，以排除癌症。这个指标始终处于"低风险"范围，于是我后来就不再去看克兰斯顿医生了。但到了2017年，我的两个要好的心内科医师朋友却在没有泌尿症状的情况下被诊断出了前列腺癌。他们甚至都还能畅通无阻地排尿。那个抗原检测一直被外界狠批不靠谱，我该怎么做才好呢？

在2018年的炎热夏季，我乘飞机去希腊回访几个病人，我给他们做过冠脉搭桥，并且在手术中和我当年的几名规培医生一起给他们注射了干细胞。这时我已经是一名公司医生，而非著名的心外科大夫了，出差只能坐经济舱。我提前想到了不可避免的状况，在登上那架早班飞机之前就特意排空了水分。但紧急情况还是出现了，刚好一部饮料推车又堵死了通往机舱后方厕所的过道。我别无选择，只好掉头去前面人数不多的商务舱寻求解脱。我悄悄穿过了那道将我们普通平民和少数特权人士隔开的蓝色帘子，这一步轻而易举。但正当目标近在眼前时，我却撞上了一个蛮横的机舱服务主管，她正在备餐间给自己弄早餐吃。尽管我是频繁飞行了20多年的"金卡"乘客，她仍

---

* 实际是 Flomax（商品名），通用名为"坦索罗辛 / 坦洛新"（Tamsulosin）。

然严肃而坚定地阻住了我的去路。

"经济舱乘客不许在这里上厕所，先生。"她说，"你的卫生间在机舱后方。"

面对严厉的斥责，我像一个淘气学童似的漏了尿，紧急情况解除了。你可以想象社交媒体会怎么说："心外科医生在飞机上惊慌尿裤子。"恭喜他们了！后来我终于到了过道后方开始排队，决心以后再也不坐英国航空公司的航班了。接着这份决心又升级为不坐任何航班，直到我这倒霉的前列腺被掏出来为止。

对于此事我已不再纠结。严重的膀胱出口梗阻，再加上脱水，会导致我们称为"梗阻性尿路病"的危险情况，直接威胁到肾脏。于是在一次令人不适的回程飞行之后，我当晚就打给了大卫·克兰斯顿。第二天，我来到他的诊所又疏通了一次管道，然后让他给我的前列腺和膀胱做了一次超声扫描。结果显示我的膀胱始终没有排空。无论我怎么耗费时间努力排尿，也只能把膀胱里的内容排出 1/3——它就像一只接雨水的桶，时不时要漫水出来。再加上疼痛，我认为自己还得了尿路感染。

大卫等我自己决定是否要做手术。在这段时间里，我研究了其他几种比较温和的方案。其中一个新办法是经由一根腿部动脉去阻断前列腺的供血，使前列腺部分死亡并萎缩。另一个办法是注入高压蒸汽，将堵塞的组织蒸掉，我仿佛看见自己的阴茎像工厂汽笛似的发出尖啸，我可不喜欢那样。最后我们得出结论，用大白话说就是：到了这把年纪，就别瞎胡闹了。大卫建议开展"金标准"术式：经尿道前列腺切除术，今天它已经比我做规培医生时练手的那种安全多了。当时的做法是通过一根坚硬金属器械的狭窄通道观察尿道，然后用一根"热铁丝"烧掉目标组织块。治疗后残留的前列腺会大量出血，导致膀胱内充满血块。很显然，这种疗法的早期形式也不讨我喜欢。

但现在的技术不同了。我的前列腺内部结构会放大显示在一块电视屏上，切除过程可以精准控制，医生能看清出血的血管并对其进行烧灼封闭，并发症的风险也很低——不举和失禁各1%，他们这么跟我说。要想获得最大的享受，我还可以只接受脊椎局麻，并亲自在电视上观看手术过程。但说出大天来我也不想这么干，更不想让针头捅进我的脊髓。我妻子和女儿先后在局麻下接受过剖宫产手术，和她们相比，我完全是个懦夫。

现在该说说具体操作了。当务之急是采取措施减轻我的肾脏受到的反压。我天真地以为手术会在这家国民保健服务医院的泌尿科做，我和往常一样，想要明天就做手术。但接下来的消息让我认清了现实：丘吉尔医院能为我做的不过是放一根留置尿管来缓解尿道梗阻，然后把我放到等候名单的末尾。我为NHS服务了40多年，得到的就是这种待遇？那份名单上已经排了120个良性前列腺肥大病人，有许多已经放了留置尿管。但他们一时半会儿都做不到手术。为什么？因为外科医生都在马不停蹄地照顾癌症病人，要在政府规定的时间内为他们治疗。可惜，我可不想就这样在阴茎里插着管子、腿上绑着尿袋熬上一年，而一年后还不一定能等到手术，我也不想让病情进展到晚期肾衰竭。于是我决定周六早上去私立医院把事情一举解决。

把身份从外科医生切换到病人真是需要刻意地努力。多亏了现代麻醉术和外科技巧创造的奇迹，仅仅一台日间手术就把我那只缩成了爪子的手切开并复原了。这次前列腺手术我要在医院里"住几天"，其间我必须保持被动，让干什么就干什么。正当我痛苦地思索由谁来做麻醉医师时，萨拉却为一些琐事犯起了愁，比如"你没有睡袍和拖鞋"。我唯一的一套睡衣是一位好心的病人送的，她自己开有一家女士内衣公司——那是一套亮蓝色的真丝睡衣，不怎么适合住院穿。萨拉因此去了一趟玛莎百货。而我做的唯一准备就是没喝酒，让肝脏休息了两晚。

他们把我安排在了一天中第一台手术的时段，要我破晓时分就到医院。想到要将那话儿展现在一起工作过的护士眼前，我满心窃喜，早上五点半就起床冲了淋浴。我拿起两本前一天投递到信箱的医学期刊翻了翻，然后让萨拉开车送我进了城。这台手术已经拖了几年，当我终于站到前台排队、等着递上信用卡时，我感到既惊惶又放松。接着我就来到了那片熟悉的病房区。当年我们在这幢楼里为 NHS 排队名单前列的病人开刀时，他们就住这片病房，因为 ICU 区就在旁边。从办公室门上主任医师的名字来看，它现在应该是改成妇科病房了。我也很熟悉我要进的这间病房。在我在这家医院为其做过手术的病人中，只有一位使用过 NHS 提供的心室辅助设备，而她在离开

ICU 的次日晚上就死在了这间房里。这位年轻女士死于脑动脉瘤导致的大面积出血。本来她还在庆祝自己的气急症状得到缓解，终于又能平躺下来，丈夫和孩子们来探望她，也都很是高兴。巧是真巧，十年之后，她的外科医生竟被分配到了同一个阴魂不散的房间。

　　从博茨瓦纳来的格雷丝护士进来为我称重，并测量生命体征。但血压计一上来就不工作了。我干脆告诉她我平常的血压是多少，顺便建议她多报一点，因为我在手术前应该会有些许焦虑。但这次我却一点不紧张——还赶不上我在理发之前的担心。接着，格雷丝和我溜达到护士站，旁边的走廊上有一台体重秤。秤好像也坏了，可怜的格雷丝又急又窘。我跟她说没关系，反正没人会看我的体重。说完，我坐到那个出过人命的房间的一角，开始翻阅《英国医学期刊》。我每次都会从后面的招聘栏看起。对我来说，那些非洲和中东的心外科医生招聘启事依然很诱人，在那里我可以再次为孩子们开展手术。其实，要我去任何地方都行，只要那里重视的是技术和经验，而不是捏造一些个评估表格或是祭起"反思"二字。

　　哟，奇不奇怪，里面有一篇文章概述了英国医学总会关于"反思"的新指南，我的我的目光立刻被它吸引了。指南的开头就是一条陈述："医生能进行开放诚实的反思，对公众利益大有好处。"真的假的？不过到这里还算说得不错，我在这本书里做的不就是"反思"吗？指南接着说："医生应该辟出时间，开展自我反思和群体反思。"就像群交那样？我在心里坏笑。这时我不由想起了我在手术上浪费的大好时光，要是当初都用来反思，那该多么有益啊！也许在切除我的前列腺之前，克兰斯顿教授和我应该先共度一段反思的欢愉时光。我们可以反思一下 NHS 无法开展的所有手术，就比如我自己的这一台，因为外科医生们都被官僚作风给压垮了。

是什么让全国医学总会认为，今天的医生们已经愚钝到了需要让别人来指导怎么思考？这个问题才值得反思。在这个国家，几乎每一个心外科室都曾因高压的工作环境、短缺的人手和简陋的设备而发生过公共丑闻。我的一些病人在术后死亡，因为我们缺乏稳定默契的手术团队和护理团队——这就是所谓的"抢救失败"式死亡。倘若当时能投入更大的努力和更专业的技能，病人原本是可以救活的。能在牛津负担得起住房的人很少，因此我们雇了海量的临时工，花了许多钱。全国医学总会宣称："医护团队若有机会共同反思，就能为病人提供更好的医疗服务。"我却要说："你他妈倒是先给我团队，到时候我们再来反思。"到时候，要反思的就不会是："是你们这群王八蛋害死了我的病人。"

就在这时，一个英语极不流利的罗马尼亚医生来给我采血了。"我要抽一点血。"他只说了这么一句。但他手法娴熟，一针就扎准了静脉。他还知道在拔出针头之前松开皮条，好让我不至于流血。接着他打印了知情同意书要我签字，我很乐意地签了。英语不好的他没有阴沉沉地向我背诵可能出现的并发症，那东西多数神志正常的病人听了都会吓得退避三舍。

当这位高效的年轻人转身走开时，我说了一句："请转告克兰斯顿教授，我不想输血。"似乎是想试探命运，我又加了一句："如果在手术中发生致命中风，我很乐意捐献器官。"哪怕到最后一刻，我也要做一个利他主义者。但他没有听到，我的姿态白摆了。后来法律用"默认"同意取代了自愿捐献，这么一来，我就又另作他想了：这么做好像是又回到了盗墓掘尸的时代。

就在我穿着白色手术衣阅读杂志时，麻醉医师奥利弗·戴尔（Oliver Dyar）走了进来。我认识奥利弗少说也有20年了，他曾是重症监护主任医师中的一个，照看过我的病人。

他用不容商量的口吻说道："斯蒂夫，你可以选择脊髓局麻，这样能保持清醒。但是老实说，我们不想听你在边上捣乱。局麻也不会让你更快离开这里。所以我还是会给你全麻，也会开点止痛片让你在术后吃。我们过几分钟见。"

这次简短的会面，完全符合我对这个必须同时保证我昏睡和活着的人的期待。我对那些假惺惺的体恤、共情或其他无聊的情绪毫无胃口，那些玩意儿对我的手术结果毫无帮助。我有点害怕会在手术过程中醒来，但我知道这话说出来就是对他的冒犯。几分钟后，我穿着玛莎百货的拖鞋和睡袍慢悠悠地走进手术室。我跳上推车，凝视天花板，随着一根尖针刺进手背，我陷入了昏睡。麻醉开始，意识结束。

大概一个小时之后，我被右臂上的一条血压袖带勒醒了。我仿佛置身于一处陌生的场所，周围的雾气正渐渐散去。这地方是恢复室，我曾经在外面的手术室走廊上朝里面看过，过了一阵我才意识到这一点。远处有人在交谈，接着身边有人发问，好像是在问我。

"感觉怎么样？"

发问的是我的康复护士，穿着一身紫色的护士服。出于条件反射，我在毯子底下伸手去抓从膀胱里伸出的那根硬管。这个动作扯到了输液管，我左手背上的针头脱落了，一阵刺痛。我一下子清醒了过来，注意力也从护士的腿上转开了。有液体正从一只巨大的塑料容器流进我的膀胱，冲刷一番之后流入引流袋——进去时是透明的，出来时是鲜亮的粉色。我觉得自己应该没出多少血，不然出来的颜色会更深。输液架上没有输光的血袋，我猜想手术应该很顺利。一股深深的狂喜从心底升起，弥漫我的全身。在忍受了十年痛苦之后，我终于鼓起勇气解决了问题。现在看来，这过程并没有我想象的那样不快。

到下午 2 点，我已经和家人通过话，告诉他们我还活着，然后又回了那个幽灵徘徊的房间。我已经开始无聊了，于是又翻起了那些杂志。我在《英国医学期刊》的"总览"板块看到了另一篇文章，标题是《经过近十年等待，病人申请供体心脏》，好像是第二次申请了。看标题就知道，一定是在说 NHS。看文章的内容，这么长的时间里，这名男子一直在心脏移植名单上上排队，一直在家里等着。现在思考一下：事实证明，只有那些已经住院并使用强力药物或循环辅助装置的人，才在心脏移植后获得了生存益处，所以这个标题应该改成《一男子庆祝未接受心脏移植却依然存活十年》。我们还是别操心事实或证据了。作者的目的只是诉诸感情，呼吁器官捐献；但针对这个问题，还有更为理性恰当的主张，那就是推广心室辅助设备。只要从架子上取一件下来，缝到衰竭的心脏上，再打开控制器就完事了。然后症状消失，生命延长，也不用求助于死人。

我把这本杂志扔到一边，又翻开了《皇家外科医师学院公报》。什么玩意儿！里面有一篇论文，题目叫《外科医生的性格与手术结果》，探讨的是心外科医生的人格类型和手术死亡率之间的关系。其要点是，心外科医生不同于一般大众，性格会更为外向，但其中的内向者造成的死亡率要低于外向者。在我看来这不是明摆着的么？外向者不会纠结于给哪个病人做手术，或是故意挑拣容易的病人以维护自己的手术结果和声誉。况且，内向和高尽责性，是造成压力和倦怠的公认原因。文章的各位作者表示，他们向英国的全部 261 名心外科主任医师发放了一张题为"最简且最全面的正常成人人格模型"的问卷，并将问卷结果和心胸外科医师学会收集的所谓"风险调整后死亡率"做了比对。他们考察了五种人格特质：尽责性和开放性，这两样我希望所有医生都具备；宜人性和外倾性，这两样外科医生一般都有；最后是神经质性，这是内向者天生就有的特质。

只有 96 名调查对象勤勤恳恳填写了问卷，其中仅 53 人能查到患者死亡数据。也就是说，文章作者分析的全部信息都来自全体对象中"自我挑选"的那尽责的 1/5，然后他们就从中得出结论说，人格开放性分数最高的对象害死的病人更多。基于此类奇怪的发现，他们进而推论说，在选拔外科医生时应该多招收内向者。然而我们都知道，心外科手术最初就是由外向者开创的，而内向者和神经质的人太容易紧张，在这行做不下去。这时的业界氛围已经使我痛不欲生。在我放弃手术之后的两年里，据说已经有 40% 刚刚取得资格的心外科医师被停了职——原因很容易想见。

《公报》的下一篇文章是《外科手术与情绪健康》，内容也没怎么让我恢复信心。它报道了皇家外科医师学院举办的一系列座谈会，主题是"压力、倦怠和欺凌"，进而是"焦虑、怀疑和悲伤"，然后是"体恤和同情"。参加这些滥情活动的肯定都是内向者，他们的外向同事则待在手术室里推高死尸数字。在一场旨在"提建议促改变"的"分组讨论"中，与会代表强调"医院应该让外科医生及其团队感受到重视和认可，并帮助医护发展支持性的工作关系"。这些偏执、内向的外科医生真是可怜。这个行业竟然变成了这样。我这号人已经格格不入了。

我之所以要提这些文章，是因为它们是反映时下外科行业中主流态度的晴雨表。这态度就是，少做手术多说话。在我看来，这些更像是妇女研究所早上喝咖啡时讨论的东西，其中的内容可以用来编写全国医学总会强制我们上交的"职业发展"文件夹。我看了看时间，松了口气：克兰斯顿该来探望我并对我的前列腺表示同情了：毕竟它有几块被切下来扔进了垃圾桶。

纵观我的整个职业生涯，重点始终是冒着最高的风险修补病得最重的心脏，同时避免自己因为心脏的主人而精神崩溃。萨拉在她的急诊部做的也是同样的工作。对我们来说，重要的始终是病人，不是我们自己。在这个充斥着内省、反思和同情疲劳的当代医学界里，已经不再有我们的位置。我的老朋友库利大夫刚刚在休斯顿去世，我禁不住猜想他会对这些滥情的玩意儿作何评价。当然了，许多人会庆幸那些刀光剑影、飞扬跋扈的日子结束了，并坚持手术本来就应该是无聊而庸常的。我们到底是怎么教育公众来了解这个行当的，怎么连《英国医学期刊》都认为移植一颗心脏要等上十年是正常的了？

那天晚上，护士萨拉带了一瓶南非梅洛红酒来哄我开心。我喝下红酒，尿出来"桃红酒"。但多年以来，我第一次不必在夜里四五次地跳下床去放水了。一个唠叨的夜班护士来做了晚上一轮的打针发药，于是我关了灯，扔下杂志，打开电视看起了夜间肥皂剧。刚看了五分钟《急诊室的故事》我就想吐了——也可能是刚才那剂吗啡的效果？其实我一点都没感觉到疼，只是很想在此生中体验一回被注射阿片类药物是什么感觉。周六晚间，有梅洛和吗啡相伴，夫复何求？晚安，乏味的现实；你好，美丽的幻境。

　　无论我希望得到的是怎样的快乐，都和接下来发生的事情大相径庭。我那残忍的杏仁核向我的大脑皮层发射了一连串恐怖的医疗记忆，又给我来了一轮闪回。亡人的鬼魂一个个冒出来，到医院看望他们的外科医生啦——那些都是我的特殊病人，我和他们太熟悉，走得太近了。电池驱动的幽灵们排着队从天花板上飘过，胸腔里装着涡轮，脑袋上安着插头。在此种现代技术奇迹问世之前，他们皆已因心力衰竭而垂危，身体肿胀、充满液体，稍一用力就气喘吁吁，无法平躺也不能走出家门。他们获得新的人生冒险选择了我。他们是没有脉搏的人类。

　　新技术对有些人很管用，对另一些则不然。我这张病床的前主人眼含怨恨地出现在我面前，她在房间里冲来冲去，耳朵和鼻子都喷着血，尖叫着说她真不应该同意安装。这时窗外又飘进了那个好小伙子，他身材那么魁梧，没想到颅骨却那么薄，我们一不小心就把钻头打深了。几个脑外科医生去掉了压迫他大脑的血块，但他已经被心衰弄得极度虚弱，无法康复，最后是肺炎夺走了他的生命。但今晚他是来感谢我们的努力的。那个邮差的幽灵也来了，他原本已经在家中休养恢复，但不慎在厨房绊倒，撞到了头。被急救人员发现时，他倒在地上没有反应，身子发冷，脉搏为零，于是他们直接送他去了太平间。但当时是冬天，而我所有安装了涡轮心泵的病人都是没有脉搏的，一想到这个，我就深感不安。但他的鬼魂见到我还是很高兴，他送了我一只盒子，里面装着他那颗挣扎的心脏，它好像一条湿漉漉的鱼似的扑腾着。

接着登场的是一对好友，他们穿过关闭的房门直接飘了进来。苏格兰人吉姆用风笛吹着一曲挽歌。他的手术曾通过 BBC 的纪录片《你的生命在他们手中》向全世界播出。两年后的圣诞节，他在离家时忘了带备用电池，当心泵响起电量不足的警报时，他只有 20 分钟的时间回家连接插座。他终究没有赶上。

而无脉搏的彼得是一个笃信宗教的人，他曾在别人接受手术之前向他们介绍依赖电池的生活是什么体验。他是先驱者，是全世界第一个安装了永久性涡轮心泵并在颅骨上装了令人惊奇的电插头的人。我们成了好朋友，他还筹款为同样处境的病人购买心泵。用他的话说："依赖电池的生活不是正常的生活，但总比活不下去要好。"幸运的吉姆想必也同意。当年他们都不满 60 岁，但都没有得到心脏移植的批准，情绪都跌到了谷底。

在这个特别的夜晚，彼得的鬼魂像往常一样高兴，因为他很喜欢和这些知心同伴在一起。他乐呵呵地把自己称作"弗兰肯斯坦的怪物"，还偷偷叫我"电钻杀手"。他早就说好了要回来缠着我，而我也深深懊悔于在他最需要我的时候我却不在国内。彼得在心泵上度过了近八年"额外的生命"，成了迄今为止所有类型的人工心脏使用者中活得最久的一位。他的死亡是一出彻底的悲剧，他完全不必死的。当时他鼻子大量流血，仅剩的一只功能薄弱的肾脏也歇了工，当地的医院婉拒为他透析，我又远在日本联系不上，于是他也加入吉姆的行列，去了大幕的那边——本来我已经笃定他在安装人工心脏之后可以活十年以上。后来我在几个其他国家医治的病人都成功跨过了这道槛。

梅洛和吗啡将这些悲哀往事带到了我的眼前。虽然后来幻觉自行结束，但我又和往常一样度过了一个漫长的不眠之夜。我直勾勾地盯着天花板，也动弹不得——周期性跳动的抗血栓紧身裤阻碍着我，插在阴茎里的灌溉系统固定着我，输液管也像狗绳拴着狗似的牵拉着我。夜班护士每隔一段时间就来给我量一次血压，我一度以为她也是闪回中的幻象。第二天早晨，她用奇怪的眼神看我，让我不禁思考昨天晚上对她说了什么。她是那群幽灵中唯一一个头颅上没有伸出电线的。

到了周日早晨，从我的膀胱内流出的液体已经接近透明了。经过前一天的禁食，这会儿我饥饿难耐。恢复理智后回想昨晚，我觉得低血糖可能也是造成幻觉的三因素之一——另两个就是梅洛和吗啡。我不由得想，那些幻觉还能重现吗？我还能不能把他们都召集回来，出一次幽灵门诊？精神错乱的感觉还真奇妙，我算明白为什么会有人经常嗑药了。

我狼吞虎咽地吃了私立医院供应的英式全早餐，接着又怯生生地要了一份腌鱼配吐司作为点心。那天上午值班的护士长刚一上班就跑来看我，想必有人告诉了她我昨晚发疯或者撒欢的事。我对她说，我想把这根硬管子尽快从我的小老弟里拔出来。为表强调，我还自行拔出静脉输液针交给了她。她跑去叫克兰斯顿教授。早晨的阳光透过窗帘洒进病房，我心想，这病人我可是当够了。我是内行人。我知道只要不再出血，拔出导尿管，确保可以撒尿，我就可以回家找我的私人护士去了。我才不要付钱在一个闹鬼的房间再住三天，还要被像个惯犯似的对待呢。

护士长回来时，我正在研究怎么把膀胱插管给弄出来。

"克兰斯顿教授说如果冲刷液变清，我就可以拔管。"她说。

"好，那我们拔吧。"我说。接着我补充道，如果术后 24 小时我还在流血，我就要他们退钱。

"但你现在可休想回家。"她继续说道，"那还早着呢。"

她这种对待淘气孩子一般的态度反而激发了我的逆反心理。到明天，这家医院就会塞满我曾经的同事，我可不想让全牛津的人都盯着我的私处看。

护士长刷手后戴上橡胶手套，她坚定的神色让我觉得相当邪恶——却又引人遐想。她从留置在我膀胱的那只气球里抽空了水，然后把导尿管从我体内拔出来，整个过程都带着点无法掩饰的恶作剧意味，仿佛在说："让你尝点苦头！"随着气球一起滑出的还有形同红皮藻的血块和零星的前列腺残片，然后是一缕鲜血。这不禁使我疑惑：如果我现在还有尿潴留怎么办？把导尿管插回这个乱糟糟的老地方还容易吗？我喝光了房间里的每一滴液体，想在疏通尿道后首次撒尿之前积累一点压力。然后我穿上崭新的睡袍和拖鞋踱到走廊上，等候尿意的降临。

这时奥利弗·戴尔像往常一样来做术后回访，这是个文明而宜人的举动，把我的注意力从那根破烂尿道上转移开来。但重点是，我打算出院的消息令他很不安。几分钟后大卫就收到了一条短信："我的老天！他想回家了。"

当尿意终于来临时，我怀着一种不同寻常的恐惧回到病房，去了我的专用卫生间。老实说，我已经做好了第一次排尿时痛得死去活来的准备。痛是真的痛，但如同马儿一般恣意喷尿的欣喜很快盖过了不适感。我一时得意忘形，喷得到处都是，事后只好用拖把拖干。等到教授中午过来时，我已经收拾好东西准备走人了。我出院的速度之快可能在前列腺切除术的历史上创了纪录，但我可不想用大笔住院费换来又一个不眠之夜了。

大卫对此态度轻松，退休在望的他，对大多数事情都是如此。我们住得很近，我要有麻烦他总能窜过来。后面两天，我确实又尿了一些血液和血块，但和梗阻的显著缓解以及对肾脏的挽救相比，这根本不值一提。我真后悔没早几年做这个手术。

* * *

外科医生和普通人一样惧怕疾病；因为掌握专业知识，可能还更怕一些。一篇著名的报纸文章说得好："NHS 的唯一污点，就是在保障病人生存方面记录糟糕。"NHS 的症结在于它从一开始就是一个国有产业，其目的是创造平等的医疗机会，而非达到最高的效率。我个人并不在意这个，我的家人也从未得到过任何优待——其他行业的情况不也是一样。但我确实担心有一天我们会得不到任何治疗。围绕着 NHS 成立 70 周年的惨况终于拆穿了那句愚蠢的政治谎言："我们的体制令全世界羡慕不已。"根本不是那样。

和其他优秀的医疗体制相比，我们已然全面落后，只在紧缩银根方面保持领先。首先，我们的婴儿死亡率偏高，其次我们对癌症和心脏病发作的治疗都效果不佳。2018 年，《柳叶刀》杂志发布了一份迄今为止最全面的癌症生存率报告，它显示，英国的胰腺癌死亡率在 56 个国家中排第 47 位，胃癌排第 46 位，卵巢癌第 45 位，均落在拉脱维亚、罗马尼亚、土耳其和阿根廷之后。据估算，即使我们只是做到名列中游，每年也可以多挽救 1 万名癌症患者的性命。

这一切不是因为我们的内外科医生或护士不够优秀。恰恰相反。总的来说，我们的医护有才能，有干劲，也关心自己治疗的病人。只要剔除陈腐的官僚体制和法规，他们就可能更加高效。那些运行更好的医疗体系拥有更多的医生，更高的护士病人比，等候评估和治疗的时间也比我们短得多。他们拥有更多扫描仪器，能及时购入救命的药物和设备，不去对成本斤斤计较。还有就是，那些体系不必受政治拉锯战的左右。

我在整个欧洲大陆和美国都亲身体验过这一切。我有几个侄子在澳大利亚快乐地行医。我们出高价聘请澳洲的医生到英国就职，但他们就是不来。只有贫穷国家的医生才想来为 NHS 工作，其后果正在显现。我们现在忙着从亚洲和非洲吸引医护人员，但这些国家本身也很需要他们。是时候彻底反思一下了。

良好的医疗体系都不是由国家经营的，因为国家只会将更多的病人、手术和更好的技术视为负担。别的国家注重的仍是医治病人而非控制成本，因此不必每年支付 50 亿英镑解决医疗事故索赔，也不会因为骨关节炎、疝气或静脉曲张不是致命疾病就对它们施行医疗配给。良好的医疗体系不必因为所谓的"季节压力"就将所有择期手术中断一个月，就好像冬季的来临很意外似的。而我一个服务了几十年、眼下仍在忙碌的医生，从 NHS 那里得到的待遇是等一年才能做手术，这一年里我必须一直插着一根导尿管，拖着一只装满尿液的塑料袋。难怪在防止可避免的死亡方面，英国在 18 个西方国家中排名倒数第三。

然而，没人有胆量废除或是改革这件失色的珠宝——他们怕自己会从此在政坛上消失。你想必认为那一连串天天上演的恐怖故事和丑闻（有的甚至出自我们最好的医院）会在政界敲响警钟。但事实并非如此。工党等着保守党提出欧洲大陆或是澳洲的资金模式，好攻击保守党走私有化路线，出于同样的原因，托利党也刻意回避任何有实际意义的改革，只一遍遍地唱着同一套陈词滥调。我们投入十亿百亿的英镑改造 NHS，但谁也说不清这些钱用在了哪里，又做成了什么事情。这就是我们，我们这些工作在这套体制内的人，始终觉得幻灭的原因。尼尔·莫特，这位在我做手术时替我关照萨拉分娩的优秀心外科医生，从布朗普顿医院提前退休，去美国加州的一家大型制药公司做了医学总监。我后来在一家咖啡馆里和他不期而遇，他说："我对 NHS 是再也忍不下去了。"

悲哀的是，我们这些坚守在前沿阵地的人是真心想让 NHS 做到最好的。在我的整个职业生涯中，我对私人执业没有一点兴趣。我之所以开展原创性研究、撰写科学论文并出版了多本教材，都是为了能在世界舞台上为 NHS 壮大声势。我们吸引了许多外科医生来牛津参观，他们都想看看我们是怎么用这么少的资源产出这么多成果的。但体制并不领情。就在我 68 岁那年，医务主任威胁要把我"打发走"，原因是我为"续期考核"所写的个人发展计划够不上"达标"。反思反思吧，全国医学总会。皇家外科医师学院那么热衷于"情绪健康"，但又有什么可供我来提振自己的情绪健康？

在私营部门的短暂服务使我思考在一个医疗体系中我最诊视的是什么。我首要关心的问题，不管是在英国还是非洲，都是病人获得治疗的机会。NHS 的治疗号称全免费，但是不要忘了，我们所有人（或大多数人）已经在缴税时付过医药费了。我们英国人在生病时有四种选择。第一种是，在预约全科医生后平均等候两周。其次，打 111 求助电话听赤脚医生念问卷，并在一番挣扎后放弃希望，而问卷归纳下来不过是"你什么时候需要救护车——马上，四小时后，还是永远不来"。又或者，你也可以去药房，为你生病的宝宝向他们咨询重要建议。最后，你还可以到医院的急诊部去加入蹒跚的伤者组成的漫长队列，但结果不外乎是被医院无视，认为你是在浪费他们的时间，再把你打发回全科医生那边去排预约。这四种选择我都替家人试过。在像皮球一样被踢来踢去的过程中，我发现唯一有用的办法还是去医院排队。我们的基础医疗体系已经卸下了所有在下班后提供医疗服务的责任，医院的急诊服务显然不能应付公众的日常需求，现状如此也就不足为奇了。

就我个人来说，要是我太过担忧，不敢涉足这个烂摊子，我还可以打电话给朋友求助；但英国的普通民众可没有这份奢侈。他们要是给诊断出了癌症，就必须在治疗前忍受一段明文规定的、可怕的等候时间，决定这段时间的不是医生，而是政客。我在美国培训时，任何需要接受心脏手术或是癌症手术的人，只要买了保险，都可以在本周内做上手术。但是当我来到牛津时，却发现许多可怜人要为手术等候一年以上，有些人甚至没等到就死了。我们管这叫"成本控制"。

这正好可以引出及时介入的话题：只要检查足以让每个人都知道需要做些什么，就可以让病人接受规定的治疗。比如一名患者有心绞痛，运动试验呈阳性，那么任谁都知道他有冠状动脉疾病，但他还是要先等上好几个月才能去门诊看心内科医生，再经过又一段漫长的拖延才能去做冠状动脉造影以确定合适的疗法，此后他还要耽搁一阵，好见到一位心外科医生来会诊，而对方只会跟他说手术等候名单长得没有尽头。在整个过程中，病人只能承受持续的症状、永恒的焦虑和过早死亡的风险。英国公众怎么受得了这个？这和医疗事故没有两样。

在我做外科医生的最后几年里，许多病人都曾数次经历就要被医院收治却又被取消掉的情况，甚至有人在手术当天被取消了手术，原因常常是病房里没有床位。类似的，还有手术后的病人因为普通病房缺床位而无法离开ICU——这就是糟糕管理造成的恶性循环。我的一些病人甚至被从ICU直接打发回了家。许多老年人或重病人是不能打发回家的，因为家里没有人照顾他们。德国有1500家康复专科医院，其中一些有数百张病床，所以这种事情不可能在他们那里发生。NHS之下没有一家这样的康复医院。我们的病人只能在医院的急症病床上忍受煎熬，并产生严重的不良反应。手术后的病人，以及从中风、头部伤或心脏病发作中恢复过来的病人，在卧床十天后会损失高达10%的腿部肌肉，这本身就相当于衰老了十年。为此，我正努力在牛津建设一家"先进的"康复医院，希望能在逼仄的急症病床上最大限度地增加病人的运动量。

作为病人，我们都需要对那些派来治疗我们的人抱有信心。可现在医院丑闻一再发生，政府推波助澜，媒体津津乐道，我们要如何保持信心？布里斯托、斯塔福、戈斯波特，说到这个我就想起这些医院的名字；但应该对丑闻负责的是官僚，而不是一线的工作人员。若挖掘这些丑闻的根源，会发现错的是体制，不是个人。当我自己接受手术时，我希望关照我的医生有技术，有经验，人也诚实；我还喜欢运气好的外科医生，因为他们能避开意料不到的情况。我虽然也重视隐私和保密，但如果要接受的是比较重大的手术，我并不想住在一个外人看不见的单人病房里。即便有连续不断的远程监控，也得有人在一旁看着才行——这个通常都没有。护士们太忙，根本没时间坐下来看监护器，所以抬头就能看见医护和其他病人，才令人安心。

那么共情和体恤会在哪个环节起作用？对我来说，这两样没有也没关系。我真正需要的是安全感。大家也都知道，我们那些生意人一般的 NHS 员工根本没工夫和你交流感情。还有的前列腺癌手术是用机器人做的。而那些机器人是无法表达同情或体恤的，没想到吧！虽然它们可以在程序的驱使下，一边翻来覆去地重复"我能感受到你的疼痛，我能感受到你的疼痛"，一边把里面的坏东西挖出来。

不过也有一些时候和场合，善良可以给人以帮助。说回刚才的《英国医学期刊》，上面最近发表了一篇文章，题为《同情式医疗的作用》，作者是一位丹麦教授，她的婴儿患有一种先天性遗传病，后来不治身亡。下面就是她的一段感想：

> 病人和家属都会试图去理解进而应对无法解释的现象，无论是孩子死去，被诊断出某种疾病，还是其他许多使我们和医疗系统产生交集的情况。共情式医疗可以帮到他们。

作者写道，她自己遇见过一些"关怀备至的医生"，但也有"一些医生举止匆忙、心不在焉，对病人（我儿子）和我都似视而不见。"

但我要说，这样的区别是虚假的。比较有可能的情况是，她见到的所有医生都很关怀病人，但他们给她留下什么印象，取决于他们当时的工作量如何。NHS 的全科医生要在 8 分钟以内招呼、诊断并治疗一个病人，还要填写病历。如果病人有精神健康问题，这点时间怎么够？一个全科医生，一天也许要看 50 个病人。面对这样繁重的工作，他们的全副注意都要放在怎么不出差错上。病房的情况也是如此，还有急诊部和手术室——在那些高压锅一般的工作环境中，每个科室都缺少人手——只有管理层不缺。或许 NHS 应该指派一些富于"共情和体恤心"的管理者，因为被时间所迫的临床工作者不得不保持客观冷静，不可能去深入体会病人的希望和恐惧——也许在那些过去的好时光里会如此，但那都过去了。

我对 NHS 的省钱手段最感遗憾的是，对临床效率和"产出"的追求会从方方面面损害医患关系，这一点必须承认。每天都要面对亡魂，这需要一种很特殊的心态；这也是为什么那些心理学调查发现，外科、小儿癌症及精神科的医生，精神病态倾向高得出奇。我的手下很少治死儿童，真的治死了我也只得径直走开、不再回顾。我不能总是设身处地为孩子的父母着想，不然第二天就没法上班了——所谓倦怠就是这么回事。在这一点上，我们可以看出约翰·吉本和约翰·柯克林的区别，前者是心肺机的发明者，而后者在病人身上成功运用了这件可怕的机器。当吉本失去几个儿童之后，他放弃了。柯克林没有放弃，布罗克勋爵也没有。能追随这些先驱者的脚步，我备感荣幸。悲哀的是，从今往后不会再有人享有这项自由了。

最后，请容许我引用乔治·奥威尔的一段话来结束本书：

> 自传只有披露了不体面的事情才是可信的。一个只说自己好话的人多半是在撒谎，因为只要从内里去看，任何一场人生都只是一连串的失败。

我完全明白他的意思。

致　谢

　　我就是这样着迷地追求在心脏内部开展有益手术的，甚至还在 1997 年写过一本以此为主题的综合性教科书，书名叫《心外科手术的里程碑》(*Landmarks in Cardiac Surgery*)。在为那些大无畏的开创者搜集资料时，我和他们中的许多人建立了联系，当时他们都已人到暮年，很希望有人记录下他们的回忆。这些伟大人物来自大西洋的两岸，他们在每天的手术中都要冒着病人死亡的风险，也确实常常目睹病人死去。我陆续见到了他们本人，并从他们那里获得了巨大的鼓舞。他们对我的建议？永远要追求更好的做法。我们这门专业的前路还很长。

　　我本人的职业生涯始于英国最顶尖的几家医疗机构，包括皇家布朗普顿医院、剑桥的阿登布鲁克医院、后来的哈默史密斯医院、皇家研究生医学院，以及大奥蒙德街的儿童病院。在英国和美国接受培训之后，我在牛津的那片沉睡的塔楼之间度过了剩余的职业生涯。别看我在这本书里大发牢骚，懊恼不堪，我仍然毫无保留地认为，牛津大学的几家医院以及它们尽责的医护人员在欧洲处于一流水平。是那些"在一线苦干"的人定义了一家医院，而不是大楼、政客乃至 NHS 本身。因此，我想要对这些同事表达无尽的感激，是他们在办公室、病房、手术室和 ICU 中支持着我和我的病人。不管时代是好是坏，是喜悦还是悲伤，他们始终不曾懈怠。我们在一起创造了许多世界第一，完成了许多例精彩的拯救，为世界贡献了许多心外科手术实践的新手法。创新来自需求——说句残酷的老实话，也来自经费的缺乏。对于我们的成就，NHS 自然是视而不见的，但是来自美国、俄罗斯和日本的崇高褒奖早已做足了补偿。请原谅我在书中自吹自擂，还有偶尔冒出的脏话——那都是为了加强语气，都怪我脑袋的伤！我在实际工作中很少骂脏话的。

　　心外科手术有赖于精严的团队协作和全天候的精心护理，要是少了在牛津跟我受训的优秀国际学员，这两点就不可能做到；回到本国之后，他们都成了杰出的外科医生。我们该做的事正是培训，而不是从海外挖医护人员来填补空缺；许多人声称我们拥有世界一流的医疗体系，然而正是这个体系的缺陷造成了那些空缺。有一件事我们临床医师很少承认，但我还是要感谢一些尽责的医院管理者付出的努力，他们非但没有妨碍，还特意帮助了我们。总之，是这些优秀的医院和同事定义了我的事业；而多亏了"现代化"的功劳，这一点绝无可能再现了。

说一句老掉牙的话："现在可是不如以前了。"

1948 年我出生时，NHS 才创立几个礼拜，后来，我的全部职业生涯都花在了支持这个宝贝体系上。但 NHS 要想再度提供第一流的治疗，就必须将资源更多地投给员工和设备，而不是给变本加厉地控制成本的官僚体制和各种委员会。当代的医疗和手术是很昂贵的。比如我率先试用的植入式旋转心泵，这种可以替代心脏移植的"即取即用"设备，一部的成本就超过一辆法拉利。其他欧洲国家都在用它，英国应该向那些更加成功的医疗体系学习，再不学就晚了。

我要感谢书中写到的医生、提到名字的病人及其家属，他们很高兴我写到了他们，甚至对我热情鼓励。悲哀的是，从早年从医开始，就不断有病人离开我们，我对他们的情况做了充分的调整，好使他们不被认出来。

最后说说我在人生中最珍视的东西：家人不懈的爱与支持。即使往最轻里说，和我一起生活也绝非易事。我天不亮就出门上班，每天都工作到很晚，还总是旅途奔波，每次回到家都筋疲力尽。在手术台上俯身一整天之后，我会对妻子说："抱歉我太累了，后面腰背不行，前面也没什么精神。"但家里的每一个人都理解我为挽救生命付出的努力。这也是我写下《打开一颗心》和这本《刀锋人生》的原因：我希望他们终究能够理解我是怎样的一个人，而这些年里我又努力做到了什么事情。家人，始终都是特别的。

术语解释

瓣膜切开术：用手术方法扩张主动脉瓣或二尖瓣的狭窄出口。

CT 扫描：以 X 光为基础的胸腔及心脏三维成像技术，加入对
 比剂（造影剂）后能对冠状动脉做细致呈现。

插管（cannula）：一根插入心脏或血管的塑料管，用来输血或
 其他液体。

超声心动图：对心腔的一种无创超声检查。

除颤：在心室纤颤致心律紊乱时，用 10 到 20 焦耳的电流电击
 心脏，使其恢复正常心律。

代谢紊乱：组织血流不畅造成的结果。动脉流向肌肉的血液减
 少，使组织产生乳酸和其他有毒代谢物。

涤纶：一种用于生产人工血管移植物和补片的纺织纤维。

电刀：一种电气设备,用于切割组织并同时凝住血管以中止出血。

二尖瓣（mitral valve）：左心房和左心室之间的瓣膜，英文以主
     教的二尖帽（mitre）命名。

二尖瓣狭窄：因风湿热引起。通过二尖瓣的血流受限，造成患
     者气急和慢性乏力。

房室管畸形：一种先天性心脏缺陷，在收集血液的心房和泵出
     血液的心室之间出现了一个从不关闭的洞口，使二尖瓣和
     三尖瓣无法正常形成。

肺动脉：将血液从右心室送往肺部的大型薄壁血管。

废针桶：投放接触过血液的针头、手术刀片的垃圾桶。

风湿热：一种由链球菌感染所引起的自身免疫疾病，会破坏心
     脏瓣膜及关节。在没有抗生素的时代这是瓣膜疾病非常常
     见的原因。

富氧血：充满氧气的鲜红血液，由左心室泵向全身。参见"缺
     氧血"。

灌注师：操作心肺机和心室辅助装置的技师。

冠状动脉疾病：冠状动脉因粥样化而逐渐变窄的疾病。由脂肪
     和胆固醇形成的斑块易于破裂，它们如果突然阻塞冠状动
     脉，会造成栓塞（冠状动脉血栓）。

恢复前过渡治疗（bridge to recovery）：在急性衰竭的心脏从不
     可逆的状态中恢复期间，用心室辅助设备维持血液循环并
     使心脏得到休息的过程。如果心脏未能恢复，还可以将临

时的辅助泵替换成长期的植入设备。

急性心力衰竭：左心室迅速衰竭，无法维持充足的血流供应身体。接着肺部会充满液体。常见病因是心肌梗死（myocardial infarction）或病毒性心肌炎，死亡率很高。参见"休克"。

静脉：将血液送回心脏的薄壁血管。

气管插管：1. 插入气管为病人通气的管子（endotracheal tube）；2. 气管插管的过程（intubation）。

髂窝：下腹壁位于肚脐下方的部分。

腔静脉：流入右心房的大静脉。上腔静脉运送上身的血液，下腔静脉运送下身的血液。

缺氧血：离开组织返回心脏右侧的蓝色血液，含氧量低，并携带着后续将由肺部排出的二氧化碳。参见"富氧血"。

三尖瓣：右心房和右心室之间的瓣膜。

失血过多：致死级的大出血。

舒张期（diastole）：心室放松并注入血液的阶段。

同种移植库：负责收集并加工死者捐献的人类心脏瓣膜和血管，用于治疗病人的部门。

危急呼叫：召集医生和护士组成抢救团队。

下腔静脉：见"腔静脉"。

先天性心脏病：病人生而有之的心脏畸形，如房间隔缺损、室间隔缺损、右位心等。

心伴侣（HeartMate）**左心室辅助装置**：一种老旧的大型搏动式植入心泵，曾在 20 世纪 90 年代广泛应用于移植前过渡治疗，是第一部能够永久植入的心室辅助装置。Thoratec 公司后来又生产了一款成功的旋转式血泵供永久使用。

心包：包围心脏的纤维囊，可用作修补心脏的材料，如小牛的心包就被用来制作生物性人工瓣膜。

心包填塞（心脏压塞）：血液或体液因压力淤积在心包内，使血液无法注入心脏的病情。

心肺机：在心脏停跳后接受修补时，用于维持病人生命的体外循环回路。包括一台机械血泵，以及一套称为"氧合器"（即"人工肺"）的短期（持续工作几小时）复合气体交换装置。另有其他几部泵，用于将血液吸入贮血器、输送心脏停搏液使心脏停跳等。

心肺转流（体外循环）：手术修复期间将患者的血液从心脏和肺部导出的过程。患者的血液接触"血泵—氧合器"系统的合成材料表面后会发生炎症反应，因此血液和异质表面的接触有安全时间限制。手术时间越长，全身炎症反应的破坏性就越大。

心绞痛：胸部、颈部和左臂的压痛，原因是冠状动脉疾病造成的心肌血液不足。一般在锻炼时发生。若在休息时发生，就有心脏病发作的危险。

心内膜炎：可能摧毁心脏瓣膜的细菌感染。

心脏瓣膜置换术：将患病的心脏瓣膜摘除，再用人工瓣膜替换。人工瓣膜可以是生物性的（如猪的瓣膜），也可以是机械性的（如热解碳斜碟瓣，pyrolytic carbon tilting disc valve）。

心脏停搏：在利用心肺机的手术过程中，将低温（4 摄氏度）停搏液（无血或含血）注入冠状动脉止住心跳，使心脏进入弛缓状态，以保护心脏。停搏液中往往含有高浓度的钾。修补结束后，再恢复冠状动脉的正常血流，使心脏复苏。

心脏移植：将病人患病衰竭的心脏摘除，并替换成一名脑死亡的供体捐献的心脏。

休克：心脏无法继续向组织供应充足血液和氧气的病情。心脏病发作之后会发生心源性休克。身体丧失两升或更多血液之后会发生失血性休克。

血管造影：一种将长导管经血管伸入心脏的心内科检查。这种方法可以测量各心腔内部的血压，还可以注入用于染色的造影剂以观察冠状动脉或主动脉。

血压：大动脉内部的压强。一般通过袖带加听诊器测量，或是在动脉内插管。人的正常血压约为 120/80 毫米汞柱。左心室收缩时为高压，舒张时为低压。

移植前过渡治疗（bridge to transplant）：在找到供体心脏之前，

用心室辅助装置避免病人因心力衰竭而死亡的过程。植入供体心脏时，心泵要移除，病人自己的患病心脏也要摘除。

右心房：接受从全身经静脉回流心脏的血液的心腔。血液从右心房流出后，经过三尖瓣流入右心室。参见"左心房"。

右心室：新月形的泵血心腔，将血液经过肺动脉瓣泵往肺部。参见"左心室"。

远端吻合口：移植血管和需要搭桥的冠状动脉之间的缝合口。

再灌注：在手术中，心脏经过停搏之后，将血液重新引入冠状动脉和心肌的过程。心脏会在这个过程中复苏，重新开始搏动。

直视：为进行手术修复而直接观察心脏内部。

主动脉：粗大的厚壁动脉，从左心室伸出后形成分支为全身供血。最先形成的小分支是冠状动脉，负责向心脏本身供血。

主动脉瓣狭窄：左心室出口处的瓣膜狭窄，由此减少了经主动脉送去全身的血流。原因可能是先天异常或者老年退化。

住院医师：即美国的规培外科医师，如此称呼是因为他们住在医院里。

左心房：接受从肺部回流心脏的血液的心腔。血液从左心房流出后，经过二尖瓣流入左心室。参见"右心房"。

左心室：圆锥形的厚壁心腔，平时有力地搏动，负责将血液经过主动脉瓣泵向全身。参见"右心室"。

左心室辅助装置（LVAD）：在心脏严重衰竭时负责维持血液循环、使心室得以休息的机械血泵，经插管与心腔连接。有些是临时性的体外辅助装置，价格不高，能在急性心力衰竭时辅助几周时间，如"离心磁浮泵"（CentriMag）或"柏林之心"。还有些是小型、可植入但价格昂贵的高速旋转式血泵，如"贾维克 2000"（Jarvik 2000），能在慢性心力衰竭病人身上使用十年之久。长效 LVAD 同样能提供一种"即取即用"的选择，可作为心脏移植手术的替代。

译名对照表

盖伊医院：Guy's Hospital

梗阻性尿路病：obstructive uropathy

弓街：Bow Street

冠脉支架：coronary stent

冠状动脉：coronary artery

冠状动脉搭桥术：coronary bypass

冠状动脉纽扣：coronary artery buttons

冠状动脉造影：coronary angiogram
（angiography）

灌注后综合征：post-perfusion
syndrome

硅橡胶管：silicone rubber tubes

规培医生：trainee

国际临床学员：international clinical
fellow

国家心脏病医院：National Heart
Hospital

国民保健服务：National Health
Service，NHS

H　哈默史密斯医院：Hammersmith
Hospital

荷包缝合：purse-string suture

黑尔菲尔德医院：Harefield Hospital

恒温箱：incubator

［促］红细胞生成素：erythropoietin

呼吸机：ventilator

护理医师：nurse practitioner

护士长：sister（charge nurse）

华法林：warfarin

坏疽：gangrene

皇家布朗普顿医院：Royal Brompton
Hospital

皇家外科医师学院：Royal College of
Surgeons

皇家研究生医学院：Royal Postgraduate
Medical School

黄斑变性：macular degeneration

黄疸：jaundice

会阴：perineum

活检：biopsy

肌张力：muscle tone　　　　　　J

棘波：spikey wave

加强针：booster injection

嘉诺撒医院：Canossa hospital

假性变态反应：pseudo-allergic reaction

检眼镜：ophthalmoscope

舰队街：Fleet Street

交叉循环手术：cross-circulation
operation

角膜：cornea

结肠造口袋：colostomy bag

金黄色葡萄球菌：Staphylococcus
aureus

紧急手术：emergency operation

精神分裂症：schizophrenia

经腹会阴直肠切除术（迈尔斯手术）：
abdominoperineal resection（Miles
operation）

经尿道前列腺切除术：transurethral
resection of the prostate

颈动脉：carotid artery

颈静脉：jugular vein

静脉曲张：varicose vein

K   开颅术：craniectomy

抗凝［血］：anticoagulation

抗张强度：tensile strength

克利夫兰诊所：Cleveland Clinic

空气栓塞：air embolism

髋部骨折：fracture of hip

L   蓝婴：blue baby

阑尾切除术：appendicectomy

老海丁顿墓地：Old Headington graveyard

肋间动脉：intercostal artery

离心泵：centrifugal pump

利他林：Ritalin®

连续超声心动图：serial echocardiogram

连续缝合：continuous stitch

颅内压：intra-cranial pressure

挛缩：contracture

伦敦国王学院医院：King's College Hospital

M   麻省总医院：Massachusetts General Hospital

麻醉医师：anaesthetist

玛格丽特夫人学堂：Lady Margaret's Hall

梅奥诊所：Mayo Clinic

美国国家卫生研究院：National Institute of Health，NIH

美国疾控中心：US Centers of Disease Control，CDC

美国精神病学会：American Psychiatric Assosiation，APA

美国心脏协会：American Heart Association，AHA

明德医院：Matilda hospital

莫里萨尼亚医院：Morrisania Hospital

N   NHS 医院事件统计：NHS Hospital Episode Statistics

囊性纤维化：cystic fibrosis

脑电图：electroencephalogram，EEG

脑干：brain stem

脑积水：hydrocephalus

脑脊液：cerebrospinal fluid

脑膜炎球菌性脑膜炎：meningococcal meningitis

脑缺氧：cerebral hypoxia

尼斯登产科医院：Neasden Maternity Hospital

念珠菌：candida

尿路感染：urinary tract infection

尿潴留：urinary retention

凝血因子 VIII：clotting factor VIII

柠檬酸钠：citrate

脓毒性关节炎：septic arthritis

脓毒症：sepsis

脓腔：abscess cavity

脓肿：abscess

诺福克和诺里奇医院：Norfolk and Norwich Hospital

O　欧洲心胸外科医师学会：European Society of Cardiothoracic Surgeons

P　帕金森病：Parkinson's disease
彭布里奇花园：Pembridge Garden
贫血：anaemic
破伤风：tetanus
剖宫产：caesarean section
扑热息痛（对乙酰氨基酚）：paracetamol（acetaminophen）
普萘洛尔：propranolol

Q　[英国] 器官移植协会：UK Transplant Service
气急：breathlessness
髂窝：iliac fossa
牵开器：retractor
前列腺肥大：prostatic hypertrophy
前列腺特异性抗原：prostate specific antigen
丘吉尔医院：Churchill Hospital
球囊瓣膜切开术（球囊扩张术）：balloon valvotomy（ballon dilatation）
全科医生：general practitioner，GP
（英国）全国医学总会：General Medical Council，GMC

R　热交换器：heat exchanger
褥式缝合：mattress stitch
瑞乐砂：Relenza®

三房心：Cor Triatriatum
三尖瓣：tricuspid valve
三尖瓣切除（术）：tricuspid valvulectomy
肾上腺素：adrenaline
肾衰竭：kidney failure
肾透析：renal dialysis
生化紊乱：biochemical disturbance
生物相容性：biocompatibility
圣卢克医院：St Luke's Hospital
圣玛丽医院：St Mary's Hospital
圣托马斯医院：St Thomas' Hospital
圣文森特医院：St Vincent's Hospital
尸检：autopsy
失血过多：exsanguination
十二指肠溃疡穿孔：perforated duodenal ulcer
十字钳：cross clamp
食管反流：gastro-oesophageal reflux
食管静脉曲张：oesophageal varices
室间隔：ventricular septum
室颤：ventricular fibrillation
示波器：oscilloscope screen
视（神经）盘：optic disc
手术巾（单子）：drape
受感染栓塞引发的肺梗死：pulmonary infarcts from infected emboli
术后器官功能障碍：post-operative organ dysfunction
水肿：oedema
斯克里普斯研究所：Scripps Research Institute

S

心脏起搏器：pacemaker
心脏杂音：heart murmur
心脏骤停：sudden cardiac arrest
胸膜腔：pleural cavity
胸腔积液：pleural effusion
胸腔引流管：chest drains
胸腺：thymus gland
巡回护士：runner nurse（circulating nurse）
循环休克：circulatory shock

Y　厌氧菌：anaerobic bacteria
氧自由基：oxygen free radical
腰椎穿刺：lumbar puncture
摇摆锯（胸骨锯）：oscillating saw
耶和华见证人：Jehovah's Witnesses
叶酸：folic acid
医师助理：physician assistant
医院经理：hospital manager（administrator）
移植血管：vascular graft
乙肝免疫球蛋白：hepatitis B immunoglobulin
乙肝疫苗：hepatitis B vaccine
抑肽酶：aprotinin
引产：induction
英格兰卫生和社会保障部：England Health and Social Care Department
英国神经外科医师学会：British Association of Neurosurgeons, Society of British Neurological Surgeons（SBNS）

英国医学会：British Medical Association, BMA
应力：stress
硬化剂：sclerosing agent
右心衰竭：right heart failure
鱼精蛋白：protamine
远端吻合口：distal anastomosis
约翰·拉德克利夫医院：John Radcliffe Hospital
约翰·霍普金斯医院：Johns Hopkins Hospital
运动耐量：exercise tolerance

再灌注：reperfusion　　　　　　　Z
择期手术：elective operation
扎那米韦：zanamivir
针持（持针器）：needle holder
直角钳：right-angled forcep
痔疮：haemorrhoid
中风：stroke
中央心脏审计数据库：Central Cardiac Audit Database, CCAD
重型抓钳：heavy grasping forcep
重症监护室／病房：intensive care unit/ward, ICU
粥样斑块：atheromatous plaque
绉布绷带：crepe bandage
主动脉瓣切开术：aortic valvotomy
主动脉瓣狭窄：aortic stenosis
主动脉弓中断：interrupted aortic arch
主动脉夹层：aortic dissection
主动脉瘤：aortic aneurysm

主任医师：consultant

主治医师：registrar

住院医师（初级医生）：house officer/ resident（junior doctor）

注意缺陷障碍：attention deficit disorder，ADD

贮血器：reservoir

转流后谵妄：post-pump delirium

锥进：coning

紫绀型先天性心脏病：cyanotic congenital heart disease

自体移植物：autograft

组织凝胶：tissue glue

左心发育不全综合征：hypoplastic left-heart syndrome

左心室流出道梗阻：left ventricular outflow obstruction